Fantasy

Herausgegeben von Friedel Wahren

VIVIAN VANDE VELDE

Der Wolfsprinz

Roman

Deutsche Erstausgabe

WILHELM HEYNE VERLAG
MÜNCHEN

HEYNE SCIENCE FICTION & FANTASY
Band 06/9048

Titel der Originalausgabe
THE CHANGELING PRINCE
Übersetzung aus dem amerikanischen Englisch von
Christine Strüh
Das Umschlagbild malte Don Maitz

Umwelthinweis:
Dieses Buch wurde auf chlor- und
säurefreiem Papier gedruckt

Redaktion: Martin Horst
Deutsche Erstausgabe: 9/99

Originalausgabe bei HarperPrism
A Division of HarperCollinsPublishers, New York

http://www.heyne.de
Printed in Germany 1999
Umschlaggestaltung: Nele Schütz Design, München
Technische Betreuung: M. Spinola
Satz: Schaber Satz- und Datentechnik, Wels
Druck und Bindung: Elsnerdruck, Berlin

ISBN 3-453-15630-7

Mit herzlichem Dank an Joanne,
die so lange an mir herumgenörgelt hat,
bis ich anfing,
dieses Buch zu schreiben,
und an Toni, die mir zugehört hat,
wenn ich tagein, tagaus davon erzählte

Kapitel 1

Weiland erwachte nackt im Schnee, in einem Teil des Waldes, den er nicht kannte, und er hatte Blut im Mund. Seine letzte klare Erinnerung war, daß er sich in Darias Halle am Feuer zum Schlafen niedergelegt hatte.

Aber da waren noch andere, weniger klare Erinnerungen – verschwommen zwar und dunkel, aber doch irgendwie vertraut –, die ihn daran zweifeln ließen, daß er wirklich nichts Falsches getan, daß er Daria tatsächlich keine Veranlassung gegeben hatte, ihn zu bestrafen.

Obwohl man da bei Daria nie sicher sein konnte.

Dennoch versuchte er sich einzureden, daß es sich auch um einen Streich handeln konnte, den Lon oder einer der anderen ihm gespielt hatte. Vielleicht hatten sie gedacht, es wäre ein gelungener Scherz, ihn, während er schlief, ins Freie zu schleppen …

Aber das ergab keinen Sinn. Soweit Weiland nachrechnen konnte, war er sechzehn Jahre alt und hatte die meiste Zeit seines Lebens in Darias Gefolge verbracht, wo er auch lernte, nicht allzu tief zu schlafen, weil er wußte, daß seine Kameraden solche derben Späße liebten.

Auch konnte er den Schmerz in seinem rechten Bein nicht länger verleugnen, er war zu heftig, um ihn allein der Kälte zuzuschreiben. Vorsichtig stützte er sich auf die Arme und sah nach. Sein Knöchel steckte in einer eisernen Wolfsfalle! Ihm so etwas anzutun, hätte nicht einmal Lon gewagt. Außerdem konnte er die Spuren im Schnee sehen, Pfotenabdrücke eines Vierbeiners, die dort endeten, wo er lag. Offenbar hatte er bereits versucht, sich loszureißen: Die Zähne der Falle hatten vom Knie bis hinunter zum Knöchel tiefe, häßlich klaffende Wunden gerissen. Doch so böse die Verletzung aussah, war sie doch keine Erklärung für das Blut in seinem Mund. Er hatte gehofft, es wäre sein eigenes – das wäre schlimm genug, aber eben nicht ganz so schlimm wie …

Sein Magen krampfte sich zusammen. Er schaffte es, sich beinah aufzusetzen, ehe er sich übergab, und – wie er geahnt hatte – rohes, kaum zerkautes Fleisch herauswürgte.

Ein Wolfsmahl.

Früher hätte er genau untersucht, was aus seinem Magen gekommen war, hätte panisch nach Fellresten und hohlen Vogelknochen gesucht, die bewiesen, daß sein Opfer kein Mensch gewesen war, während er im Körper eines Wolfs weilte. Aber Lon hatte ihn einmal dabei erwischt und mit hämischer Freude die Behauptung in Umlauf gebracht, er habe mit angesehen, wie Weiland ein kleines Kind tötete. Nur wäre er damals lange genug ein Wolf geblieben, um seine Beute vollständig zu verdauen. Natürlich war alles, was Lon sagte, mit Vorsicht zu genießen, und vor allem so etwas, denn jeder wußte ja, was Weiland am meisten zu hören fürchtete. *Lügner*, hatte Weiland ihn genannt. *Narr*, hatte Lon zurückgegeben. Schließlich endete es damit, daß Daria alle beide bestrafte, obwohl sie es, je nach Laune, bisweilen genoß, einem Streit zuzuschauen. Aber diesmal hatte sie Weiland abermals in einen Wolf verwandelt, und da Lon sich gern in seiner wahren Gestalt befand – der eines Bären –, wurde er dazu verurteilt, auf sein Abendessen zu verzichten. *Lügner*, hatte Weiland ihn genannt. Aber seither suchte er nicht mehr nach Beweisen dafür, daß er keinen Menschen getötet hatte, aus Furcht, das Gegenteil zu entdecken.

Auch als sein Magen längst leer war, dauerte das Würgen an; zuerst brachte er noch bittere Galle hervor, dann gar nichts mehr, und schließlich hatte Weiland das Gefühl, beim nächsten Krampf würde der Magen selbst hochkommen.

Dann war endlich Schluß; erschöpft legte Weiland das Gesicht in die Armbeuge. Trotz der Kälte war er schweißgebadet, und das war sicherlich gefährlicher für ihn als alles, was er als Wolf gegessen – oder getan – hatte. Tränen standen ihm in den Augen, aber sie kamen nur von der Erschöpfung, nicht von den Schmerzen, als er versehentlich das Bein bewegte, so daß die scharfen Zähne der Falle über den Knochen scharrten. Und ganz bestimmt waren die Tränen nicht Ausdruck seiner Gefühle.

Daß Daria nicht da war und ihn nicht sehen konnte, spielte dabei keine Rolle: Daria hielt nicht viel von Tränen, deshalb hatte sie Weiland das Weinen mit Schlägen ausgetrieben; seit er vier Jahre alt war, weinte er nicht mehr. Damals hatte sie ihm auch erzählt, daß das Fell auf ihrem Bett einmal seine Mutter gewesen war. Er erinnerte sich nicht an seine Mutter, er erinnerte sich nicht daran, wie er als Wolfswelpe durch den Wald gestreift war, wie Daria ihn gefangen und ihn zum erstenmal in einen Menschen verwandelt hatte. Tatsächlich war er in der Zeit des Heranwachsens öfter Mensch als Wolf gewesen, was vielleicht erklärte, daß er – als einzige von Darias Kreaturen – seine menschliche Gestalt bevorzugte. Doch als er erfuhr, wer seine Mutter war, weinte er, und Daria prügelte ihn dafür so gnadenlos, daß sie danach ihren Heilzauber einsetzen mußte, sonst wäre er gestorben.

Nun versuchte er sich zu erinnern: Was hatte er diesmal verbrochen, daß Daria wartete, bis er eingeschlafen war, und ihn dann verwandelte – in ihrer eigenen Halle? Das war doch gewiß lästig – sogar gefährlich –, denn wenn er ein Wolf war, wußte er nicht, vergaß er, wie es war, ein Mensch zu sein. Beim Gedanken, daß das, was er gerade ausgespien hatte, womöglich die Überreste eines seiner Kameraden war, drehte sich ihm erneut der Magen um.

Als die Kälte so stark wurde, daß sie durch sein Elend drang, setzte er sich auf – behutsam, damit sich die Falle nicht noch weiter in sein Bein grub –, nahm eine Handvoll Schnee und wusch sich damit den Mund aus, um den Geschmack von Blut und Erbrochenem loszuwerden.

Ihm war so kalt, daß es fast brannte.

Aber er hatte schon zu lange damit gewartet, sich Gedanken um seine Befreiung zu machen. Falls es überhaupt noch ein Entkommen für ihn gab. Der Blutverlust, das Erbrechen, die bittere Kälte – das alles hatte ihn so geschwächt, daß er es nicht schaffte, die Zahnbacken der Falle auseinanderzuziehen. Außerdem – selbst wenn er freikam, was dann? Entweder wußte Daria, wo er war, und würde ihn holen, sobald sie zu der Ansicht gelangte, ihn ausreichend bestraft zu haben. Oder sie wußte es nicht, und dann war äußerst unwahrscheinlich, daß er in erreichbarer Nähe Schutz fand, auch wenn sein Bein nicht gebrochen war.

Weiland streckte sich wieder aus und vertraute auf sein Glück, obwohl er andererseits wußte, daß er gerade deshalb hier war, weil ihn ebendieses Glück verlassen hatte. Er ballte die Fäuste, um möglichst wenig Wärme zu verlieren, und zog die Knie an die Brust, soweit die Falle es zuließ.

Daß er sich in menschlicher Gestalt befand, bedeutete sicher, daß Daria in der Nähe war, denn ihre Zauberkräfte waren nur bis zu einer gewissen Entfernung wirksam, das gab sie bereitwillig zu. Sicher wollte sie ihn nur noch eine Weile länger leiden lassen. Selbst wenn ihm ein paar Finger oder Zehen abfroren, selbst wenn er dem Tode nahe wäre, würde ihre Magie ihn heilen. Das hatte sie schon des öfteren getan.

Allmählich machte die Kälte ihn schläfrig, und er fragte sich, ob Darias Zauberkraft auch die Toten auferwecken konnte.

Ein schlechter Gedanke zum Einschlafen für jemanden, der sich zu sterben wünschte.

Kapitel 2

Er war nicht tot. Darias Stimme kam von weither, über Berg und Tal, auf verschlungenen Wegen. »Dies wird sehr schmerzhaft für dich sein.«

Weiland hätte Darias Warnung nicht gebraucht. Oft waren die ursprünglichen Verletzungen leichter zu ertragen als die Heilung: Ein Brennen und Reißen ergriff seinen Körper, fuhr ihm durch Mark und Bein, so daß er tagelang keuchend im Bett lag, zu schwach, um aufzustehen – selbst damals, als er sich eigentlich nur das Handgelenk verstaucht hatte. Aber sie hatte sich darüber geärgert, daß die Servierplatten zu schwer für seine geschwächte Hand waren und er deshalb das Abendessen nicht anständig auftragen konnte. Der Umstand, daß ihr Zauber ihn dann für zwei Tage völlig lahmlegte, war für sie gänzlich ohne Bedeutung.

Auch diesmal mußte sie wohl überaus zornig gewesen sein, das erkannte Weiland in den wenigen klaren Augenblicken zwischen Benommenheit und Schmerzen. Offenbar hatte sie ihn so weit geheilt, daß er hören und verstehen konnte. So verschwendete sie die Qual nicht nutzlos an jemanden, der ohnehin nichts mehr fühlte.

Mit kühlen, sanften Fingern strich sie ihm die schweißnassen Haare aus der Stirn. Nicht, daß es sehr viel Haar gab, denn Kedj, der Schwertmeister, sorgte stets dafür, daß alle kurzgeschoren waren, damit kein Feind nach ihrem Schopf greifen und sie daran festhalten konnte. Daria wollte nur ganz sicher sein, daß er auch wach war.

Weiland schlug die Augen auf. Er lag in der Halle, auf seinem Schlaflager am Feuer. Obgleich er der Jüngste war, beanspruchte er für sich diesen Platz – den jeder in Darias Trupp begehrte –, denn er lebte schon sehr lange bei ihr und war seit diesem Jahr auch stark genug, sein Vorrecht zu verteidigen.

Darias Gesicht schwebte eine Handbreit über ihm; sie lag quasi neben ihm, weil sie ihn so am besten betrachten konnte. Sie lächelte. Daria war eine schöne Frau und sah jünger aus, als sie sein mußte; seit Weiland bei ihr wohnte, war sie nicht gealtert. »Willkommen«, sagte sie. Und entfesselte von neuem ihre Zauberkraft.

Es war immer schwer zu erraten, was Daria wollte. Möglicherweise musterte sie ihn so genau, weil sie es genoß zuzusehen, wie er sich in Qualen wand. Doch Weiland biß unwillkürlich die Zähne zusammen, um den Schmerzensschrei zu unterdrücken, während Daria fortfuhr, sein Gesicht zu liebkosen. Anscheinend war sie in der Stimmung, in der sie Tapferkeit von ihm verlangte. Schon vor langer Zeit hatte Weiland gelernt, Daria das zu geben, was sie sich wünschte; es war nur manchmal schwierig, ihre Wünsche zu erraten.

Noch als das Schlimmste überstanden war, konnte er kaum still liegen, und er hatte es nicht ganz geschafft, jeden Klagelaut zu unterdrücken. Dennoch beugte sich Daria über ihn und küßte ihn auf die Stirn, ehe sie ihn verließ. Offenbar war sie zufrieden.

Noch immer kam sein Atem unregelmäßig und stoßweise, aber Weiland döste ein, zu benebelt, um seine Decke zu finden. Wahrscheinlich wäre er ohnehin zu schwach gewesen, sie über sich zu ziehen.

Diesmal würde es sehr viel länger als zwei Tage dauern, bis er sich erholte.

* * *

Die Tage verstrichen. Er wußte nicht, wie viele es waren, aber das spielte auch keine Rolle. In Darias Halle glich ein Tag dem anderen. Die Jahreszeiten unterschieden sich darin, daß man wärmere oder leichtere Kleidung trug, daß Nahrung leichter oder schwerer zu bekommen war, und daß mehr oder weniger Reisende auf dem Weg über die Berge hier Rast machten. Doch letztlich ähnelten sich die Tage ebenso wie die Jahre.

Nach und nach wurde Weiland bewußt, daß er fror, und dann sah er, daß die anderen ihn vom Feuer weggezogen hatten, während er wehrlos gewesen war. Gelegentlich stieß ihn jemand an oder trat ihm scheinbar unabsichtlich auf die Finger, aber Daria wachte wohl in einem gewissen Rahmen über ihn, denn seine Decke verschwand nicht, er wurde sauber gehalten, bekam Wasser und – als seine Kräfte zurückkehrten – auch Brühe.

Schließlich öffnete Weiland die Augen und stellte fest, daß Daria ihn wieder beobachtete. Diesmal allerdings stand sie über ihm und blickte auf ihn herab. »Meinst du nicht, du übertreibst allmählich ein bißchen?« fragte sie. »Wenn du dich einigermaßen aufrappeln kannst, möchte ich gern mit dir sprechen.«

Weiland fuhr hoch, aber da ihm noch immer leicht schwindlig war, konnte er nicht einschätzen, wieweit es ihm gelang, gerade zu sitzen.

Unterdessen war Daria verschwunden. Waren wirklich nur wenige Augenblicke vergangen, oder hatte er zwischendurch das Bewußtsein verloren? Daria würde es nicht auf die leichte Schulter nehmen, wenn er sie nicht genügend beachtete. Doch es half nichts – sobald er länger saß, mußte Weiland den Kopf gegen die angezogenen Knie lehnen.

In diesem Moment kam Rohmar vorbei und trat auf die Hand, mit der Weiland das Gleichgewicht zu halten versuchte – vielleicht aus Unbeholfenheit, vielleicht aber auch nicht.

Doch die anderen beobachteten Weiland, unter ihnen natürlich auch Lon. Sie warteten auf ein Zeichen der Schwäche. Sie gierten regelrecht danach.

Kurz entschlossen stellte Weiland Rohmar ein Bein; Rohmar stolperte, was die Zuschauer mit großer Heiterkeit aufnahmen. Sogar Lon, der sich zweifelsohne noch in der Stunde, als man Weiland hilflos in die Halle trug, zum Anführer aufgeschwungen hatte, ließ sich zu einem Lachen herab. Ihm war es gleichgültig, wer die unteren Ränge besetzte.

Rohmar warf Weiland einen haßerfüllten Blick zu. Aber er war ein Feigling – Weiland fand, daß er mehr einem Kaninchen als einem Wolf ähnelte, obwohl er als solcher geboren war –, und schließlich senkte er die Augen und tat so, als wäre er damit beschäftigt, sich am Fuß zu kratzen.

Weiland sah sich langsam in der Halle um. Nichts Verdächtiges, keiner fehlte. Er war mit diesen Männern nicht befreundet, es gab keinen, dessen Tod er betrauert hätte; dennoch hätte es ihm etwas ausgemacht, einen von ihnen gefressen zu haben. Weiland ließ sich nichts von seinen Gedanken anmerken, auf seinem Gesicht zeigte sich nur Verachtung. Zuletzt fiel sein Blick auf Lon, der ihn breit angrinste und die Zähne zeigte. Wahrscheinlich ahnte er nichts von Weilands Erleichterung, keinen seiner Kameraden getötet zu haben. Es genügte ihm, daß Weiland nicht in der Verfassung war, ihn herauszufordern. Weiland fühlte sich wie zerschlagen, als wäre er einen steinigen Berghang herabgerollt. Aber er erwiderte Lons Grinsen. »Sobald ich von Daria zurückkomme«, sagte er und versuchte, drohend zu klingen. Und selbstbewußt. Gleichzeitig wollte er allen ins Gedächtnis rufen, daß Daria derzeit um sein Wohlergehen besorgt schien und es möglicherweise übelnähme, wenn Lon ihm den Kopf abriß. Weiland konnte nur hoffen, daß Lon nach denselben Überlegungen zum selben Schluß gekommen war.

Lon rührte sich nicht, und Weiland schlang die Decke um sich, da seine Kleider verschwunden waren. Als er aufstand, gaben um ein Haar die Beine unter ihm nach, was für die anderen eine deutliche Einladung gewesen wäre, über ihn herzufallen. Schwäche konnte in Darias Halle tödlich sein.

Aber er schaffte es, sie zu durchqueren, ohne sich an Wand oder Tisch abstützen zu müssen, und falls die Tiernatur der anderen das Hämmern seines Herzens fühlte, seine Angst roch und seine Schmerzen schmeckte, so konnte doch wenigstens keiner die schwarzen Schatten erkennen, die überall an den Grenzen seiner Wahrnehmung lauerten.

Draußen auf der Galerie blieb er nicht stehen, denn es konnte sein, daß sie ihn beobachteten. Oder waren das vielleicht nur menschliche Hirngespinste? Manchmal sah er Dinge voraus, die nie eintraten, oder machte sich Sorgen um Dinge, die den anderen nie in den Sinn zu kommen schienen. All das konnte daher rühren, daß er vornehmlich als Mensch erzogen worden war. Eine Zeitverschwendung, meinte Daria. Ein gescheiterter Versuch. Seither benutzte sie ausgewachsene Tiere, die zuverlässiger waren und weniger Mühe machten.

Jedenfalls hatte Weiland nicht den Eindruck, daß einer der anderen ihm folgte, als er sich zur Kleiderkammer schleppte. Hier bewahrte Daria die Kleidungsstücke auf, die sie den Reisenden abnahmen, wenn sie nicht genug Geld für den Wegezoll dabei hatten. Schwer atmend sank Weiland auf eine der Truhen.

Das Ankleiden erschöpfte ihn von neuem, aber er hatte bereits zu lange gebraucht. Daria war alles andere als eine geduldige Frau. Obwohl das Bein, das in der Falle gesteckt hatte, vollkommen heil aussah, pochte es schmerzhaft. Hinkend machte sich Weiland auf den Weg zu Darias Gemächern.

Kapitel 3

Vor Darias Tür zögerte Weiland. Lohnte es sich, Darias Zorn herauszufordern, um ein wenig Atem zu schöpfen? Aus dem Zimmer hörte er Flötenspiel, also würde er laut genug klopfen müssen, um die Musik zu übertönen, und er war im Augenblick nicht sicher, ob er das bewerkstelligen konnte. Er klopfte einmal und wollte gerade den Mut für ein zweites Mal zusammennehmen, als er ihre Stimme hörte: »Komm herein!«

Als erstes sah er, daß Kedj, der Schwertmeister, zugegen war, was immer für eine gefährlich angespannte Stimmung sorgte. Aus dem Hinterzimmer kam leichter Weihrauchduft, aber wenigstens war die Tür geschlossen. Daria und Kedj schienen zu arbeiten. Sämtliche Kleidertruhen und Schmuckkästen Darias standen offen und sahen aus, als wären sie geplündert worden. Daria saß auf dem Bett, umgeben von Kleidern, die sichtlich nicht ihre Zustimmung fanden, denn sie durchstöberte die Sachen mit mürrischem Gesicht, und auf dem Boden häuften sich Seide, Leinen und Samt. Als sie zum zweitenmal versehentlich statt eines Kleides einen herabhängenden Zipfel des Bettvorhangs erwischte, zerrte sie diesen herab und warf ihn ebenfalls auf den Boden.

Kedj saß auf der unteren der beiden Stufen, die zum Bett hinaufführten, und las mit gewohnt gleichmütiger Miene aus einem Rechnungsbuch vor. Kedj war der Älteste in Darias Gefolge; er sah aus wie um die Vierzig, aber sein Alter ließ sich schwer bestimmen, weil er vollkommen kahl war.

Llewellur, der Jüngste und Neueste, saß auf einem Hocker auf dem Balkon und spielte noch immer Flöte. Ein ungeheuerliches Wagnis, dachte Weiland. Das Gesicht des Jungen war so fahl wie der Himmel über ihm, und er sah noch magerer aus, als Weiland ihn in Erinnerung hatte. Die als Vögel geborenen Kreaturen kamen nie sonderlich gut mit der Gefangenschaft zurecht. Nach Weilands Schätzung hatte Daria seit seiner Geburt mindestens zwölf von ihnen verschlissen. Immer endete es damit, daß sie sich zu Tode hungerten oder auf den Hügeln und in den umliegenden Wäldern zu Tode kamen. Mindestens vier hatten sich vom Turm gestürzt. Aber Daria behauptete, keiner spiele die Flöte so lieblich wie die Vogelgeborenen. Da sie in so rascher Folge kamen und gingen, gab sie ihnen stets denselben Namen: Llewellur. Falls darin eine tiefere Bedeutung lag, als daß Daria sich nicht alle paar Monate einen neuen Namen ausdenken wollte, war diese Weiland nicht bekannt. Wenn er sich Llewellur so anschaute, konnte er sich nicht vorstellen, daß er den Winter überleben würde, auch wenn die Tage bereits wärmer wurden.

Daria blickte von ihrer Kleider-Sortiererei nicht auf, und Kedj las unbeirrt weiter vor.

Zögernd blieb Weiland unter der Tür stehen, unsicher, ob er sich nähern sollte oder warten, bis man ihn zu Kenntnis nahm. Schließlich wählte er den Mittelweg und trat ins Zimmer, ohne jedoch die Tür hinter sich zu schließen oder zu der Estrade vorzugehen, auf der das Bett stand. Er wartete, aufrecht, die Hände hinter dem Rücken verschränkt, mit einem – so hoffte er – wachen Gesichtsausdruck, der zeigte, daß er weder träumte noch etwas belauschte, was ihn nichts anging.

Die Liste, die Kedj vorlas, befaßte sich mit Waffen, allem Anschein nach eine Bestandsaufnahme. Und offenbar endlos. »Schwerter«, las Kedj, »Klasse der *Breit-*

schwerter.« Soundso viele in hervorragendem Zustand, soundso viele in gutem bis zufriedenstellendem Zustand, soundso viele in einem Zustand, daß eine Reparatur lohnte, soundso viele in einem Zustand, daß man sie einschmelzen und neu schmieden sollte. Dann: »Schwerter, Klasse der *Langschwerter.*« Dann *zweihändige Schwerter*, dann die hölzernen Übungsschwerter, die es ebenfalls in den Spielarten breit, lang und beidhändig gab.

In Weilands rechtem Bein zuckte es, aber er wußte, daß er bei Daria nur unangenehm auffiele, wenn er anfing herumzuzappeln.

Das gleiche galt natürlich für einen Zusammenbruch. Weiland bemühte sich angestrengt um ein ausdrucksloses Gesicht. Glücklicherweise hatte Kedj Messer, Piken, Speere, Knüppel und Schlachtäxte wohl schon hinter sich gebracht, so daß, nachdem über die Schwerter endlich Bericht erstattet war, nur noch die Bogen übrigblieben: Langbogen, Kurzbogen, Armbrüste. Endlich legte Kedj eine Pause ein.

Daria blickte auf, aber zu Kedj, nicht zu Weiland. »Lies weiter«, befahl sie, während Weiland sich anstrengte, gleichmäßig zu atmen.

Kedj listete alle Nahrungsvorräte auf, und Weiland freute sich zu hören, daß es hier nur drei Klassen gab: leicht verderblich, verderblich und lagerfähig.

»Gut«, sagte Daria schließlich. »Wie du meinst.« Was ein recht eindeutiges Zeichen dafür war, daß sie nicht zugehört hatte und sich sowieso auf Kedjs Urteil verlassen würde. Dann endlich sah sie zu Weiland hinüber und winkte ihn zu sich.

Er befürchtete stark, daß sein Bein beim ersten Schritt einknickte, aber glücklicherweise ging alles gut.

»Hast du zugehört?« fragte Daria.

Womöglich war das eine Fangfrage. Die richtige Antwort konnte lauten: »Nein, Herrin, gewiß nicht.«

Er bemühte sich, aufmerksam dreinzublicken, als erwarte er begierig – doch niemals ungeduldig – ihre Anweisungen. Vielleicht kam er so um eine Antwort herum.

Daria deutete auf Kedjs Haushaltsbuch und die Unordnung im Raum. »Was meinst du dazu?« fragte sie.

Musterung und Bestandsaufnahme. Doch das wäre zu offensichtlich gewesen. »Plant Ihr eine Reise?«

Wieder eine Geste, die andeutete, daß mehr dahintersteckte.

»Mit ...« Er zögerte, sah aber erst gar nicht zu Kedj hinüber, weil er wußte, daß dieser ihm ohnehin nicht helfen würde. »... mit einem Teil Eures Gefolge?«

»Sehr klug«, sagte Daria mit übertriebener Begeisterung, um zu zeigen, daß sie es ironisch meinte. Trotzdem war Weiland erleichtert. Es hätte auch sein können, daß Daria sie allein ließ – sie einander auslieferte, bis sie sich gegenseitig umbrachten –, um dann mit einem besseren Trupp von vorn zu beginnen. Damit hatte sie oft genug gedroht. Aber jetzt fuhr sie fort: »Bisweilen denke ich, du bist doch nicht ganz hoffnungslos.«

Eine Weile betrachtete sie ihn stumm.

»Bisweilen«, wiederholte sie dann.

Wieder dieses unangenehme Gefühl, daß sie nicht mit ihm zufrieden war. »Darf ich fragen« – er mußte sich räuspern, hoffte aber inständig, daß es die richtige Frage war, die Frage, die sie von ihm erwartete – »darf ich fragen, wann wir aufbrechen?«

»Das hängt von dir ab.«

Bei seinen Truppkameraden wußte er wenigstens einigermaßen, woran er war – sogar bei den Übungsstunden mit Kedj. Zwar waren sie brutal, aber wenigstens änderten sich nicht ständig die Regeln. Sei wachsam, traue keinem, kämpfe bis zum Tod, solange man dir nichts anderes befiehlt – das waren Dinge, die er verstand. »Herrin?« sagte er und hoffte, daß er aufmerksam und eifrig, aber keinesfalls panisch klang. ›Aufmerksam und eifrig‹ war eine Haltung, die bei Daria für gewöhnlich gut ankam. Für gewöhnlich …

Sie winkte ihn noch näher. »Hast du dir während deiner *langen* Erholungspause denn nie überlegt, warum ich dich dieses letzte Mal in einen Wolf verwandelt habe?« fragte sie und strich ihm sanft übers Gesicht.

Er zögerte. Manchmal gefiel es Daria, wenn er sich überschwenglich entschuldigte, selbst wenn er gar nichts Falsches getan hatte; in manchen Stimmungen wurde sie einfach gern um Verzeihung gebeten. Aber dann wieder ärgerte sie sich um so mehr darüber. Ihr Gesicht verriet kaum jemals, was gerade erwünscht war. Sie saß nur da, die Hand noch an Weilands Wange; Kedj war auf seinem Platz geblieben und beobachtete die Lage, während Llewellur eine traurige, einsame Weise auf der Flöte spielte. Endlich mußte Weiland etwas sagen. »Herrin?« wiederholte er zögernd.

Sie gab ihm eine schallende Ohrfeige. Er zuckte nicht zusammen und sah auch nicht weg, denn das hätte Daria bestimmt als Herausforderung empfunden. »Das war eine Warnung«, sagte sie. Die Ohrfeige oder die Verwandlung? »Unsere Lebensumstände werden sich nämlich verändern.« Also die Verwandlung. Wahrscheinlich jedenfalls. »Und ich möchte sichergehen, daß du dich benimmst.« Sie tätschelte ihm die noch brennende Wange – es war halb Streicheln, halb Ohrfeige. »*Wirst* du dich benehmen?«

»Ja, Herrin«, versicherte er etwas atemlos, ohne die geringste Ahnung, was sie damit meinte.

»Ich bin zu dem Schluß gekommen, daß dies hier« – sie deutete auf den Raum ringsum – »zu klein ist, zu beengend.« Vermutlich meinte sie damit die gesamte Festung. »Ich bin zu dem Schluß gekommen, daß sich in einem Stadthaus in St. Celia's vielleicht neue Möglichkeiten für uns auftun.«

Da ihnen die beste Straße durch die Wildnis und das Gebirge gehörte, bestritten sie ihre Einkünfte aus Wegezoll, der nicht so übertrieben war, daß sie damit die Aufmerksamkeit der Barone in der Umgebung auf sich zogen – oder jedenfalls nicht so, daß es diesen Baronen die Mühe und die Kosten wert war, sie immer wieder in die bewaldeten Berge zu verfolgen, in denen sich nur Darias Trupp wirklich gut auskannte. Weiland konnte sich nicht vorstellen, wie so etwas in der Stadt zu bewerkstelligen wäre. Er hatte keine Ahnung von Städten, aber er stellte nie in Frage, was Daria sagte.

Noch immer musterte sie ihn. »Ich kann dich wohl schlecht mitnehmen, wenn ich dich ständig wieder an deinen Platz erinnern muß, indem ich dich in deine wahre Gestalt verwandle. Die Menschen in St. Celia's wären darüber gewiß nicht erfreut. Ich kann es mir nicht leisten, länger Geduld mit dir zu haben.«

»Nein, Herrin«, pflichtete Weiland ihr bei. Vielleicht hatte er gar nichts Bestimmtes falsch gemacht; sie hatte ihn sozusagen nur aus Gewohnheit bestraft.

»Eine Dame von Stand kann sich nicht mit Dienern umgeben, die nichts weiter sind als abgerichtete Tiere. Und ich habe vor, mich als Dame von Stand zu versuchen. Deshalb möchte ich, daß du dich von deiner besten Seite zeigst. Und du wirst dafür sorgen, daß sich auch die anderen so menschlich benehmen, wie du es gern zu sein vorgibst, denn es darf niemand Verdacht schöpfen, wer ihr wirklich seid.«

»Ich?« Weiland sah das ärgerliche Aufblitzen in ihren Augen. Er war wieder einmal schwer von Begriff. »Ich meine«, begann er, bemüht, nicht zu stammeln, »ich bin ...«

Aber sie wußte ja, daß er noch nie in der Stadt gewesen war, daß er keinerlei Erfahrung im Umgang mit

Menschen hatte, außer ihr gegenüber untertänig zu sein und Reisenden das Geld abzuverlangen. Sie brauchte *ihn* wahrhaftig nicht, um das Offensichtliche erklärt zu bekommen. Zumindest jedoch schien sie zu erwarten, daß er fähig war, die Herrschaft über den Trupp wieder an sich zu reißen, trotz Lons gegenwärtigen Aufstiegs. Er war selbst überrascht, wie sehr er sich darüber freute, daß sie soviel Vertrauen in ihn setzte. »Ja, Herrin«, sagte er.

»Von nun an bist du der Hausangestellte von Lady Daria de Gris und kein Wegelagerer, und wir sind vor kurzem aus dem Heiligen Land zurückgekehrt.«

»Aus dem Heiligen Land?« wiederholte Weiland, der damit nichts anfangen konnte.

Daria drehte sich zu Kedj um und fauchte: »Ach, dieser Knabe ist hoffnungslos.«

Ganz unerwartet stellte sich Kedj auf Weilands Seite: »Bedenkt seine Herkunft.«

»Das Heilige Land ist… weit weg«, erklärte Daria mit einer vagen Handbewegung. »Es gibt dort einen Krieg, schon seit… seit mindestens hundert Jahren.«

Weiland hatte den Verdacht, daß sie Einzelheiten einfach erfand, wenn sie etwas nicht wußte. Er wußte, daß Krieg so etwas wie ein Kampf war, nur größer. Er hatte schon bei Kämpfen mitgewirkt, wenn Gruppen von Reisenden, die den Wegezoll nicht entrichten wollten, Soldaten anheuerten, die sie über die Berge begleiten sollten. Seine gesamte Ausbildung hatte sich ums Kämpfen gedreht, doch er konnte sich nicht vorstellen, wie ein Kampf mehr als ein oder zwei Tage dauern sollte.

»Wenn du etwas ganz Dummes sagst«, fuhr Daria unterdessen fort, »werden die Leute deshalb denken, es kommt daher, daß du von Ausländern erzogen wurdest.«

»Ja, Herrin«, sagte Weiland.

»Solltest du mich in Verlegenheit bringen, weißt du, was dann passiert?«

Zeige keine Angst. Laß dir keinen Widerwillen anmerken. »Ja, Herrin.«

»Oder wenn mir etwas geschieht, so daß ich dich nicht mehr unter meinem Bann halten kann?«

»Ja, Herrin.« Wieder merkte er, daß er atemlos wurde.

Daria hob die Hand.

Da er die ganze Zeit zugestimmt hatte, erwartete Weiland nur eine weitere Ohrfeige. Aber der Schmerz war weit schlimmer und durchzuckte seinen ganzen Körper. Der Raum begann sich zu drehen, er fiel nach vorn und seine Wahrnehmung veränderte sich: Farben verblaßten, er sah die Dinge schärfer, doch sie waren ihm nicht mehr vertraut und hatten keine Namen. Der heiße, berauschende Geruch von Beute stieg ihm in die Nase, und eine nagende Leere in seinem Innern zeigte deutlich, daß er viel zu lange nichts gegessen hatte.

Und dann taumelte er nach vorn, von den Vorder- und Hinterläufen auf Hände und Knie – eine Qual für das rechte Bein, das in der Falle gesteckt hatte. Er hörte Holz auf Stein reiben und wußte, was es war: Llewellur auf dem Balkon, der von seinem Hocker kletterte und vor ihm zu fliehen versuchte. Kedj packte ihn am Genick, ehe das graue Fell wieder kürzer wurde und seine Hand vom kurzgeschorenen blonden Haar abrutschte, so daß die Eisenstacheln von seinem Armband über Weilands Nacken kratzten. Da der Wolfskörper wesentlich kleiner war und er so wild auf Llewellur losgesprungen war, hingen die Kleider unordentlich und verdreht an Weilands Körper. Er schlang beide Arme um sich, als könnte er so das Menschliche festhalten.

Daria legte ihm die Hand unters Kinn. »Dummes Ding«, sagte sie in einem Ton, den man bei ihr fast sanft nennen konnte. »Du wirst mir nie entkommen, das weißt du. Das Beste, was du dir wünschen kannst, ist, daß ich dich in menschlicher Gestalt sterben lasse – vorausgesetzt, du bist eine sehr, sehr lange Zeit ein sehr, sehr braver Junge.« Sie verstärkte ihren Griff, ehe sie losließ. »Aber wahrscheinlich nicht.«

Weiland hatte keine Ahnung, welche Haltung sie von ihm erwartete.

Oder ob er seine Haltung zeigen würde.

»Geh«, fauchte sie. »Mach dich irgendwo nützlich.« Er wußte nicht, ob sie wütend war oder ihn loshaben wollte. »Es sei denn, du hast vor, mir zu erklären, daß du zu weiter nichts fähig bist, als herumzuliegen und dich von mir aushalten zu lassen. Ich habe keine Zeit für irgendwelchen Unsinn.«

Weiland stand auf, verbeugte sich und trat einen Schritt zurück, während er krampfhaft überlegte, ob darauf ein »Ja, Herrin« oder ein »Nein, Herrin« angemessen wäre. Er spürte, wie ihm Blut über den Nacken in den Kragen lief. Doch Daria war eher geneigt, ihn wegen des Bluts zu beschimpfen, als Kedj dafür zur Rede zu stellen, daß er eine Ausrüstung trug, die im Lauf der Jahre jeden einzelnen des Trupps irgendwann schon einmal ernsthaft verletzt hatte. Rasch trat er einen weiteren Schritt zurück, damit Daria ihn nicht dabei erwischte, wie er ein frisches Hemd mit Blut besudelte.

Doch Daria hatte sich bereits zu Llewellur gewandt, der sich noch immer mit dem Rücken an die Wand drückte und ängstlich zwischen Weiland und der Brüstung hin und her blickte, als würde er einen Fluchtweg abschätzen. »Llewellur«, fauchte Daria, »hör sofort damit auf!«

Weiland zog sich weiter zurück und hatte gerade die offene Tür erreicht, als Daria rief: »Weiland! Beschaffe mir einen neuen Singvogel.«

Er ist gesprungen, dachte Weiland.

Aber Llewellur kehrte gerade zu dem umgestürzten Hocker und der heruntergefallenen Flöte zurück. Offensichtlich nicht schnell oder nicht entschlossen genug für Daria. War es eine gezielte Drohung? Oder traf Daria einfach nur Vorkehrungen für die Zukunft, in der festen Annahme, daß der Junge den Umzug nach St. Celia's so oder so nicht überleben würde, und es ihr einerlei war, wie grausam ihre Worte waren?

Zögernd hielt Weiland inne, und in dem Moment, als Llewellur sich bückte, um die Flöte aufzuheben, trafen sich ihre Blicke. Leider konnte Weiland nicht erkennen, ob Llewellur Darias Auftrag verstanden hatte, oder ob er sich nur vergewisserte, daß Weiland sich nicht erneut auf ihn stürzte und ihn selbst noch in Menschengestalt als willkommene Mahlzeit betrachtete.

»Ja, Herrin«, murmelte Weiland und schloß die Tür hinter sich.

Kapitel 4

Er träumte, daß er nachts durch den Wald rannte. Er wußte, daß er schon am Nachmittag hier gewesen war, um Jagd auf einen neuen Singvogel für Daria zu machen. Doch nachmittags waren die Bäume winterlich kahl gewesen, und nun glänzte das Sommerlaub silbern im Mondlicht. Eine wunderschöne Umgebung, aber Weiland befand sich mitten in einer von Kedjs Kampfübungsstunden. Und anscheinend hatte Kedj ihn für die Rolle des Verfolgten auserkoren. Gelegentlich ließ sie Kedj als Trupp in menschlicher Gestalt auf die Jagd gehen, um ihre Fähigkeiten beim Spurenlesen zu verbessern; manchmal waren sie aber auch Wölfe, damit der Verfolgte die Kunst des Entwischens übte.

Heute waren sie Wölfe.

Weiland hörte das Jaulen und Knurren, das Knacken im Unterholz, dicht hinter ihm und zu beiden Seiten. Der Pfad, dem er folgte, war von Bäumen gesäumt. Diese standen so eng beieinander, daß der Pfad wie ein Tunnel wirkte oder ein gewundener Gang in Darias Festung. Mit ihren geschmeidigen Körpern zwängten sich die Wölfe durch Klüfte, die für ihn in Menschengestalt unpassierbar waren, sie nutzten Abkürzungen und holten stetig auf.

Vor ihm ging es ein langes Stück geradeaus, dann bog der Weg scharf nach rechts ab. Weiland wußte, daß er keine Zeit verschwenden und nicht zurückschauen durfte, aber er hörte ihren Trab hinter sich, er konnte sich ihr Hecheln und den heißen Atem vorstellen, und er hatte gräßliches Seitenstechen, das ihn selbst bald zwingen würde, langsamer zu laufen.

Er mußte es wenigstens um die Biegung schaffen! Bestimmt war das die Stelle, wo Kedj auf ihn wartete, um ihn *als Verfolgten zum Sieger zu erklären – oder die Wölfe abzuziehen, falls sie gewannen.*

Aber vielleicht war Kedj gar nicht dort – Kedj haßte den Winter, auch wenn er keine Vorbehalte hatte, den Trupp in die Kälte zu schicken. Vielleicht wartete Daria statt seiner. Obwohl Weiland sie noch am Nachmittag gesehen hatte, hatte er das Gefühl, daß sie bereits nach St. Celia's abgereist war und ihn zurückgelassen hatte. Schlagartig wurde ihm klar, daß da vorn – gleich hinter der Biegung – St. Celia's lag. Dorthin mußte er gelangen, um Daria anzuflehen, ihn Mensch bleiben zu lassen.

Schon hörte er das Zähnefletschen hinter sich, nur knapp verfehlte ein geifernder Rachen sein Bein.

Nur noch ein Stück weiter …

Nur noch ein Stück …

Ohne langsamer zu werden, schlug Weiland einen Bogen.

Aber Daria war nicht dort, auch nicht Kedj. Nur noch mehr Wölfe.

Wölfe vor ihm und Wölfe hinter ihm.

Es gab keinen Ausweg, und er versuchte, zwischen den Bäumen zu entkommen, aber die Blätter hatten sich in Dornen verwandelt.

Als er auf seine blutigen Hände hinunterblickte, sah er, daß seine Finger sich in Krallen verwandelten. »Daria!« schrie er, obgleich er von ihr nie Barmherzigkeit erfahren hatte. Doch sie war nicht da, sie war in St. Celia's, wo sich die Dinge für sie so prächtig entwickelten, daß sie ihn vergessen hatte. Er fühlte, wie er sich auflöste, wie alles, was menschlich an ihm war, verschwand, und er wußte, daß dies alles nicht passierte, weil er etwas getan oder unterlassen hatte, nicht aufgrund von Darias bösem Willen, sondern aus Gleichgültigkeit.

* * *

Weiland erwachte in der dunklen Halle. Er setzte sich auf und schlug die Hände vor den Mund. Natürlich wäre es ohnehin zu spät gewesen, um einen Schrei zu unterdrücken. Aber anscheinend hatte er nicht geschrien, denn niemand sonst war wach, niemand lachte ihn aus, niemand mahnte ihn zur Ruhe. Nur sein keuchender Atem war zu hören.

Er versuchte sich einzureden, daß seine Zähne nur der Kälte wegen klapperten, und legte sich wieder hin.

Daria war *hier*, nicht in St. Celia's.

Und soweit er es beurteilen konnte, deuteten alle Anzeichen darauf hin, daß sie ihn mitnehmen wollte. Sie hatte ihm gesagt, er solle ihr einen Singvogel bringen – und das hatte er getan. Der Vogel saß jetzt in einem silbernen Käfig in Darias Gemächern, bereit, Llewellur zu ersetzen, sobald dieser sich das Leben nahm, sobald er floh oder einfach nicht mehr erwünscht war. Auf alle Fälle hatte Weiland die ihm gestellte Aufgabe erfüllt, und es war Llewellur, der in Gefahr schwebte, aber das war seine eigene Schuld, weil er sich nicht mehr bemüht hatte.

Trotzdem hatte Weiland Schwierigkeiten, wieder einzuschlafen.

* * *

Im Hof der Festung bauten unbekannte Männer Wagen und Fässer zum Transport von Darias Sachen. An ihren etwas benommenen, aber nicht unzufriedenen Gesichtern sah man, daß sie erst vor kurzem erschaffen worden waren; nach der Behendigkeit, mit der sie arbeiteten, tippte Weiland auf Biber und Moschusratten. Schon öfter hatte Daria für eine gewisse Zeit solche Arbeitskräfte eingesetzt, wenn etwas gebaut oder renoviert werden sollte. Zeitweilig deshalb, weil sie unter normalen Umständen ihre Untergebenen nach anderen Gesichtspunkten auswählte.

Darias Trupp bestand aus dreiundzwanzig Männern, zum größten Teil wolfgeboren, aber auch ein paar Luchse und Wiesel darunter, ein paar Ratten und natürlich Lon, der ein Bär gewesen war. Wild und grausam allesamt. In der Vergangenheit hatte Weiland Daria Wesen aus Schlangen und Falken züchten sehen, aber was sie bei ihnen je an Schläue heranzog, verlor sie an Fügsamkeit.

Als Hausdiener wurden Kreaturen von sanfterer Herkunft ausgewählt, zumeist Hunde und Mäuse. Gelegentlich jedoch verlor Daria genau aufgrund der Eigenschaften, nach denen sie ihre Diener ausgesucht hatte, die Geduld und ließ einen von ihnen vom Turm werfen. Bisher bestanden Trupp und Dienerschaft ausschließlich aus Männern, denn Daria umgab sich gern mit zuvorkommenden, wohlgestalteten Männern. Weiland hatte oft miterlebt, wie sie körperlich ansonsten völlig einwandfreie und vielversprechende Bewerber zurückwies, nur weil ihr Aussehen ihr nicht zusagte. Doch nun ließ sie Fallen in der Halle aufstellen und befahl, weibliche Mäuse zu ihr zu bringen, Rehe und Kaninchen und wenn möglich auch eine Füchsin aus den umliegenden Wäldern. Eine ganze Schar neuer Dienerinnen erschien, zum Teil nicht für länger als eine Stunde, ehe Daria sie als ungeeignet abtat. Jeden Abend wurde Wild zum Essen gereicht.

Unterdessen war die Halle in Aufruhr, Darias gesamter Haushalt half beim Sortieren und Packen. Die einzigen Ausnahmen waren Llewellur, der unablässig die Flöte spielte, damit Daria den Lärm nicht hörte, und Kedj, der nach St. Celia's vorgeschickt worden war, um alles für ihre Ankunft vorzubereiten.

Doch Kedj hatte Anweisungen hinterlassen, welche Waffen mitgenommen werden sollten, und das war nur die Hälfte des Verfügbaren.

»Sie läßt einige von uns zurück«, sagte Lon zu Weiland, als sie zu zweit die Wandteppiche aus Darias

Gemächern einrollten und aufluden. Natürlich war das keine denkerische Glanzleistung von Lon, denn jeder dachte sich etwas dergleichen.

»Ach wirklich?« fragte Weiland.

Meist war Sarkasmus an Lon verschwendet, aber dieses Mal nicht. »Glaubst du, daß du zu denen gehörst, die sie mitnimmt?« höhnte dieser. »Sie hat oft genug gesagt, daß du nicht den Ärger wert bist, den du verursachst.«

Weiland antwortete nicht, sondern veränderte nur leicht seinen Griff an der Teppichrolle, so daß Lon den größten Teil des Gewichts abbekam. Weiland machte sich ehrlich Hoffnung, mitgenommen zu werden. Drei Nächte hintereinander hatte er nun geträumt, daß er in der Festungsgruppe bleiben würde – ehe überhaupt feststand, daß es eine Festungsgruppe geben würde. Dennoch hielt er es nicht für ausgeschlossen, daß er zu denen gehörte, die Daria in die Stadt begleiten würden, nicht zuletzt wegen der Dinge, die sie ihm in ihren Gemächern mitgeteilt hatte. Allerdings konnte man nie sicher sein, *warum* Daria dies oder jenes sagte. *Ich habe keine Zeit für irgendwelchen Unsinn,* hatte sie gemeint. Aus diesem Grund hatte Weiland auch einen Zweikampf mit Lon um die Führungsrolle im Trupp vermieden – um zu beweisen, daß er ihren Anweisungen folgte. Aber was war, wenn ihre Anweisungen nun lediglich eine Prüfung waren, um herauszufinden, wer sich von Natur aus besser zum Anführer eignete? Was, wenn Weiland mit seinem jetzigen Verhalten dazu beitrug, daß nur Lon mitging und sich dafür nicht einmal anzustrengen brauchte?

Endlich war alles eingepackt.

Mit wachsender Unruhe stellte Weiland fest, daß keine Nahrungsvorräte in der Festung blieben. Möglicherweise erwartete Daria von den Zurückgelassenen, daß sie sich ausschließlich von dem Fleisch ernährten, das sie erjagen konnten. Oder andernfalls nicht überlebten.

Als wäre alles genau so geplant, kehrte Kedj nun aus St. Celia's zurück. Er klagte über die Kälte, den Schmutz und die menschgeborenen Stadtleute. Aber allem Anschein nach hatte er auch die Nachricht mitgebracht, daß alles zu Darias Zufriedenheit vorbereitet war, denn sie verkündete mit Genugtuung, es sei Zeit aufzubrechen. »Sattelt meinen Zelter«, befahl sie, obgleich schon fast Mittag war und die beste Reisezeit rasch verstrich, »und dazu dreizehn Pferde.«

Dreizehn. Das war nur gut die Hälfte, wenn die Dienerschaft neben den Wagen zu Fuß ging. Sicher bedeutete es, daß Weiland mitkam. Sicher hielt Daria nicht die Hälfte des Trupps für wertvoller als ihn.

Kedj gab Anweisungen, welche Pferde gesattelt werden sollten, und wählte ein Dutzend weitere aus, die sie begleiten sollten; zwanzig blieben übrig.

Ein gutes Zeichen für diejenigen, die bleiben mußten, dachte Weiland. Daria würde keine kostbaren Pferde hier lassen, wenn sie plante, nie mehr in die Festung zurückzukehren.

Natürlich war es immer möglich, daß Daria ihre Pläne änderte.

An der Wahl der Pferde ließ sich noch immer nicht ablesen, wer gehen und wer bleiben würde. Kedj war der Ansicht, daß jeder Reiter sich mit jedem Pferd vertraut machen und mit ihm zurechtkommen sollte, deshalb gab es keine permanente Zuordnung von Reiter und Pferd.

Nachdem die Pferde nun also bereitstanden, ließ Daria den Trupp Aufstellung nehmen. Langsam schritt sie die Reihe ab und deutete auf einige der Männer, unter ihnen Weiland. Ob diese bleiben oder mitkommen sollten, war nach wie vor unklar. Weiland beobachtete Daria aus den Augenwinkeln, das Gesicht jedoch gerade nach vorn gewandt. So sah er, daß sie auch auf Lon zeigte, und zum erstenmal machte er sich echte Hoffnungen. Bestimmt würde Daria nicht sie beide zurücklassen! Rohmar wurde nicht ausgewählt, und Weilands Zuversicht wuchs.

Doch sie suchte dreizehn aus, und Kedj gehörte nicht zu ihnen. Dreizehn in einer Gruppe, elf in der anderen. Da dreizehn Pferde gesattelt waren, schien das zu bedeuten … Aber Kedj nicht mitzunehmen …

Aus dem Trupp war Kedj der einzige, von dem man behauptete, er sei als Mensch geboren. Keiner konnte sich erinnern, daß Daria, ganz gleich in welcher Laune, Kedj je in Tiergestalt verwandelt hatte, was – gemäß den verschiedenen Gerüchten – vielleicht auch unmöglich war, weil er nie eine gehabt hatte, oder undenkbar, weil er ihr Liebhaber war. Es gab eine Menge Vermutungen, doch Weiland zweifelte ernsthaft daran, daß Daria jemanden neben sich duldete, der in irgendeiner Weise Macht über sie hatte. Und obgleich Daria mit Kedj vorsichtig umging, war es bei weitem nicht vorsichtig genug, um irgendeine engere Beziehung nahezulegen als die zwischen einer Herrin und ihrem treuen Schwertmeister. Kedj war als erster bei Daria gewesen, und selbst diejenigen aus dem Trupp, die im Lauf der Jahre gestorben waren, hatten nie von einer Zeit gesprochen, in der es noch keinen Kedj gegeben hatte. Gelegentlich schickte sie ihn auch in die Städte der Menschen: um Dinge zu erwerben, die man von Durchreisenden nicht bekommen konnte, um Erkundungen einzuholen, oder auch, damit er seinen eigenen Geschäften nachgehen konnte, was immer diese sein mochten.

Außerdem hatte Kedj Zutritt zu ihrer Zauberkammer, wo er ihr bei der Arbeit zusah.

Trotz der falschen Anzahl war Weiland sicher, daß Kedj zu der Gruppe gehörte, die nach St. Celia's zog.

Doch dann deutete Daria auf die gesattelten Pferde und sagte zu Weilands Gruppe: »Steigt auf«, und zu den anderen: »Ich vertraue Kedj diese Festung an. Gehorcht ihm, wie ihr mir gehorchen würdet.« Dann wandte sie sich den neuen Männern zu, welche die Wagen und Fässer und Kisten gebaut hatten. »Ihr könnt gehen, wenn ihr wollt.«

Die Zügel seines unruhigen Pferds fest in der Hand – alle Pferde des Trupps waren nervös –, dachte Weiland daran, wie gern er selbst diese Worte von Daria hören würde. Und doch kroch ihm ein Schauer über den Rücken.

»Ich schenke euch noch einen Tag und eine Nacht in Menschengestalt«, fuhr Daria fort.

Die neuen Diener standen etwas benommen da und blinzelten ins Sonnenlicht. Entweder waren sie noch nicht lange genug Mensch gewesen, um dies als Gunst zu verstehen. Oder aber, sie waren schon so lange Mensch, daß sie Darias Großzügigkeit nicht mehr trauten. »Geht«, wiederholte sie mit einer Handbewegung, als wollte sie die Männer wegscheuchen.

Und gerade als sie sich in Marsch setzten und sie mit Sicherheit noch hörten, wandte sich Daria an die zehn, die unter Kedjs Kommando bleiben würden, und sagte: »Als Abschiedsgeschenk für euch gewähre ich euch diese Nacht – ab Sonnenuntergang – in eurer natürlichen Gestalt.«

Also zum größten Teil als Wölfe und Luchse.

Nun wandten die Arbeiter sich eilig zur Flucht. In einem Tag mußten sie soviel Abstand wie möglich zwischen sich und die hungrigen Bestien bringen, die sich an ihre Fersen heften würden. Längst nicht genug Zeit, um an die Grenzen von Darias Zaubermacht zu gelangen. Und dann waren sie nicht einmal mehr in ihrer natürlichen Umgebung, in der sie geboren waren und die ihnen als Schutz diente.

Weiland, der noch immer die Zügel umklammerte, war von Herzen erleichtert, daß er nicht zu denen gehörte, die gegen Mitternacht die Spur dieser armen hilflosen Kreaturen aufnehmen würden.

Aber was war eigentlich schlimmer, fragte eine leise Stimme in seinem Inneren: Den Rest des Lebens als Wolf zu verbringen und es nicht besser zu wissen, oder in der Gesellschaft einer Frau, die derlei Zeitvertreib unterhaltsam fand?

Gedankenverloren machte er sich ans Aufsitzen. Er faßte die Zügel fester, legte eine Hand auf den Sattelknauf und wollte sich hinaufschwingen. Mitten in der Bewegung nahm er verschwommen wahr, wie sich hinter ihm etwas zum Sprung bereit machte. Sofort erkannte er seinen Fehler, aber er hatte keine Zeit mehr, sich umzuwenden.

Etwas Schweres traf ihn und warf ihn auf den harten Lehm des Festungshofs, so heftig, daß es ihm den Atem verschlug und er jeden Knochen im Leib spürte. Sein Angreifer rollte sich ab, hielt ihn aber weiterhin fest umklammert; hätte das Pferd jetzt ausgeschlagen, hätten seine Hufe Weiland getroffen. Einen Moment später war Weiland hier zwar außer Gefahr, konnte aber immer noch nichts sehen, geschweige denn atmen, und wurde noch einmal umgedreht und von Kedjs Gewicht auf die Erde gedrückt.

»Sei wachsam«, hörte er Kedjs leise Stimme an seinem Ohr. Der hatte den Arm über Weilands Kehle gelegt, die scharfen Stacheln seines Armbands drohten, bei einer falschen Bewegung einzudringen.

Weiland versuchte mit aller Kraft, einen der Griffe anzuwenden, die er gelernt hatte, aber Kedj, dessen Kraft zuweilen fast übernatürlich zu sein schien, riß ihn hoch und ließ ihn dann so plötzlich fallen, daß er mit dem Kopf auf den Boden schlug.

»Traue keinem«, fuhr Kedj in der Litanei fort – es

waren mit die ersten Worte, die Weiland gelernt hatte. »Kämpfe bis zum Tod, solange man dir nichts anderes befiehlt.«

Hätte Kedj ihn nicht unerbittlich festgehalten, wäre Weiland dazu bereit gewesen.

»Wenn ich ein Feind wäre«, sagte Kedj, »dann wärst du jetzt tot.« Sein Gesicht kam immer näher, bis es nur noch eine Handbreit über Weiland schwebte. »Ich habe ernsthafte Bedenken, was die Fähigkeiten und die Kraft von diesem hier angeht« – er vereitelte beiläufig Weilands Versuch, ihn zu treten – »und ich denke, du wärest besser dran, Daria, wenn du ihn mir als Mittagsmahl überließest.«

»Vielleicht, wenn du mich in St. Celia's besuchst«, antwortete Daria ungerührt.

Noch einen Augenblick länger hielt Kedj Weiland fest und grinste raubtierhaft, wie das viele des Trupps gern taten. Doch dann sprang er auf und entwischte Weiland mit der unglaublichen Behendigkeit, mit der er seine Schüler bei den Kampfübungen ausstach.

Die Umstehenden lachten, sowohl die Daheimbleibenden als auch die, die bereits im Sattel saßen; Daria schenkte ihm lediglich einen angewiderten Blick. Rasch schwang Weiland sich auf sein Pferd, ehe seine Muskeln den Dienst versagten und Daria womöglich ihren Entschluß doch noch änderte.

Unterdessen verschränkte Kedj die Hände, um Daria in den Sattel zu helfen. »Ich dachte, du wärst zu dem Schluß gekommen, daß es nur Platz für zwölf gibt«, hörte Weiland ihn sagen.

Nachdenklich ließ Daria den Blick über die dreizehn Reiter schweifen. Weiland glaubte, der einzige zu sein, der ihre Antwort hören konnte: »Ich brauche ein Blutopfer, um unser neues Heim zu weihen. Das bringt Glück.«

Weiland fühlte sich wie versteinert. Gemählich setzten sich die Wagen in Bewegung; Daria drückte ihrem Zelter die Fersen in die Flanken und ritt an Weiland vorüber, mit einem Blick, der alles oder nichts bedeuten konnte.

War es ihre Absicht gewesen, daß er ihre Worte hörte? Unmöglich zu sagen.

Und schon gar nicht, warum.

Kapitel 5

Je weiter sie von den Bergen herabkamen, desto frühlingshafter wurde es; Daria erklärte ihnen, dies sei ganz natürlich: Der Winter hielt sich in höher gelegenen Gegenden am längsten. Noch nie zuvor hatte Weiland das Gebirge verlassen, also konnte er ihr nur glauben. Bei Nacht lagerten sie im Freien. Einer der Wagen war eigens für Daria zum Schlafen eingerichtet worden: Eine Zeltplane konnte hochgezogen und wie ein Zelt befestigt werden, um sie vor dem Wetter zu schützen, und auch, um sie den Blicken ihrer Leibeigenen zu entziehen.

In der zweiten Nacht regnete es; die dreizehn Männer des Trupps schlugen ihre Betten unter den Wagen auf und überließen die Diener – unter ihnen die zwei von Daria neu geschaffenen Kammerzofen – ihrem Schicksal. Ziemlich unbeteiligt überlegte Weiland, ob eine echte Dame von Stand nicht vielleicht etwas mehr Fürsorge für ihre Leibdiener aufbringen würde, aber es mangelte ihm an Erfahrung, um das zu beurteilen.

Nach drei Tagen war Darias Laune merklich gesunken, denn wegen der Wagen und der daneben einherschreitenden Dienerschaft kamen sie nur sehr langsam vom Fleck. »Kedj hat zwei Nächte im Freien veranschlagt«, murrte sie, als sie ihre Mittagsrast einlegten. »Aber bis wir die Stadttore erreichen, sind sie wahrscheinlich schon verschlossen.«

Kedjs Berechnung war davon ausgegangen, daß sie sich – wie es die Vernunft gebot – bei Tagesanbruch in

Marsch setzten und nicht erst gegen Mittag, aber Weiland verkniff sich wohlweislich eine dahingehende Bemerkung.

Daria blickte zum grauen Himmel auf, an dem tief die Wolken zogen und eine weitere Regennacht prophezeiten. »Ich werde vorausreiten.«

»Herrin?« meldete sich Weiland nun doch, leise und fragend.

An dem Blick, den sie ihm zuwarf, war deutlich zu erkennen, daß sie mit Widerspruch rechnete.

»Wäre das nicht gefährlich?« stieß er hastig hervor. »Wenn wir Euch begleiten, sind die Wagen leichte Beute. Und wenn wir bei den Wagen bleiben oder uns aufteilen, und Ihr …«

Daria musterte ihn durchdringend. »Sind wir unterwegs etwa Räubern begegnet, die dir unbesiegbar erschienen?«

Lon schnaubte verächtlich, denn sie hatten in über zwei Tagen gar niemandem getroffen.

Ganz gleich, welche Antwort Weiland darauf gab, er würde sich noch mehr zum Narren machen.

»Die Umgebung von St. Celia's ist längst nicht so gefährlich wie das Bergland«, versicherte Daria. »Und ich bin nicht gänzlich hilflos.«

»Nein, Herrin«, murmelte Weiland. Ganz bestimmt war sie nicht hilflos. Er spürte, wie ihm das Blut ins Gesicht stieg, weil er vor dem Trupp getadelt wurde, obgleich er wenig auf die Meinung seiner Kameraden gab.

»Aber ich werde Lon als Beschützer mitnehmen, er ist so ausnehmend vernünftig.«

Vernünftig. »Ja, Herrin.« Weiland wandte sich ab, um Lons selbstzufriedenes Grinsen nicht sehen zu müssen und um sein eigenes Gesicht zu verbergen, dem man vielleicht seine Gedanken ansah. Er hätte gleich am ersten Tag die Auseinandersetzung mit Lon suchen sollen, ihn zum Kampf herausfordern, kaum daß er sich selbst wieder auf den Beinen halten konnte.

»Ich nehme auch meine Zofen mit«, verkündete Daria, »das macht einen besseren Eindruck.«

Die Hofdamen waren zwei mausgeborene Frauen, wahrscheinlich – so argwöhnte Weiland – vornehmlich wegen ihres Äußeren ausgewählt: jung und gesund, aber nicht unbedingt hübsch. Zwar hätte sich Daria niemals mit häßlichen Menschen oder Dingen umgeben, aber die beiden Frauen konnten neben Darias wilder Schönheit in keiner Weise bestehen. Daria hatte ihnen die Namen Bess und Blanche gegeben, Menschennamen, wie sie behauptete, aber Weiland konnte nicht auseinanderhalten, welche Bess und welche Blanche war, und er glaubte beobachtet zu haben, daß auch Daria sie mitunter verwechselte.

Obwohl Darias Zauberkraft eine Kreatur so grundlegend verwandeln konnte, daß sie die menschliche Sprache ebenso annahm wie die menschliche Gestalt, war sie offenbar unfähig, ihnen die Fähigkeit zu reiten einzuimpfen. »Bring du es ihnen bei«, befahl sie Weiland, und übersah gleichermaßen die ängstlichen Gesichter der Frauen wie die Tatsache, daß sie alle noch nichts gegessen hatten. »Nach dem Essen möchte ich umgehend aufbrechen.«

»Ja, Herrin«, antwortete Weiland, fest entschlossen, wenigstens diese Aufgabe zu Darias Zufriedenheit zu erledigen und wieder ihr Wohlwollen zu gewinnen.

Bess und Blanche schienen ebenso entschlossen, das Lernen zu verweigern – als könnten sie Daria von ihrem Entschluß abbringen, indem sie sich zierten und ungeschickt anstellten! Ihr Gezappel und ihre hohen Stimmen machten die Pferde noch unruhiger als sonst.

Weiland packte einen Zügel, den die jüngere und

rundlichere der beiden – er war ziemlich sicher, daß es Bess war – hatte fallen lassen. Dann zog er das Pferd zu Bess, die den Kopf schüttelte und ansetzte: »Ich kann nicht…«

»Erinnerst du dich, wie es mit den Wagenbauern ergangen ist?« zischte Weiland ihr zu.

Blanche – er war ziemlich sicher, daß es Blanche war – wurde noch ängstlicher. Aber Bess holte tief Luft, und das nächste Mal, als das Pferd den Kopf hochwarf, hielt sie es fest.

Weiland mußte rasch und entschlossen handeln. Es war unmöglich, in der Zeit, die Daria zum Essen brauchte, beiden Frauen das Reiten beizubringen. Sein erster Gedanke war, alles auf Bess zu setzen und Blanche als hoffnungslosen Fall hinzustellen. Natürlich fand Unfähigkeit vor Darias Augen keine Gnade, und höchstwahrscheinlich würde sie zornig auf Blanche sein. Doch für Weiland änderte das nichts.

Höchstens insofern, daß Darias Wut womöglich auch ihn träfe.

Deshalb beschloß er, beide Frauen auf ein Pferd zu setzen, Bess das Nötigste beizubringen und von Blanche lediglich zu verlangen, daß sie sich festhielt. Eine Behelfslösung, gewiß. Außerdem würde das Pferd mit der doppelten Last nicht so schnell und nicht so weit laufen können wie Lons und Darias Reittiere. Wenn sie nur die Halbtagsreise nach St. Celia's hinter sich bringen mußten, war das kein Problem, aber falls es Schwierigkeiten gab, falls sie verfolgt wurden und eine härtere Gangart anschlagen mußten, würde ein doppelt belastetes Pferd zurückfallen und Daria wahrscheinlich ihre beiden neuen Dienerinnen auf einmal verlieren.

Und natürlich würde sie Weiland dafür verantwortlich machen.

Trotzdem war es das Beste, was er tun konnte.

Als Daria fertig gegessen hatte, war Bess so weit, daß sie das Pferd bändigen konnte, jedenfalls solange es sich nicht schneller als in zügigem Schritt bewegte; Blanche saß hinten und klammerte sich an ihr fest. Die gute Seite der ganzen Sache bestand darin, daß das Pferd sich beruhigt hatte, sobald auch die Frauen gelassener wurden. Trotz Kedjs ständiger Behauptung, ein Pferd gehorche einer festen Hand am besten, benahm sich das Pferd gefügiger als unter gewöhnlichen Umständen. Vielleicht konnte es am Geruch oder mit einem anderen seiner Sinne erkennen, was sich in der menschlichen Gestalt auf seinem Rükken ursprünglich verbarg. Vielleicht begriff das Pferd ganz natürlich, daß die Frauen harmlos waren, vielleicht erinnerten sie es sogar an den warmen Stall und das Fressen am Ende eines langen Arbeitstages.

Unterdessen saß Daria auf, und Weiland beobachtete sie genau, jederzeit bereit, sie zu begleiten, falls sie ein Zeichen geben sollte. Aber nichts dergleichen geschah.

»Folgt uns rasch und unauffällig«, lautete ihre einzige Anweisung.

Für jemanden, der sich ihr unentbehrlich machen wollte, klang dies wie eine Zurückweisung.

Tu bloß nichts Dummes oder Gemeines, dachte Weiland und starrte dabei auf Lons Rücken, während die vier davonritten. Er wußte, daß es ein Leichtes für Lon war, eine Geschwindigkeit anzuschlagen, die Bess überforderte, oder das Pferd scheu zu machen. Doch das würde Daria sicherlich durchschauen und nicht Weiland die Schuld geben.

Ein unsinniger Gedanke. Weit wahrscheinlicher würde ihn Daria auch noch für den Regen verantwortlich machen, der ihnen drohte.

Jäh wandte er sich um und wäre um ein Haar mit Llewellur zusammengestoßen, der sofort zur Seite sprang, bevor Weiland noch sein »Weg da« rufen konnte. Für einen Diener war es ungewöhnlich, sich ohne Aufforderung so nahe neben ein Mitglied des Trupps zu stellen, denn jeder wußte, wer von einem Raubtier und wer von der Beute abstammte. Und es war ungewöhnlich für Weiland, in drei Tagen zweimal jemanden so dicht an sich herangelassen zu haben, daß dieser ihm hätte Schaden zufügen können.

Doch Llewellur hegte ganz gewiß keine bösen Absichten. Weiland schätzte, daß sich der Vogeljunge bei Daria sicherer fühlte als beim Trupp, denn Daria hatte nie mehr von ihm verlangt als Flötespielen. Plötzlich dämmerte es Weiland, daß auch Llewellur darauf gewartet hatte, von Daria zum Mitkommen aufgefordert zu werden.

»Rührt euch, ihr alle«, befahl Weiland, und die Diener packten eilig die Überreste des Mahls zusammen, während die Männer des Trupps – um zu beweisen, daß sie nicht nach Weilands Pfeife tanzten – ausgiebig gähnten und sich streckten, ehe sie aufstanden und zu ihren Pferden gingen.

* * *

Am späten Nachmittag begann es zu regnen. Weiland bezweifelte, daß Daria und ihre Begleitung St. Celia's schon erreicht hatten, und war einen Augenblick ganz erleichtert, daß er ausnahmsweise einmal nicht zu denen gehörte, an der Daria ihren Ärger ausließ.

Aber im Tal war nicht nur die Luft wärmer, sondern auch der Boden, so daß sich die vom Eis befreite Straße in Schlamm verwandelte, der die Wagenräder überzog und Pferden wie Fußgängern das Vorwärtskommen erschwerte. Obgleich Weiland den Troß antrieb, kamen sie noch wesentlich langsamer vorwärts als bisher. Daria war vorausgeritten, weil sie wußte, daß die Wagen die Stadt nicht rechtzeitig vor Torschluß erreichen würden, aber sie erwartete, daß sie am Morgen vor den Toren warteten und sobald wie möglich an ihrer Schwelle auftauchten.

Nur rollte leider einer der Wagen in eine Pfütze, die in Wahrheit ein mit Wasser gefülltes Loch war, so tief, daß die Radachse brach.

Weiland stieg ab und kauerte sich im Schlamm nieder, um den Schaden zu begutachten. Der Regen fühlte sich mit jeder Viertelstunde eisiger an; Weilands Kleider waren durchnäßt. Der Schaden war reparabel. Mit der Zeit hatte Darias Trupp in Ermangelung von Werkstätten und ausgebildeten Handwerkern gelernt, die wichtigsten Dinge selbst zu flicken. Doch bald würde die Dunkelheit hereinbrechen, was die Gefahr erhöhte, daß ein weiteres Rad entzweiging, weil eine Pfütze tiefer war, als sie aussah. Was, wenn sie Darias Schwelle schmutzig und todmüde erreichten, nachdem Weiland sie durch die Nacht gehetzt hatte, und Darias Pläne dann verlangten, daß sie frisch und munter waren?

Natürlich wäre es noch schlimmer, wenn Daria dergleichen geplant hatte und der Trupp überhaupt nicht zur Stelle war.

Es kam nicht sehr oft vor, daß Daria oder Kedj Weiland Freiraum für eigene Entscheidungen gaben, aber heute mußte er nun schon zum zweitenmal ganz allein abwägen, wie er Daria am besten zufriedenstellen konnte. Oder wie er sie zumindest am wenigsten verärgerte.

»Wir werden naß, Junge! Beeil dich mit dem Nachdenken«, rief einer vom Trupp ihm vom Pferderücken aus zu, in einem Ton, der zeigte, daß der Betreffende weder von Weiland noch vom Nachdenken an sich allzuviel hielt.

Kein gutes Zeichen, diese spöttische Vertraulichkeit. Zweifelsohne war sie eine weitere Folge davon, daß Weiland seinerzeit die Sache mit Lon nicht umgehend ausgefochten hatte. Aber der Mann – er hieß Innas – hatte den Mantelkragen über den Mund gezogen und ging vermutlich davon aus, daß Weiland seine Stimme nicht erkannte, so daß es sich zumindest nicht um einen offenen Angriff handelte. Allein bei Lon mußte er mit offener Feindseligkeit rechnen, und ihn hatte Weiland bereits zweimal im Kampf besiegt. Was für das nächste Mal nicht unbedingt etwas bedeutete. Kedj konnte jeden von ihnen mühelos in die Schranken weisen, selbst ohne die Hilfe des Überraschungsmoments. Doch als Schwertmeister stand er außerhalb des Trupps und blieb von Rangfehden in ihren Reihen unberührt. Vom Rest seiner Kameraden mußte Weiland keinen offenen Angriff befürchten, das wußte er, wohl aber konnte ihre unverhohlene Abneigung dahingehend ausarten, daß sie sich als Gruppe zusammenrotteten und versuchten, ihn auf seinen Platz zu verweisen. Schon des öfteren hatte Weiland zufällig belauscht, wie sie untereinander tuschelten, er habe eine Lehre verdient.

Jetzt wischte er sich die nassen Hände an seiner nassen Hose ab und erhob sich. »Gleichgültig, was ich entscheide, wir werden in jedem Fall noch nasser«, sagte er und blickte dabei absichtlich den falschen Mann an. Sollten sie ruhig glauben, daß sie schlauer waren als er und ihm eins ausgewischt hatten, oder daß er zwar Bescheid wußte, aber einen Streit scheute. Er sah das Grinsen, als er den Blick rasch von dem Mann abwandte, und fügte hinzu: »Wir lagern hier und machen uns morgen früh wieder auf den Weg.«

Sie grinsten noch immer, während er zu der durchnäßten Dienerschaft hinübersah, die auf Anweisungen wartete. Rasch trat er einen Schritt nach vorn und rief: »Schlagt das Lager auf!« Gleichzeitig packte er Innas, der vorhin die freche Bemerkung gemacht hatte, am Kragen und riß ihn mit einem Ruck vom Pferd, so daß er unsanft im nassen Schlamm landete. »Du reparierst die Achse und übernimmst die erste Wache«, ordnete er an.

Gelächter ertönte, denn so sehr die anderen Weiland verabscheuten, liebten sie jede Form der Unterhaltung, und Innas wurde gnadenlos zur Zielscheibe ihres Spotts. Jedenfalls für den Augenblick.

Kapitel 6

Kühl, aber trocken brach der Morgen herein. Nach dem Frühstück, das sie kalt und ihm Stehen hinabschlangen, saß der Trupp wieder auf, und die Dienerschaft nahm ihren Platz neben den Wagen ein. Mit ein wenig Glück würden sie St. Celia's erreichen, bevor Daria, die nicht gerade als Frühaufsteherin bekannt war, Zeit hatte, ungeduldig zu werden.

Weiland zählte die Häupter seiner Kameraden, denn jeder von ihnen konnte es für einen gelungenen Scherz halten, im Wald zu verschwinden und lange genug vermißt zu bleiben, daß Weiland von Daria dafür zur Rechenschaft gezogen wurde. Aber anscheinend war keiner an diesem Morgen so einfallsreich gewesen. Er zählte auch die Pferde, um sich zu vergewissern, daß keines sich losgerissen hatte und durchgebrannt war, denn obgleich er jemanden beauftragt hatte, die Tiere zu bewachen, wollte er doch lieber ganz sichergehen. Als nächstes zählte er die Wagen. Eigentlich konnte ja von ihnen keiner verschwinden, aber Kedj schätzte Sorgfalt und Gewissenhaftigkeit bis ins Kleinste. Zuletzt kam die Dienerschaft an die Reihe.

Er zählte sie ein zweites Mal, gewissenhafter, und als wieder einer fehlte, wußte er bereits, wer.

»Wo ist Llewellur?« verlangte er zu wissen, in Erwartung einer Antwort wie »Er mußte seine Notdurft verrichten« oder »Er holt für den Koch etwas aus dem Wald.« Irgendeine vermutlich alberne, unwichtige Erledigung, derentwegen Weiland ihm eine Standpauke würden halten müssen, aber wenigstens *irgend* etwas.

Statt dessen sahen sich alle verwundert um, blickten einander verwirrt und ängstlich an, offenbar besorgt, dafür von Weiland zur Verantwortung gezogen zu werden. Weiland spürte, wie sein Herz schneller schlug – Ärger über die Verzögerung, Furcht vor Darias Zorn.

»Hat einer ihn heute früh gesehen?«

Keine Antwort. Weiland wunderte sich nicht darüber. Die als Vogelgeborenen …

»Hat einer ihn gestern abend gesehen?«

»Beim Abendessen«, meldete sich schließlich jemand, und einige nickten.

Weiland musterte Innas, Adger und Telek, die sich die letzte Nachtwache geteilt hatten. Da er jedoch nicht wußte, wann Llewellur sich davongemacht hatte, konnte er niemandem die Schuld zu geben, und da er nicht Daria war, zuckten sie lediglich die Achseln.

Schon wieder galt es eine Entscheidung zu treffen, eine, die eigentlich nur falsch sein konnte, davon war Weiland überzeugt.

Wenn er die Dienerschaft anwies, erneut zu lagern, während der Trupp nach Llewellur suchte, würde das – da Llewellur ja die ganze Nacht Vorsprung hatte – eine ganze Zeit dauern. Und währenddessen würde Daria in St. Celia's auf sie warten und sich mit stetig wachsender Ungeduld fragen, wo sie blieben.

Wenn sie Llewellur einfach vergaßen und die Reise nach St. Celia's fortsetzten, konnten sie zwar hoffen, daß Daria mit einem »Macht nichts« Llewellurs Verlust abtun würde. Aber das hatte sie noch nie getan.

Oder sie konnten sich aufteilen: Jemand blieb zurück, um Llewellur zu suchen, und der Rest zog weiter nach St. Celia's, damit Daria zumindest ihre Dienerschaft zur Verfügung hatte.

Aber wenn Weiland zurückblieb, würden diejenigen, die ihm ohnehin übelwollten, erklären müssen, wo er war und warum. Selbstverständlich würde Daria ihm außerdem die Schuld geben, wenn ihnen unterwegs etwas zustieß.

Doch er wagte nicht, jemand anderen mit der Suche nach Llewellur zu beauftragen, denn schon jetzt lästerten sie über den Vogeljungen, der doch nur nutzlos und störend sei: »Wartet nur, bis ich den kleinen Scheißkerl in die Finger kriege«, war der allgemeine Tenor.

Weiland war derselben Meinung.

Aber falls Daria ihn zurückhaben wollte, dann bestimmt gesund und wohlbehalten. Und das konnte Weiland nur gewährleisten, wenn er sich selbst auf die Suche machte.

Wie immer in einer solchen Lage beobachteten ihn seine Kameraden mit gierigen Blicken: Alle warteten nur darauf, daß Weiland einen Fehler machte – und hier schien das mehr als wahrscheinlich –, alle warteten nur darauf, daß er eine Dummheit beging und Daria ihn ihnen endlich zum Fraß vorwarf.

»Ihr bleibt hier«, sagte er, was mit Jubelrufen, Stöhnen und wegwerfenden Gesten aufgenommen wurde. Aber Weiland war überzeugt, daß jede Anweisung dieselben Regungen hervorgerufen hätte. »Ihr bleibt, wo ihr seid, und keiner übertritt die Grenzen des Lagers, die wir gestern abgesteckt haben. Zündet kein Feuer an, es sei denn, ich bin bei Einbruch der Nacht noch nicht zurück.« Er wollte nicht, daß das Lager für andere Reisende auf dieser Straße allzu einladend aussah. »Sprecht mit niemandem, der vorbeikommt. Und verlangt auch von niemandem Wegegeld«, fügte er mit einer plötzlichen Vorahnung hinzu, wie gründlich sich alles zum Schlechten wenden könnte.

»Das wäre auch schwierig, wenn wir nicht reden dürfen«, spottete Parn, der nie etwas ernst nahm.

»Wenn ich bis morgen früh nicht wieder da bin«, fuhr Weiland fort, ohne auf seine Bemerkung einzugehen, »dann zieht ohne mich nach St. Celia's weiter. Durchquert die Stadt so unauffällig wie möglich, sprecht auch dort mit niemandem, höchstens, um nach dem Weg zu fragen. Behaltet unsere Pläne für euch.« Letzteres würde recht einfach sein, denn außer Daria wußte niemand, was sie vorhatten. »Unterhaltet euch nicht miteinander, wenn ihr die Stadttore passiert habt.«

Ihre Blicke sagten ihm, daß sie ihn für übervorsichtig hielten. Nach Weilands Meinung jedoch konnten sie froh sein, daß er ihnen nicht verbot zu essen, denn Daria war fest davon ausgegangen, daß sie unterwegs nur noch eine Mahlzeit einnahmen – das Frühstück – und den Rest der Vorräte mitbrachten.

Und noch etwas machte ihm Sorgen: Was war, wenn Daria darauf zählte, daß sie das Frühstück mit den Lebensmitteln von den Wagen bestreiten konnte, so daß sie, wenn sie sich verspäteten, nicht nur wütend, sondern auch noch hungrig wäre? Zwar nahm er an, daß es auch in den Städten Nahrungsvorräte gab, aber wie diese verteilt wurden oder wie man sie sich aneignete, wußte er nicht.

Ansonsten fielen Weiland keine Anweisungen mehr ein: Macht keinen Ärger, haltet euch aus Schwierigkeiten aller Art heraus. Aber normalerweise brauchte der Trupp genauere Verhaltensmaßregeln. In ihrem Bemühen, einen Trupp aufzubauen, dessen Mitglieder gleichzeitig kühn und gewitzt, aber auch fügsam waren, klagte Daria oft darüber, daß sich die Wolfgeborenen zwar bisher am besten entwickelten, aber noch lange nicht so gut, wie sie es sich wünschte. In solcher Stimmung – und das war sie recht häufig – musterte sie Weiland und meinte, einen Wolf wie einen Menschen aufzuziehen, brächte nur die schlechten Seiten von beiden ans Tageslicht. Aber Weiland wußte nie genau, wodurch er Daria eigentlich so enttäuschte.

Schon oft hatte er die Erfahrung gemacht, daß er besser denken konnte als andere, aber anscheinend dachte er immer die falschen Dinge. Echte Menschen entsprachen Darias Ansprüchen wohl eher. Jedenfalls konnte sich Weiland für die Reise nach St. Celia's keinen anderen Grund vorstellen, als daß sie den ganzen Trupp schrittweise durch echte Menschen ersetzen wollte. Allerdings hoffte er, daß dieser Gedanke genauso falsch war wie seine anderen.

Da Weiland sich nicht rührte, wartete der Trupp auf weitere Anweisungen, aber es gab nichts mehr zu sagen. Er mußte über Llewellur nachdenken.

Wohin würde der Junge wohl fliehen?

Die Straße nach St. Celia's war keine sehr wahrscheinliche Möglichkeit, denn sie hätte ihn näher zu Daria gebracht. Obgleich Llewellur gestern sicher lieber Daria begleitet hätte, als mit dem Trupp zurückgelassen zu werden, bedeutete ihm seine Freiheit immer noch am meisten. Daher vermutete Weiland, daß Llewellur versuchen würde, dem Bannkreis von Darias Magie zu entrinnen.

Wenn er auf dem Weg zurücklief, den sie gekommen waren, hinauf in die Berge, zu Darias alter Festung, würde die Flucht den Vogeljungen zu nahe an Kedj und seine Männer führen. Demzufolge war es am wahrscheinlichsten, daß Llewellur die Straße verließ und versuchte, so lange im Wald zu bleiben, bis er die Grenze von Darias Macht erreichte.

Es sei denn, der Junge ging davon aus, daß seine Verfolger ihn auf eben diesem Weg vermuten würden.

Aber Llewellur war Flötenspieler, kein Mitglied des Trupps. Er hatte nie ein Reh gejagt, nie Reisende verfolgt, die sich weigerten, den Zoll zu entrichten, oder gar die Flötenspieler vor ihm, die versucht hatten, sich wieder in den Himmel hinaufzuschwingen. Auch war er nie das Opfer in einer von Kedjs Kampfübungen gewesen, mit über zwanzig Männern im Nacken, die ihm an den Kragen wollten, um ihn vor der gesetzten Zeit zurückzubringen, wobei keiner darauf achtete, in welchen Zustand dies geschah.

Im Lager war der Boden hoffnungslos zertrampelt, so daß man keine Fährte aufnehmen konnte. Also ging Weiland bis zu den Spuren der Wachen, die letzte Nacht die Grenzen abgeschritten hatten. Ein Stück außerhalb wanderte er nun in einem großen Kreis, die Augen aufmerksam zu Boden gerichtet, auf der Suche nach abgebrochenen Zweigen, umgedrehten Steinen oder Blättern an Stellen, wo keine sein durften.

In großen Spiralen durchforschte er so die Umgebung, eine Zeitverschwendung, falls er die Absichten des Jungen falsch einschätzte, ein notwendiges Vorgehen, falls er richtig geraten hatte.

* * *

In Menschengestalt war Weiland nicht der beste Spurenleser des Trupps, aber durchaus auch nicht der schlechteste. Er vermutete, daß er als Wolf eine Fährte leichter aufnehmen konnte, denn obwohl er keine klare Erinnerung an sein eigenes Wolfsdasein hatte, war es ihm bei allen anderen Mitgliedern des Trupps aufgefallen: Tierische Sinne waren besser an das Leben in der Wildnis angepaßt. Dennoch war er am späten Vormittag ziemlich sicher, Llewellurs Spur ausfindig gemacht zu haben: Eine Kreatur in etwa menschlicher Größe schien den Wald in der Richtung durchquert zu haben, die Weiland für Llewellurs wahrscheinlichsten Fluchtweg hielt. Ganz eindeutig war es kein Wild, denn es gab keine Kotspuren, und die jungen Schößlinge waren nirgends angefressen, wie man es von einem Reh erwartet hätte. Allgemein ließen sich Rehe leicht ablenken, es sei denn, sie merkten, daß sie verfolgt wurden, und in diesem Fall hätte es deutlichere Anzeichen der Flucht geben müssen. Ein Bär kam auch nicht in Frage, denn dieser hätte selbst auf einer entspannten Wanderung einen Pfad der Zerstörung hinterlassen, der mit dem eines Rehs auf wilder Flucht vergleichbar gewesen wäre.

Doch dann entdeckte er im getrockneten Schlamm ganz klar den Abdruck eines menschlichen Fußes.

Natürlich gab es keinen Hinweis, daß es Llewellurs Fuß war. Als Wolf hätte Weiland einen Menschen von einem anderen unterscheiden können – andererseits wäre ihm dieser Unterschied dann gleichgültig gewesen. Aber wie wahrscheinlich war es, daß zwei Menschen in einer verregneten Vorfrühlingsnacht in dieser Gegend durch den Wald wanderten?

Hin und wieder war die Spur unterbrochen, die den Weg markierte, dennoch kam Weiland zügig voran. Wer auch immer hier unterwegs gewesen war, hatte sich entweder über eine mögliche Verfolgung keine Gedanken gemacht oder nicht gewußt, wie er seine Spuren verwischen konnte. Oder vielleicht beides, dachte Weiland.

Kurz hinter der Stelle, wo er den ersten Fußabdruck entdeckt hatte, fand er eine Art Nest. Jemand hatte einen Haufen Herbstblätter gesammelt und sich im Schutz eines Busches für einen Teil der Nacht niedergelegt.

Weiland schnüffelte an der notdürftigen Bettstatt, konnte aber außer den Blättern und der fruchtbaren Erde keinen Geruch ausmachen.

Bestimmt war es kein trockenes, gemütliches Bett gewesen – keiner hatte Llewellur je beigebracht, wie man als Mensch in der Wildnis Schutz suchte. Möglicherweise war es zu dunkel gewesen, und er hatte das Gefühl gehabt, nicht sicher vorwärtszukommen. Oder er war einfach müde gewesen. Weiland war sich bewußt, daß Kedjs Übungen die Mitglieder des Trupps stärker, schneller und anpassungsfähiger gemacht hatte, daß sie ein größeres Durchhaltevermögen besaßen als die Leute, die regelmäßig durch die Berge reisten. Und daß sie natürlich einem vogelgeborenen Jungen, der nur Flöte spielen gelernt hatte, weit überlegen waren.

Gegen Mittag war Weiland Llewellur dicht auf den Fersen. Wo der Junge sich durch das Gebüsch gezwängt hatte, waren die Zweige frisch abgeknickt und an den Bruchstellen noch klebrig, und an einer Stelle, an der er halt gemacht hatte, um zu urinieren, war der stechende Geruch selbst für Weilands Menschennase unverkennbar.

Doch ab hier hatte etwas Llewellur in Alarmbereitschaft versetzt.

An den Fußspuren konnte Weiland sehen, daß Llewellur rannte, ohne auf glitschige Blätter zu achten. Im Matsch war deutlich ein Handabdruck sichtbar, davor offensichtlich ein Knie; wahrscheinlich hatte er sich gerade noch vor einer Bauchlandung bewahrt. Aber er war dadurch nicht langsamer geworden. Obwohl Weiland die Fußabdrücke zwischen Blättern und Bodenbewuchs verlor, konnte er unschwer erkennen, wo Llewellur abgebogen war – scharf nach rechts, wo die Zweige am dichtesten waren. Vermutlich hatte er versucht, seinen Verfolger abzuschütteln, dabei aber so wenig auf die Umgebung geachtet, daß er auch gleich eine Hinweistafel hätte aufstellen können – eine Unmenge Zweige waren umgeknickt, das Unterholz war zertrampelt.

Weiland wandte sich um und schaute zurück. Das Gelände war langsam, aber stetig angestiegen, und Llewellurs verschlungener Fluchtweg hatte ihn auf einen Hügel geführt, von dem aus man die Strecke, die er gekommen war, überblicken konnte, weil die Bäume hier nicht so dicht standen. Weiland erinnerte sich an die Stelle. Vermutlich hatte Llewellur hier bemerkt, daß er verfolgt wurde.

Womöglich befand er sich in Hörweite. Weiland überlegte, den Jungen zu rufen, aber ihm fiel nichts ein, womit er ihn zur Rückkehr bewegen sollte. Wie Daria seine Flucht aufnehmen würde, darüber konnte Weiland keine Versprechungen machen. Und Daria würde davon erfahren – jeder wußte Bescheid, und niemand war bereit, Llewellur zuliebe Darias Zorn wegen der Verspätung auf sich zu nehmen.

Leise folgte Weiland der Fährte abgebrochener und geknickter Zweige, im Vertrauen darauf, daß Llewellur, der sich ja einen Weg bahnen mußte, nicht schneller vorwärtskam als er.

Plötzlich aber stand er auf einer Klippe über einer Schlucht, ein tief eingeschnittenes Flußbett. Wahrscheinlich war es derselbe Fluß, an dem auch Darias Festung lag und der – so hatte Kedj erklärt – schließlich durch St. Celia's floß. Oder vielleicht einer seiner Seitenarme.

Die Bäume wuchsen fast bis an den Rand des Abgrunds, der an der Stelle, an der Weiland ins Freie trat, zu steil war, um hinunterzusteigen. Genaugenommen war ein Abstieg nirgendwo möglich, und es war auch kein Kletterer am Abhang zu sehen. Was natürlich nicht bedeutete, daß Llewellur es nicht versucht hatte.

Die Schlucht war tief.

Gewiß war er nicht so verzweifelt gewesen, dieses Wagnis einzugehen.

Aber wie verzweifelt wäre ich an Llewellurs Stelle? überlegte Weiland.

Er begann den Boden abzusuchen. Keine Spuren. Aber er fand eine Stelle, an der die Klippe etwas weniger jäh abzufallen schien, obgleich auch hier die kleinste falsche Bewegung einen Sturz verursacht hätte.

Falls Llewellur es hier versucht hatte, so konnte er

noch nicht unten angekommen sein – nur auf die eine, tödliche Weise. Es sei denn, es gab in der Felswand eine Öffnung, die Weiland von seinem Standort aus nicht sehen konnte, einen Spalt, der groß genug war, daß Llewellur sich darin verstecken konnte.

Weiland versuchte sich vorzustellen, wie er Daria die Lage erklärte, ihr genauestens beschrieb, wie steil der Weg hinunter war und daß keine Notwendigkeit bestand, selbst hinabzuklettern und nach Felsspalten zu suchen. Er schaffte es nicht. Jedenfalls nicht auf eine glaubhafte Weise, die Daria nicht zornig machte.

Seufzend machte er sich bereit, die Felswand hinabzusteigen.

Doch da plötzlich fiel ihm etwas ein – er suchte doch einen Vogel!

Also hob er den Blick vom Boden und sah – nach oben.

Da die Zweige noch kahl waren, war es ein Leichtes, Llewellur zu entdecken, der hoch oben in dem Baum kauerte, unter dem Weiland sich angeschickt hatte, in die Schlucht zu steigen.

Weiland schwang sich zurück über den Rand der Klippe, und noch immer rührte Llewellur sich nicht.

»Soll ich vielleicht hinaufkommen?« fragte Weiland vom Fuß des Baumes. Llewellur war schlank und zart und wog so gut wie nichts. Wahrscheinlich saß er jetzt schon höher oben, als Weiland klettern konnte, ohne daß die Äste brachen.

Llewellur sah ihm offen ins Gesicht, sagte aber nichts.

Natürlich konnte Weiland warten, bis der Junge Hunger bekam und von selbst herunterkletterte – den Baum sozusagen belagern –, aber das würde einige Zeit brauchen. Unterdessen würde der Trupp weiter nach St. Celia's ziehen, womöglich in wer weiß welche Schwierigkeiten geraten, während die Wahrscheinlichkeit stieg, daß Daria ihren Zorn nicht nur an Llewellur, sondern auch an Weiland ausließ.

»Komm runter, ehe du dir noch größeren Ärger einhandelst«, befahl Weiland. Zwar bestand kaum eine Aussicht, daß Daria sich durch Reue gnädig stimmen ließ, aber sie wußten beide, daß Weiland Llewellur das Leben sehr schwermachen konnte, ehe sie Daria überhaupt erreichten.

Weiland ging davon aus, daß der Junge sich entweder weigern oder fügen würde. Doch statt dessen sagte er: »Bitte tu mir das nicht an.«

Weiland war nicht gern in einer Machtstellung, jedenfalls nicht in diesem Augenblick, nicht in diesem Fall. Ein kalter Wind blies über die Schlucht, obwohl die Kraft der Sonne ausreichte, dem Boden Feuchtigkeit zu entziehen.

»Du mußt mich nicht zurückbringen«, sagte Llewellur.

Weiland gab die einzig mögliche Antwort: »Aber natürlich muß ich das.«

»Ich kann nicht... ich kann so nicht leben.« Llewellurs Stimme war leise, aber er atmete mühsam und unregelmäßig.

Weiland war hin und her gerissen. Sollte er sagen: »Das verstehe ich«, oder »Man gewöhnt sich an so vieles«? Am Ende stand er nur stumm da und fühlte sich elend, wenn auch nicht weniger entschlossen, seinen Auftrag auszuführen.

»Du bist nicht wie die anderen«, sagte Llewellur. »Du kannst ihr doch sagen, daß du mich nicht gefunden hast.«

Obwohl Weiland schon immer das Gefühl gehabt hatte, nicht wie die anderen zu sein, beunruhigte ihn Llewellurs Bemerkung mehr, als daß sie ihn freute. Außerdem diente sie nur dem Zweck, Weiland auf Llewellurs Seite zu bringen. »Das würde sie niemals glauben«, entgegnete er grollend, fügte aber nicht hinzu: »Und sie würde mich dafür bestrafen.« Ohne es zu wollen, dachte er an das, was Daria zu Kedj gesagt hatte, als sie die Halle verließen: Daß sie ein Blutopfer plante, das ihrem neuen Heim Glück bringen sollte. Weiland würde nichts tun, was sie dazu brachte, ihn als solches in Erwägung zu ziehen.

Aber mit diesem Gedanken kam auch die Erkenntnis, wer das naheliegendste Opfer war – derjenige, für den sie bereits einen Ersatz ausgewählt hatte.

Deshalb fühlte Weiland sich auch den anderen ähnlicher denn je zuvor, als er leise sagte: »Komm herunter. Sofort.«

Llewellur senkte demütig den Kopf. Langsam und vorsichtig ergriff er einen Ast über sich, um sich auf die Füße zu ziehen. Behutsam, zögernd machte er einen Schritt, dann ließ er den Ast los, breitete die Arme aus und sprang über den Abgrund ins Leere.

Einen langen, atemlosen Augenblick erschien es Weiland, als könnte er fliegen, sogar in Menschengestalt.

Doch dann war der Augenblick vorüber.

Kapitel 7

Da Weiland gesehen hatte, wie Llewellur gesprungen war, hatte es keinen Sinn mehr, in die Schlucht hinunterzusteigen. Wäre der Junge nur vom Baum auf die Klippe gefallen, hätte er schon kaum überlebt; Weiland brauchte die Leiche nicht in Augenschein zu nehmen, um Daria glaubhaft versichern zu können, daß Llewellur tot war. Sie war nicht rührselig in solchen Dingen und verlangte sicher keinen Todesbeweis – und genau dieser Umstand ließ Weiland nicht zur Ruhe kommen: Hätte er Llewellur laufen lassen und Daria trotzdem davon überzeugen können, daß der Junge tot war? Hätte er mit einer Lüge Llewellur das Leben gerettet?

Weiland wußte, daß Menschen logen. Schließlich hatten ihm die Reisenden, die von Darias Trupp auf der Bergstraße angehalten wurden, oft genug Lügen aufgetischt: »Nein, wir haben kein Geld.« Und dann war doch welches da, versteckt unter den Bodenbrettern des Wagens oder zwischen den Kleidungsstücken. Aber Weiland hatte keine Erfahrung mit Lügen, er wußte nicht einmal, ob er überhaupt fähig war zu lügen. Er wußte, daß manche Leute eher beim Lügen erwischt wurden als andere. Außerdem – welchen Grund hatte er, Llewellur zuliebe zu lügen? Der Junge bedeutete ihm nichts, er hatte keinen Anspruch auf sein Gewissen.

Und doch …

Weiland kauerte am Rand des Abgrunds.

Und doch konnte er die gräßliche Panik verstehen, das Gefühl, in der Falle zu sitzen.

Du bist nicht wie die anderen, hatte Llewellur gesagt. Sicher, es war ein unverhohlener und ungeschickter Versuch gewesen, Weiland auf seine Seite zu ziehen. Aber war es deshalb weniger wahr?

Wenn er so weitermachte, war sein Schicksal besiegelt. Jeder andere Gedanke war Selbstbetrug. Es gab nur einen Weg, den Daria ihn beschreiten lassen würde, und das war der Weg in den Tod. Wenn sie die Zeit und die Todesart zu bestimmen hatte, würde es mit an Sicherheit grenzender Wahrscheinlichkeit ein langer, harter Tod sein. Seine einzig echte Hoffnung auf Flucht, auf einen raschen, schmerzlosen Tod, bestand darin, daß sie ihn nicht vorhersah und deshalb keine Zeit hatte, ihn zu verhindern.

Weiland breitete die Arme aus. Er schloß die Augen, spürte den Wind und stellte sich vor, zu fallen, tiefer, weiter, die Luft sauste an ihm vorbei, doch er hatte keine Angst. Er konnte sich sogar vorstellen, wie er auf dem Boden aufschlug.

Aber er konnte sich nicht vorstellen, tot zu sein.

Die Gefahr bestand darin, daß er Darias Zorn auf sich zog. Ansonsten konnte er durchaus noch vier, fünf, sogar sechs Jahre leben – mehr Mensch als Wolf. In Darias Haushalt wurde niemand alt, am wenigsten die Angehörigen des Trupps. Doch es war ein Unterschied, ob man sein Leben nicht als Wolf verbringen oder ob man als Mensch sterben wollte. Vor allem, ob man jetzt als Mensch sterben wollte.

Falls Daria tatsächlich Llewellur als Blutopfer auserkoren hatte, konnte es gut sein, daß sie sehr, sehr zornig wurde. Weiland wußte, daß dies vielleicht seine letzte Gelegenheit war, eine Entscheidung zu treffen.

Aber er konnte sich nicht mehr vorstellen zu fallen, ohne sich dagegen zu wehren.

Er öffnete die Augen und ließ die Arme sinken. Für den Augenblick hatte er sich entschlossen zu leben.

* * *

Spät am Nachmittag kehrte er ins Lager zurück, und dem Anschein nach war man dort gerade zu der Ansicht gelangt, daß er nicht zurückkommen würde und sie daher das Abendessen zubereiten und sich für die Nacht zur Ruhe legen konnten.

»Du hast ihn nicht gefunden?« fragten ihn die Männer des Trupps höhnisch. »Hat der Vogelknabe dich an der Nase herumgeführt?«

Die Diener versuchten, unbeteiligte Gesichter aufzusetzen, senkten die Köpfe und zogen sich so schnell und unauffällig wie möglich aus dem Gefahrenbereich zurück.

Weiland war einzig und allein Daria Rechenschaft schuldig; die anderen hatten alles vor Augen, was ihnen an Wissen zustand – nämlich, daß Llewellur nicht da war.

»Lager abbrechen!« befahl Weiland.

Ein Chor von Freudenschreien und Protesten antwortete ihm.

Diese Ausbrüche waren nicht außergewöhnlich, aber Weiland fing an, diejenigen, die am lautesten murrten, herumzuschubsen, denn er wußte, daß Widerstand leicht in einen Aufruhr ausarten konnte. Beißen und Zähnefletschen hätte er es bei einem echten Wolfsrudel genannt, Rangkämpfe, die dazu dienten, die eigene Macht zu festigen.

Doch der Trupp steckte sofort zurück, überrascht und ein wenig vorwurfsvoll: Weiland hatte wieder einmal alles mißverstanden, sie machten doch nur Spaß. Warum war er immer so empfindlich, warum nahm er so schnell etwas übel?

»Lager abbrechen!« wiederholte er, ohne die Stimme zu heben.

Und dieses Mal wurde der Anweisung Folge geleistet, so daß sie noch vor Einbruch der Dunkelheit zahm und vor allem von den letzten Meilen ziemlich atemlos die Stadt erreichten – rechtzeitig vor dem Schließen der Tore.

St. Celia's war ganz anders, als Weiland es sich vorgestellt hatte. Als sie zu den Feldern und Hütten der umliegenden Gehöfte gelangten, dachte er schon, dies sei die Stadt, aber es gab kein Tor, keine richtigen Mauern, außer denen, die mehr dazu gedacht schienen, Schafe vor dem Verirren zu bewahren, als sie vor Menschen oder Kreaturen in Menschengestalt zu schützen.

Auch die Stadtmauer von St. Celia's war nach Weilands Einschätzung überwindbar. Zwar mochte sie marodierendes Diebsgesindel oder zügellose Barbarenhorden abhalten, aber er bezweifelte stark, daß sie jemanden aufhalten würde, der Kedjs Ausbildung genossen hatte. Doch während ihn Höhe und Dicke der Mauer unbeeindruckt ließen, staunte er über die Ausdehnung des eingeschlossenen Geländes. Städte waren offensichtlich wesentlich größer, als er gedacht hatte.

Er ritt voraus, um mit den Torhütern zu sprechen und ihnen zu versichern, daß ihr Troß von Wagen und Reitern in rechtmäßiger, friedlicher Absicht gekommen war.

Vor Darias Festung mit ihrer Besatzung von zwanzig bis dreißig Männern standen zu jeder Tageszeit mindestens sechs Wachen, die in alle Richtungen spähten, ob jemand sich näherte – selbst mitten im Winter, wenn die Berge so gut wie unpassierbar waren, selbst wenn andere Männer anderswo nach Reisenden Ausschau hielten. Zweck der Übung war, daß Daria aus einer Vielzahl von Quellen rechtzeitig gewarnt werden konnte.

Weiland nahm an, daß es in St. Celia's ähnliche Vorsichtsmaßnahmen gab, und daß der Wagenzug die letzten Meilen beobachtet worden war, wahrscheinlich schon, bevor sie selbst die Stadt sehen konnten. Aber niemand rief ihn an, als er durchs Tor ritt. Das Tor bestand aus zwei riesigen Holzflügeln, massiv und mit Eisenbeschlägen verstärkt. Weiland staunte, daß man Holz verwendet hatte: Holz, das brannte, Holz, das zerschlagen werden konnte. Wenn beide Torflügel offenstanden, konnten zwei Wagen nebeneinander durchfahren. In den rechten Torflügel war eine kleinere Ausfallspforte eingelassen, durch die Einzelpersonen auch nach Torschluß hinein und heraus konnten. Aber nirgends war ein Wachposten zu sehen.

Weiland stieg aus dem Sattel, um weniger einschüchternd und friedlicher zu wirken, und weil er sonst niemanden hoch zu Roß entdecken konnte. Möglichst unauffällig nahm er die Befestigungen in Augenschein, aber es schien ihm sowieso niemand zu beachten. Ein schwindelerregendes Gewirr eng zusammengepferchter Häuser umgab ihn – es war schwer, wenn nicht gar unmöglich, zu sagen, wo ein Haus endete und das nächste begann. Drei oder vier Straßen trafen sich am Tor und wanden sich von hier den Hügel empor, auf den St. Celia's gebaut war, so daß man auf ein endlos erscheinendes Gewirr von Gebäuden blickte. Noch nie hatte Weiland so viele Menschen auf einem Fleck gesehen; sie eilten geschäftig umher, traten aus einer Haustür und verschwanden in einer anderen, bogen um eine Straßenecke und kamen hinter der nächsten wieder zum Vorschein. Dabei hatte sich gewiß nicht die Mehrheit der Stadtbevölkerung ausgerechnet diese Zeit ausgewählt, um sich an dieser bestimmten Stelle aufzuhalten. Wie viele Menschen gab es hier bloß?

Nach einer kurzen Atempause nahm er sein Pferd am Zügel, führte es neben sich her und trat auf zwei Männer zu, die Soldatenuniformen mit Lederhelmen und Kettenhemden trugen. Vielleicht waren das die Torwachen – auch wenn sie gemütlich auf einer Steinbank saßen, die allein dem Zweck zu dienen schien, denjenigen, die das Tor beobachteten, einen Sitzplatz zu bieten. Sie spielten mit Würfeln, wie sie Weiland schon von den Karawanen kannte, die von Darias Trupp überfallen worden waren. Kedj hätte augenblicklich die standrechtliche Erschießung eines jeden angeordnet, der sitzend erwischt wurde, während er Wache schob – ganz zu schweigen, wenn er dabei auch noch würfelte.

»Ich reise mit dem Haushalt von Lady Daria de Gris«, sprach Weiland die Soldaten an.

Halb erwartete er die Antwort: »Na und?« Womöglich war den echten Torwachen etwas zugestoßen, und diese Männer saßen nur zufällig in der Nähe herum.

Doch einer der beiden blickte auf und erwiderte: »Ja, der Feldwebel hat gesagt, heute kämen zwanzig Männer mit etwa einem Dutzend Wagen.« Er spähte hinter Weiland die Straße entlang. »Ich sehe keine Wagen«, stellte er fest.

Sie paßten tatsächlich nicht auf! Jeder hätte sich ihnen unbemerkt nähern können.

»Ich bin vorausgeritten«, erklärte Weiland. Wenn es ihnen wirklich gleichgültig war, wer nach St. Celia's kam, um es auszuplündern, würde er auch nicht weiter darauf eingehen. »Ich wollte euch bitten, die Tore noch nicht zu schließen, weil die Wagen noch unten auf den Wiesen sind.« Daria hatte allen eingeschärft, höflich zu sein. Seid nicht unterwürfig, hatte sie gesagt, aber zuvorkommend. Weiland hoffte, daß er den richtigen Ton getroffen hatte. Die Soldaten starrten ihn mit ausdruckslosen Gesichtern an.

»Keine Sorge«, entgegnete derjenige, der eben schon gesprochen hatte. »Wir müssen uns nicht so genau an die Zeit halten.«

Weiland nickte, noch immer etwas unsicher. Er würde auf dieser Seite der Mauer warten, für alle Fälle. »Danke.« Daria hatte erklärt, das Wort ›Danke‹ sei das Kernstück der Höflichkeit.

Die beiden Soldaten warfen einander vielsagende Blicke zu, aber Weiland hatte keine Ahnung, was sie bedeuteten. Schließlich erkundigte sich der zweite: »Gibt's sonst noch was?«

Sollte es noch etwas geben? Oder meinte der Mann vielleicht nur: »Dann kümmere dich um deine eigenen Angelegenheiten, statt hier rumzustehen und Maulaffen feilzuhalten?«

»Ich …« Weiland merkte, daß er tatsächlich noch etwas fragen wollte. »Wo liegt Lady Darias Behausung?«

»Gleich hinter der Kirche«, antwortete der erste Soldat.

Weiland zögerte, denn er wollte nicht mehr preisgeben als unbedingt nötig. Aber er sah keine andere Möglichkeit. »Ich war noch nie in der Stadt«, gestand er.

»Die Kirche«, wiederholte der Mann, ohne ein Hehl aus seiner Ungeduld zu machen. »Das große Gebäude mit dem hohen Turm.« Dabei warf er einen Blick über die linke Schulter und deutete auf den von hier deutlich sichtbaren Turm, als hätte Weiland diesen sofort als einer Kirche zugehörig erkennen sollen. »Sie liegt ganz zufällig in der Kirchstraße«, fuhr der Soldat fort.

Diese Bemerkung konnte nur als Hinweis darauf verstanden werden, daß Weiland genug von seiner Zeit beansprucht hatte.

Also ging Weiland ein Stück weg, zu einer Stelle, wo er niemandem im Weg stand und gleichzeitig die Männer und die Türen im Auge behalten konnte.

Kirche, wiederholte er stumm. Er konnte sich nicht erinnern, dieses Wort je zuvor gehört zu haben, aber wenn sogar eine Straße nach ihr benannt wurde, war eine Kirche wohl wichtig genug, daß er lieber nicht zugeben sollte, sie nicht zu kennen.

Die beiden Soldaten nahmen ihr Würfelspiel wieder auf.

Weiterhin herrschte ein munteres Kommen und Gehen zwischen den umliegenden Häusern. Zu dieser späten Stunde verließ zwar niemand mehr die Stadt, aber einige Leute kamen durchs Tor – einzeln oder in Zweier- und Dreiergruppen. Gelegentlich blickten die Wachen auf und erweckten den Eindruck, als bekämen sie mit, was vor sich ging, aber sowohl Kedj als auch Daria wären über ihre Nachlässigkeit entsetzt gewesen.

Ihm war klar, daß die beiden Wachleute jede weitere Störung als Zumutung empfinden würden. Aber er staunte so über den stetigen Menschenstrom, daß er es sich nicht verkneifen konnte, in einem günstigen Moment, in dem die Wachen von ihrem Spiel abgelenkt waren, nachzufragen: »Wie viele Menschen leben in dieser Stadt?«

»Über zehntausend, heißt es.«

Die Zahl war unvorstellbar, aber Weiland wußte, daß er die Soldaten mit seiner Unwissenheit allmählich argwöhnisch machte. Das waren schrecklich *viele*. So viele, daß er am besten gar nicht mehr darüber nachdachte.

Gerade da rumpelte der erste Wagen durchs Tor, und als der letzte in der Stadt war, begann eine Glocke zu läuten.

Feuer, dachte Weiland, denn das hatte Glockenläuten auf Darias Festung immer bedeutet.

Oder daß man in einen Hinterhalt geraten war.

Weiland fuhr herum und suchte die Soldaten, die jetzt, da die Wagen im Innern der Mauern und damit ungeschützter waren, aus ihrem Versteck hervorstürzen würden. Unwillkürlich ließ er den Zügel los und legte die Hand auf den Schwertknauf, zog die Waffe aber nicht. Keine Soldaten tauchten auf. Die beiden Torhüter hatten sich zwar von ihrer Bank erhoben, aber von ihnen ging keinerlei Unruhe aus, und auch die Glocke läutete zu langsam und gemächlich für einen Alarm.

Um Weiland her jedoch zogen die Mitglieder des Trupps ihre Waffen; offenbar waren sie demselben Irrtum erlegen wie er. *Halt!* wollte er rufen. Aber es war schon zu spät.

Die Torhüter zogen ebenfalls ihre Schwerter; die Sklaven sanken auf die Knie.

»Zurück!« befahl Weiland und stellte sich zwischen Darias Trupp und die Torhüter, was ihn – ganz gegen seine eingefleischte Vorsicht – mit dem Rücken vor die nackten Klingen der Unbekannten brachte. »Tretet zurück«, wiederholte er. Falls seine Kameraden auf eine Gelegenheit warteten, ihn umzubringen, hatten sie diese jetzt.

Doch nach einer endlos langen Stille gehorchten sie.

Weiland wandte sich an die Torhüter und breitete die Hände aus. »Ein Mißverständnis«, erklärte er.

Langsam, wie um zu zeigen, daß sie nicht gänzlich überzeugt waren und von nun an vorsichtiger sein würden, steckten die Wachen ihre Schwerter ebenfalls wieder in die Scheide. »Schreckhaft, was?« bemerkte einer.

Hätte Weiland in den Bergen einen Hinterhalt geplant, wäre er zu dem Schluß gekommen, daß der Plan schiefgegangen, die Falle vorzeitig zugeschnappt war. Er hätte beide Männer getötet, bevor der Alarm sich weiter ausbreitete.

Aber er war hier nicht in den Bergen. Überall um sie herum waren Menschen – über zehntausend, hatte der Mann gesagt. Sicher waren nicht alle Krieger, aber einige würden gewiß versuchen, ihn aufzuhalten, wenn sie sahen, daß er einen der Ihren tötete, und die Wagen kamen nur langsam voran. Außerdem würde der Tumult für mindestens ebensoviel Aufsehen sorgen wie die Wachen – und was würde Daria wohl dazu sagen?

Die zweite Wache war zum Tor gegangen und sah nach, ob jemand in der Nähe war. Das Glockenläuten, so erkannte Weiland, bedeutete lediglich, daß es Zeit war, die Tore zu schließen.

Jetzt hieß es, ruhig Blut zu bewahren und beschwichtigende Worte zu finden. Weiland nahm Zuflucht bei der einzigen Entschuldigung, die ihm zu Gebote stand. »Ich komme aus dem Heiligen Land«, sagte er.

»Na und?« antwortete der erste Soldat in einem Ton, der deutlich machte, daß Weilands Bemerkung den Argwohn, den er möglicherweise hegte, keineswegs zerstreut hatte.

Weiland schwang sich wieder in den Sattel. »Abmarsch!« befahl er seiner Gruppe. Erleichtert nahm er zur Kenntnis, daß seine Leute voller Staunen die Häuser und Menschen anstarrten und nichts sagten – weder zueinander noch zu sonst jemandem.

Nun begannen die Wachen die mächtigen Torflügel zu schließen; Weiland ritt an die Spitze von Darias Zug – Trupp, Sklaven und Wagen –, und sie machten sich auf den Weg in Richtung des Turms, der die Kirche kennzeichnete. Gleich dahinter stand Darias Haus.

Folgt uns rasch und unauffällig, hatte Daria gesagt.

Nun traf er mit einem vollen Tag Verspätung ein, hatte Llewellur unterwegs verloren und – schneller, als er es Daria würde erklären können – den Argwohn der Torhüter erweckt. Beinah genug, um zu hoffen, er würde die Kirche nie finden.

Kapitel 8

Mit dem Erlöschen des Tageslichts nahm die Geschäftigkeit der Stadt ab, aber es waren immer noch mehr Menschen um sie herum, als man in Darias Halle gewohnt war. Weiland mußte sich zusammenreißen, nicht zum Schwert zu greifen. *Sei wachsam*, klangen die Worte des Kedj in seinen Ohren. *Trau keinem. Kämpfe bis zum Tod, solange man dir nichts anderes befiehlt*. Es war schwer, all diese Fremden nicht als Feinde zu betrachten. Denn sie nicht als Feinde zu sehen, konnte fatale Auswirkungen haben. Auch wenn diese Leute nicht von Wölfen oder Bären abstammten, hieß das nicht, daß sie ungefährlich waren.

Wäre Weiland zu Fuß statt auf dem Pferderücken unterwegs gewesen, hätte ihn alles noch mehr angestrengt, denn die Fußgänger stießen des öfteren zusammen, wenn jeder in seine jeweilige Richtung hastete. Gefahr, Gefahr, Gefahr, warnte jeder Nerv seines Körpers. Aber sein Verstand sagte: *Bleib ruhig. Unauffällig. Vermeide es, einen bedrohlichen Eindruck zu machen, wirke aber auch nicht hilflos*. Mit einer hübschen, festen Mauer im Rücken und dem Schwert in der Hand hätte er sich leichter dazu überreden können, seinem Verstand mehr zu vertrauen als seiner Angst.

St. Celia's schien eigens für Hinterhalte und Überfälle angelegt zu sein. Die schmale Straße wand sich in zahllosen Kurven hügelaufwärts; zweimal überquerte sie dabei den Fluß, der aus den Bergen herabkam. Die Häuser schmiegten sich eng aneinander; manchmal – wenn auch nicht immer – hatten sie eine gemeinsame

Wand. Manchmal – wenn auch nicht immer – war das Obergeschoß nach vorn gebaut, so daß es ziemlich waghalsig über der Straße hing. Wenn man diese Stadt mit all ihren Gassen, Abkürzungen, Schlupf- und Gucklöchern kannte, war man gegenüber jedem, der hier fremd war, eindeutig im Vorteil. Weiland fühlte sich in die Enge getrieben und möglichen Attacken aus dem Hinterhalt schutzlos ausgeliefert.

Und ein Angriff der Stadtleute war nicht die einzige Gefahr, die Weiland Sorgen bereitete. »Nehmt die Hände von den Waffen«, murmelte er beständig, während er an der Kolonne von Männern und Wagen vor und zurück ritt. Die Angehörigen des Trupps trugen genau den Gesichtsausdruck zur Schau, den ein solch törichter Rat auch bei Weiland hervorgerufen hätte. Ein lautes Geräusch, eine plötzliche Bewegung, vielleicht ein Stadtbewohner, der sich ihnen ganz harmlos näherte – all das konnte bei den ohnehin angespannten und argwöhnischen Männern eine Gewalthandlung auslösen. Weiland bedauerte, daß er sie nicht veranlaßt hatte, wenigstens ihre Schwerter in einem der Wagen zu verstauen, denn sie trugen mehr Waffen als alle, denen sie bisher begegnet waren.

»Bleibt ruhig«, sagte er immer wieder, obgleich es ihn selbst hart ankam, den anscheinend friedlichen Absichten der Einwohner von St. Celia's nicht zu mißtrauen. Kein Truppangehöriger hätte bis jetzt überlebt, hätte er sich immer nur auf den äußeren Schein verlassen.

Zuletzt gelangten sie zu dem Gebäude mit dem Turm, zur Kirche. Mehrere Straßen trafen sich hier auf einem Platz, und Weiland ließ sein Pferd langsamer gehen, während er überlegte, ob sie abbiegen oder geradeaus weiterziehen sollten. Wenn jemand im Wald sagte, man solle einem Pfad folgen, so konnte das bedeuten, immer der Nase nach, oder aber, man solle den am meisten benutzten Weg einschlagen. Galt für Stadtstraßen das gleiche wie für Waldwege?

Die Kirche war Darias Festung ähnlicher als alles, was sie bisher zu Gesicht bekommen hatten: Ein großer Steinbau, gut zu verteidigen. Zwölf breite Stufen verschafften den Bewohnern bei einem Angriff den Vorteil, sich von oben herab verteidigen zu können. Hätte Daria die Wahl, würde sie sich sicher ein solches Gebäude aussuchen. Und falls es bereits besetzt war, schien es nur sinnvoll, daß sie sich eine Behausung ganz in der Nähe gesucht hatte.

Auf der untersten Stufe der Kirchentreppe saß ein alter Mann; Weiland vermutete, daß dieser Platz nicht vom Herrn oder Verwalter eines solchen Gebäudes eingenommen würde. Da er kein Schwert trug, war er sicher auch kein Wachposten. Dann vielleicht ein Diener, obwohl keiner von Darias Dienern sich dabei hätte erwischen lassen dürfen, wie er untätig herumsaß.

Andererseits gehörte es vielleicht zum angemessenen Verhalten alter Männer, untätig auf Treppen herumzusitzen. Die Männer, die versuchten, in der Nähe von Darias Festung die Berge zu überqueren – oder diejenigen, die Darias Trupp zu verfolgen versuchte –, hatten im allgemeinen nicht älter ausgesehen als Lon oder Kedj. Bei den größeren Gruppen jedoch hatte es gelegentlich Frauen und Kinder gegeben und auch alte Männer mit weißen Haaren und runzliger Haut, und Kedj hatte gesagt, dies sei ein Zeichen ihres fortgeschrittenen Alters. Von Darias Gefolge hatte noch nie jemand so lange gelebt. Die wenigen alten Männer, die Weiland gesehen hatte, waren reiche Kaufleute gewesen, Besitzer einer Karawane. Also konnte dieser alte Mann durchaus der Besitzer der Kirche sein.

Gerade als Weiland ihn nach dem Weg fragen wollte, stand der Alte auf. Weiland legte die Hand an sein Schwert, wie jeder vernünftige Mann es unter den gegebenen Umständen getan hätte, warf aber rasch noch einen Blick über die Schulter zu den Männern hinter sich und hob die linke Hand, um zu bedeuten, daß sie nicht überstürzt handeln sollten.

»Einen Penny, ehe Ihr weiterzieht, Herr?« fragte der alte Mann und streckte die Hand aus.

Zwar hatte Weiland seinen Blick soeben über Straße und Gebäude streifen lassen, um sich zu vergewissern, daß niemand in der Nähe war, der seine Verwirrung zum Angriff nutzen konnte, dennoch blickte er noch einmal hastig um sich. Solche Dinge sagten Darias Männer, wenn sie hinter einem Baum oder Felsen einem ahnungslosen Reisenden gegenübertraten.

Doch der Mann trug keine Waffe, und hier war die Straße so breit und übersichtlich, daß nirgendwo ein Komplize lauern und sich auf sie stürzen konnte. Und falls ein Stück weiter weg ein Hinterhalt lag, wieso dann diese Warnung? Es ergab so oder so keinen Sinn, denn woher sollten etwaige Räuber wissen, welchen Weg Weiland und seine Leute einschlagen würden?

»Was?« fragte Weiland, für den Fall, daß er den Alten nicht richtig verstanden hatte.

»Einen Penny für einen armen Blinden«, sagte der Mann, die Hand noch immer ausgestreckt.

Blind. Also deshalb waren seine Augen so seltsam trüb, grau und glasig, deshalb starrte der Mann Weilands Pferd an statt Weiland selbst. »Warum?« fragte Weiland.

»Warum was?« gab der alte Mann zurück.

»Warum sollte ich dir Geld geben?«

»Weil ich blind bin.«

Weiland sah sich kurz um, ob seine Gefährten die Sachlage vielleicht besser verstanden – daß man einem hilflosen Menschen einfach so etwas geben sollte. Anscheinend waren sie genauso ratlos. Außerdem hatte Weiland kein Geld. Das, was sie über die Jahre als Zoll genommen hatten, war in den Wagen verstaut, und es gehörte Daria – selbst wenn Weiland gewollt hätte, hätte er es nicht weggeben können.

»Nein«, antwortete er deshalb und machte sich bereit, zum Schwert zu greifen.

»Schwachkopf«, erwiderte der Blinde. Aber er zog sich zurück, bis er mit der Hacke gegen die unterste Treppenstufe stieß und sich unsanft niedersetzte, jedoch weiterhin ohne Anzeichen von Kampfeslust. Auch tauchten keine bewaffneten Komplizen auf, er schien einfach nur geduldig auf den nächsten Passanten zu warten.

Trotzdem vermied Weiland es, dem Alten den Rükken zuzuwenden, während er die ihm zur Verfügung stehenden Möglichkeiten abwog. Die Torhüter hatten gesagt, Daria wohne in dem Gebäude gleich hinter der Kirche. Am wahrscheinlichsten erschien ihm das Gebäude an der Straße, die geradeaus weiterführte, denn es lag etwas abseits und war von einer Mauer umgeben. Außerdem war es das größte Haus der Umgebung und aus Stein gebaut, nicht aus Holz.

Zögernd und ständig darauf gefaßt, daß doch irgendwo eine Falle auf sie wartete, führte Weiland die Gefolgschaft in diese Richtung. An der Mauer stieg er ab und betätigte die am Tor hängende Glocke, noch immer auf irgendein Unheil gefaßt. So war er denn tief erleichtert, als eine von Darias neuen Zofen erschien. Bess, vermutete er. Aber vielleicht war es auch Blanche.

Seine Erleichterung dauerte genauso lange an, wie sie brauchte, ihm ins Gesicht zu sehen und zu sagen: »Lady Daria will dich sofort im Söller sehen.« Zu den anderen gewandt, fügte sie hinzu: »Einer der Diener wird den Rest von euch nach hinten führen, wo ihr die Wagen ausladen und die Pferde versorgen könnt. Lady Daria sagt, ihr sollt eure Zungen im Zaum halten, denn es sind Hausdiener hier, die nicht zu eurer Bruderschaft gehören.«

Menschgeborene, bedeutete das. Selbst wenn sie es nicht ausdrücklich erwähnt hätte, hätte Weiland so etwas vermutet, denn gerade kam ein Mann um die Ecke, der weder im Alter noch im Aussehen Darias sonstige Ansprüche erfüllte. War sie zu dem Schluß gekommen, sie brauchte mehr Diener hier in St. Celia's, oder gehörten die Menschendiener zum Haus?

Er fragte Bess nicht danach, denn er mußte sein Augenmerk auf andere Dinge richten: Darauf, was er Daria sagen, wie er seine Nachrichten formulieren sollte.

Der Söller war der Raum, den Weiland in der Festung als Halle bezeichnet hätte.

Kaum war Bess gegangen, trat Daria durch eine andere Tür ein. »Wo seid ihr gewesen?« wollte sie sofort wissen. »Ich habe euch schon vor vielen Stunden erwartet.«

Weiland holte tief Luft. »Llewellur...« Der Vogeljunge brauchte keine Deckung mehr, selbst wenn Weiland bereit gewesen wäre, für ihn zu lügen. »Llewellur«, begann Weiland von neuem, »Llewellur ist letzte Nacht geflüchtet.«

Daria machte eine herablassende Handbewegung, ein Abwinken.

Was hatte das zu bedeuten?

»Ich mußte ihn verfolgen. Ich war nicht sicher, ob...«

»Ja, schon gut«, unterbrach ihn Daria. Also wollte sie wohl keine Einzelheiten hören.

»Er ist tot«, fuhr Weiland fort, denn das war das Wichtigste der Geschichte. »Er...«

»Das spielt keine Rolle. Komm mit.«

Das spielt keine Rolle? Seltsam, aber sicher kein gutes Zeichen. Weiland folgte Daria, die ihn ins Innere des Hauses führte, so schnell, daß er fast rennen mußte. *Ich brauche ein Blutopfer, um unser neues Heim zu weihen,* hatte Daria zu Kedj gesagt. Llewellur war ein naheliegender Kandidat gewesen. Ein sehr naheliegender Kandidat.

»Er ist bei Nacht geflohen«, wiederholte Weiland, während er sich bemühte, Schritt zu halten. Selbst wenn sie es eilig hatte – warum, wagte er sich nicht auszumalen –, würden sie nicht langsamer werden, wenn er etwas sagte. Gern hätte er hinzugefügt: »Während Adgers Wache«, aber Daria haßte solche Erklärungen, sie hielt sie für Ausreden. Sie würde sagen, es sei seine Schuld gewesen, weil er eine schlechte Entscheidung getroffen hatte, oder weil er nicht zwei Wachposten abgestellt hatte, wenn er doch wußte, daß er sich auf einen nicht verlassen konnte. Aber er hatte das ungute Gefühl, daß Daria ihm sowieso nicht zuhörte. »Als ich ihn erwischt habe, ist er gesprungen, statt …«

»*Weiland.*« Sie wandte sich um und sah ihn ärgerlich an. »Es reicht.«

Damit nahm sie, ohne eine Antwort abzuwarten, ihren Eilschritt wieder auf, so daß er sein »Ja, Herrin«, an ihren Rücken richten mußte.

Llewellur war der naheliegende Kandidat gewesen. Wer war nun besser geeignet, seinen Platz einzunehmen, als derjenige, der dafür verantwortlich war, daß sie ihn verloren hatten, als derjenige, der bereits bewiesen hatte, daß er seine Stellung als Anführer des Trupps nicht halten konnte, als derjenige, der eine falsche Entscheidung nach der anderen getroffen hatte? Dabei wußte Daria noch nicht einmal von der Szene am Stadttor.

»Nimm die Fackel dort«, befahl Daria, blieb vor einer geschlossenen Tür stehen und nahm einen Schlüssel vom Gürtel. In der Festung hatte es immer nur einen einzigen verschlossenen Raum gegeben.

Es sind menschgeborene Männer hier, dachte Weiland. In der Festung stellte Daria das zur Verfügung, was der Trupp brauchte, niemand hatte persönlichen Besitz, und keiner hätte je Darias Zorn herausgefordert, indem er etwas ohne ausdrückliche Erlaubnis berührte. Aber sie konnte ihre menschlichen Diener noch nicht gut kennen, nicht nach einem Tag. Bestimmt besaß sie andere Dinge – Truhen mit Gold und vielleicht Juwelen und Schmuck aus Zollbeständen –, die andere nicht sehen durften, ehe sie sicher war, daß sie ihnen vertrauen konnte.

Doch die Tür öffnete sich, und die Gerüche aus Darias Zauberkammer stiegen Weiland in die Nase – Weihrauch, Kräuter und Blut.

Bisweilen benötigte Daria für einen bestimmten Zauber Blut.

Manchmal hatte ein solcher Zauber schon Leben gefordert.

Weiland war vor Angst so benommen, daß er eine Weile brauchte, bis er die Fackel in die Halterung neben der Tür gesteckt hatte. Dann wandte er sich zu Daria um und entdeckte hinter ihr einen Tisch. Er sah genauso aus wie der Tisch, den sie zu Weilands Erleichterung in der Festung zurückgelassen hatten. Wieder dauerte es einen Moment, bis er sich daran erinnerte, daß der Tisch tatsächlich nicht verladen worden war, und bis er begriff, daß es für den Blutgeruch nur eine Erklärung gab – es sei denn, die früheren Bewohner hatten eine ähnliche Magie zelebriert wie Daria und ähnliche Bannsprüche dafür benötigt.

Endlich, endlich entdeckte er den Körper auf dem Tisch.

Daria beobachtete, wie sein Blick darauf fiel. »Ein Glück, daß du es nicht bist«, sagte sie.

Weiland war beschämt, daß er das nicht abstreiten

konnte, obwohl es ohnehin unmöglich war, Daria zu widersprechen.

Sie zündete an der Fackel eine Kerze an, ging zum Tisch, und nun entpuppte sich die Gestalt als die eines Bären. Lon war der einzige des Trupps, der als Bär geboren war.

Aber sie kann Lon doch nicht getötet haben, dachte Weiland, während er den toten Körper anstarrte, der an Händen und Füßen gefesselt auf der Seite lag. Er sah die Stelle, wo sie ihm die Kehle durchgeschnitten hatte, sah, wo das Blut über den Tisch gelaufen war und auf dem Boden eine Lache gebildet hatte. Sie hatte es nicht einmal aufgefangen, um seine Kraft zu nutzen. Man stellte Darias Entscheidungen nie in Frage, aber Lon war der Anführer, was ihn neben Kedj zum wertvollsten Mitglied des Trupps machte. Das hier *konnte* doch nicht Lon sein!

Aber er war es. Weiland erkannte die Kleidungsstücke, an den Säumen aufgerissen, als er sich von einem Menschen in die größere Gestalt des Bären verwandelt hatte. Ein Bär hätte sich nicht fesseln lassen – obwohl es sich Weiland bei Lon auch in menschlicher Gestalt nicht vorstellen konnte. Höchstens, wenn er schon gewußt hatte, welches Schicksal ihm bevorstand. Dann hätte er gewußt, daß er nichts mehr zu verlieren hatte.

In der Festung wäre jetzt Kedj hier gewesen. Kedj ging mit Daria in die Zauberkammer, um den zu fesseln, der an der Reihe war, er prüfte, ob die Fesseln fest genug saßen, und zwar bei einem Zauber, der nur Blut benötigte, ebenso wie bei einem Todesurteil. Doch nun hatte Daria es irgendwie allein geschafft, Lon zu überwältigen, und sie hatte ihn in menschlicher Gestalt getötet, denn wie sie oft genug erklärt hatte, kam die Kraft aus Menschenblut – sogar aus verdorbenem Menschenblut –, aber nicht aus dem Blut von Tieren.

Weiland wollte lieber als Mensch sterben – auch wenn dies bedeutete, daß ihm viel deutlicher bewußt sein würde, was geschah. Doch er bezweifelte sehr, daß Lon auch so gedacht hatte.

»Bist du überrascht?« fragte Daria.

Weiland wußte nicht, was sie hören wollte.

»Ein Opfer verlangt nun einmal nach etwas Wertvollem«, fuhr sie fort. »Es wäre bedeutungslos, etwas Nutzloses, etwas ohne Wert zu opfern.«

Meinte sie damit Weiland oder Llewellur?

»Ja, Herrin«, antwortete er.

»Die Leiche liegt hier seit gestern abend und wartet darauf, daß du sie wegschaffst. Wenn es nicht so kalt wäre, hätte sie angefangen zu riechen und womöglich unnötig Aufmerksamkeit erregt.«

»Ja, Herrin. Es tut mir leid.«

»Natürlich mußt du auch die Kleider entsorgen. Im Schutz der Dunkelheit kannst du die Leiche in den Fluß werfen, der ein paar Häuser weiter nördlich fließt. Ein Bärenkörper im Fluß wird zwar nicht unbemerkt bleiben, aber nicht allzuviel Argwohn auf sich ziehen. Wenn du heute nicht gekommen wärst, hätte ich den Koch zu Hilfe rufen müssen.«

Ein grauenvoller Gedanke, obwohl Weiland wegen Lons Tod keine Trauer empfand. Er fragte Daria nicht, welchen Plan sie gehabt hätte, wenn er wie erwartet schon morgens eingetroffen wäre. Er sagte nur noch einmal: »Ja, Herrin.«

Kapitel 9

Mit Erleichterung stellte Weiland fest, daß einige Gebäude zwar mit dem rückwärtigen Teil zum Fluß hin gebaut waren, keines jedoch unmittelbar ans Ufer grenzte. Hier wälzte sich das Wasser träge dahin, was sich wohl zumindest teilweise darauf zurückführen ließ, daß in die Mauer Gitter eingelassen waren, um ein feindliches Eindringen auf dem Wasserweg zu verhindern. Doch diese Gitter waren ebenso wie das Ufer voller Schlamm und Unkraut. Sicher wurden sie gelegentlich hochgezogen und gereinigt, aber allem Anschein nach war dies in letzter Zeit nicht geschehen. Im Sommer würde es hier bestimmt nach Abwasser stinken, was ein guter Grund dafür war, nicht zu nahe am Ufer zu bauen.

Weiland hätte die Bärenleiche lieber über die Mauer geschmuggelt, denn die Gitter waren so eng, daß sie nicht einmal einen großen Fisch durchließen, und er war nicht geneigt, jemanden in Stücke zu schneiden, den er gut gekannt hatte, selbst wenn es sich dabei um Lon handelte. Außerdem würden auch gewiß einige der Stücke irgendwann entdeckt. Wenn sie erst einmal lange genug im Wasser gewesen wären, konnte man sie sogar irrtümlich für menschliche Gliedmaßen und Organe halten, was wiederum zu einer eingehenden Untersuchung führen würde – und dann erinnerte sich am Ende womöglich jemand daran, Daria in Gefolgschaft eines Mannes in die Stadt kommen gesehen zu haben, der später nie wieder aufgetaucht war. Wie Daria schon gesagt hatte, würde ein toter Bär Neugier und allerlei Mutmaßungen hervorrufen. Das war besser als Angst und Argwohn. Also würde er die Leiche ins Wasser werfen, weil sie entdeckt werden mußte, und darauf vertrauen, daß man sie nicht mit Daria in Verbindung brachte.

Telek half ihm, Lons in Sackleinwand gewickelten Körper zu schleppen. Im Lauf der Stunden war die Totenstarre gewichen, aber der Körper war schwer und sperrig und hatte – trotz allem, was Daria der Kälte zugute gehalten hatte – angefangen zu riechen.

Eine ganze Weile warteten sie in der Dunkelheit zwischen zwei Gebäuden, hielten Ausschau nach Licht und Bewegung. Sie trugen keine Schwerter, denn die wären ihnen bei diesem Auftrag nur im Weg gewesen, aber selbstverständlich steckte ein Dolch in ihrem Gürtel. An ihrem Körper verborgen befanden sich noch einige andere Messer, genau wie Kedj es sie gelehrt hatte. Dennoch fühlte sich Weiland verletzlich, vor allem, weil er sich in der Umgebung nur sehr bruchstückhaft auskannte.

Nichts deutete darauf hin, daß zu dieser nächtlichen Stunde noch jemand unterwegs war.

Ohne ein Wort überquerten sie das Stück offenen Flurs – unebener Boden mit Winterkraut und Abfall, der entweder nicht ganz im Fluß gelandet oder vom letzten Hochwasser liegengeblieben war. Der morastige Untergrund war in der nächtlichen Kälte gefroren, und das dünne Eis knackte und knirschte unter ihren Füßen.

Am Ufer legten sie ihre Last ab und begannen, die Leiche auszupacken. Weiland hielt es für äußerst unwahrscheinlich, daß irgend jemand glauben könnte, der Bär wäre von allen unbemerkt in die Stadt gekommen und irgendwann eines natürlichen Todes gestorben – ganz zufällig im Fluß. Aber das war kein Grund, mögliche Mutmaßungen zusätzlich anzustacheln, indem sie die Leiche eingewickelt und gefesselt am Ufer liegenließen.

So rollten sie den Bären aus der Sackleinwand und hinein ins Wasser. Das Platschen war wahrscheinlich nicht lauter als das Knirschen im Schlamm – das auch längst nicht so laut gewesen war, wie es Weilands angespannten Nerven erschien –, aber da erklang eine Stimme von jenseits des Uferstreifens: »He!« Weiland blickte auf und sah eine Gruppe von Männern aus einer Gasse kommen. Fünf, wenn jeder eine Fackel hielt, aber im Schatten mochten noch einige mehr sein. Die Stadtwache, auf der Suche nach zwielichtigen Gestalten wie ihnen.

»Laß das Zeug liegen«, zischte Weiland, als Telek Anstalten machte, die Plane aufzusammeln. Die Plane war kein Hinweis auf Darias Haushalt – höchstens sie beide.

»Halt!« riefen die Männer, als Weiland und Telek die Flucht ergriffen und das Ufer hinaufliefen. Dort gab es zwar keine Deckung, aber sie wollten ihren Verfolgern auch nicht in die Arme laufen, indem sie in die Stadt rannten, wo man sich allerdings besser verstecken konnte – sofern man nicht in einer Sackgasse landete.

Der Boden war holprig und voller Löcher. Zehen und Knöchel verfingen sich im Unkraut, was die Flucht deutlich verlangsamte. Aber sie wußten, daß der Fluß schließlich unter der Stadtmauer hindurchfloß, also mußten Weiland und Telek sich irgendwann in die Gassen schlagen, sonst versperrte ihnen die Mauer den Weg. Die Verfolger konnten sich näher an den Häusern halten, wo der Untergrund ebener war.

Und es waren wirklich mehr als fünf.

»Jetzt!« rief Weiland Telek zu, obwohl er keine Ahnung hatte, wohin die Gasse, in die sie einbogen, führte oder ob sie womöglich an einem Tor endete.

Sie endete nicht, sondern mündete in eine Straße.

Weiland und Telek wandten sich nach rechts und gleich wieder nach links, abermals in eine enge Gasse, noch eine Straße hinunter – und dann standen sie tatsächlich auf einem Hof. Blitzschnell kletterten sie über den Holzzaun; dem Ledergeruch nach zu urteilen, umgab er das Grundstück eines Gerbers: ein Wohnhaus mit einigen Nebengebäuden. Am anderen Ende des Hofes kletterten sie wieder über den Zaun und gelangten von neuem auf eine breite Straße.

Telek und Weiland rannten nebeneinander her, aber Weiland konnte nicht einschätzen, ob Telek ohne ihn schneller gewesen wäre oder nur mit Mühe Schritt hielt. Sie atmeten schwer, und ihre Füße schlugen abwechselnd auf festgestampften Lehm oder Stein – je nach dem, ob sie sich auf Seitengäßchen oder Durchfahrtsstraßen befanden. Hunde bellten, Fensterläden wurden aufgestoßen. Die Leute wollten wissen, was los war, und Licht strömte auf die Straßen. Inzwischen waren die Verfolger dicht hinter ihnen, und immer mehr Menschen schlossen sich der Stadtwache an. In dem ganzen Getümmel würde Weilands ursprünglicher Plan nicht mehr aufgehen: sich plötzlich umdrehen, den Verfolgern gegenübertreten, in die andere Richtung deuten und sagen: »Da sind sie hingelaufen!«

Plötzlich entschied sich Telek für eine Abzweigung, nachdem er bisher Weiland die Führung überlassen hatte.

»Nein«, keuchte Weiland. Für eine Erklärung reichte sein Atem nicht.

Telek erging es ebenso. »Heim!« stieß er hervor.

Das hatte auch Weiland schon bemerkt: Leicht links vor ihnen ragte der Kirchturm empor. Aber Daria wäre gewiß nicht angetan, wenn sie die Verfolger schnurstracks vor ihre Haustür brachten. Weiland wußte, daß er keine Zeit für Erklärungen hatte, also packte er

Telek nur am Ärmel und sagte noch einmal, sehr betont: »Nein.«

Aber Telek schüttelte ihn ab und rannte in die Richtung weiter, die er eingeschlagen hatte.

Es war keine Zeit für andere Maßnahmen, also entschied sich Weiland einfach für die andere Richtung, so daß sich die Verfolger teilen mußten. Vielleicht war es leichter, einer kleineren Gruppe zu entwischen.

Nach einer Weile kam Weiland an eine Straße, die noch breiter war als die, auf der er sich befand. Im Vorbeilaufen erkannte er, daß es die Straße war, auf der er mit Telek und den anderen zu Daria gekommen war: die Kirchstraße. Ein kurzer Blick über die Schulter zeigte ihm, daß sich die Verfolger tatsächlich getrennt hatten. Weiland bog in eine dunkle, enge Gasse zu seiner Rechten.

Und rannte mit voller Wucht jemanden um.

Er hatte keine Möglichkeit mehr, auszuweichen oder anzuhalten, und stürzte zusammen mit dem anderen zu Boden.

Licht kam um die Ecke – die Fackeln der Verfolger –, ein triumphierender Aufschrei erscholl. Weiland versuchte sich aufzurappeln, obwohl an Flucht in diesem Augenblick eigentlich nicht zu denken war, aber der, mit dem er zusammengestoßen war, erhob sich ebenfalls, und sie landeten abermals auf der Erde.

Hände packten Weiland an den Schultern. Jemand zog ihn von dem anderen weg, nur um ihn ein Stück weiter wieder zu Boden zu werfen. Da sie Weiland und Telek nun schon einige Zeit verfolgten, wußten die Männer der Stadtwache, daß die beiden blond waren, und konnten den anderen Mann, der dunkel war, leicht von ihnen unterscheiden. Einer der Verfolger – vielleicht waren es auch mehrere – setzten Weiland mit Fußtritten zu. Zwar landeten sie meist in seiner Seite und nicht im Magen, aber sie waren heftig genug, daß er kaum Luft bekam. Erst als er den Widerstand aufgab, ließen die Tritte nach; nun war sein Gesichtskreis begrenzt von hoch aufragenden Schatten, die nichts mit der Nacht zu tun hatten.

Jemand drehte ihm die Arme auf den Rücken und band seine Handgelenke zusammen. Weiland bemühte sich, das Dröhnen in seinen Ohren ebenso gleichmütig zu ertragen wie den Gedanken daran, was Daria tun würde. Er spürte, wie jemand den Dolch aus seinem Gürtel holte. Allerdings waren die Menschgeborenen nicht klug genug, ihn nach verborgenen Waffen abzusuchen, aber die waren im Augenblick sowieso nutzlos. Vielleicht später. Kedj würde schrecklich wütend darüber sein, in was für eine mißliche Lage er sich durch eigenes Verschulden gebracht hatte. Er mußte endlich etwas Kluges tun!

Unterdessen beglückwünschten Weilands Verfolger den Mann, mit dem er zusammengestoßen war, zu der gelungenen Festnahme.

Festnahme, dachte Weiland bitter. *Der Kerl war genauso überrascht und erschrocken wie ich.*

Und der Mann gab das auch unumwunden zu. »Ich hab' den Lärm gehört und wollte nachsehen, was los ist, und da ist er geradewegs in mich reingerannt.« Die anderen fuhren fort, ihm freundlich auf die Schulter zu klopfen. »Was hat er denn angestellt?« fragte der Mann schließlich.

»Sieht ganz nach einem Mord aus«, antworteten sie. »Wir haben ihn am Fluß erwischt, als er gerade die Leiche beseitigen wollte.«

»Ach wirklich?« meinte der Mann nachdenklich. Jetzt erschollen Stimmen, gefolgt von einer Flut von Licht; noch mehr Männer kamen um die Ecke.

Weiland wollte den Kopf heben, um zu sehen, wer sie waren, aber jemand stemmte ihm den Fuß in den Rücken.

Es waren eindeutig mehr Männer als nur diejenigen, die Telek nachgelaufen waren; wahrscheinlich hatten sich einige schon früher von der Gruppe getrennt. Denn gerade als eine Stimme verkündete: »Wir haben ihn verloren«, sagte eine andere: »Kommt lieber zurück zum Fluß. Das müßt ihr unbedingt mit eigenen Augen gesehen haben, es ist unglaublich.«

Weiland wurde auf die Füße gezerrt und ein paarmal geschüttelt, damit er nicht vergaß, sich zu benehmen.

»Noch mehr Ärger von dir, und wir schleppen dich zurück«, sagte einer.

Widerstand war zwecklos.

Benommen und verwirrt von den Tritten und den Stimmen, die hinter ihm in der Dunkelheit sprachen, konnte Weiland nicht ausmachen, wer hier der Anführer sein mochte. Kedj hatte ihnen immer eingeschärft, dies sobald wie möglich in Erfahrung zu bringen, damit man wußte, wen man sich als ersten vorknöpfen mußte.

Sie schubsten ihn zum Eingang der Gasse; es waren zu viele, um einen Fluchtversuch zu wagen.

Der Mann, der Weilands Gefangennahme unabsichtlich herbeigeführt hatte, marschierte voraus. Als er nach rechts abbog, rief einer ihm nach: »Bist du nicht neugierig?«

Entweder zögerte der Mann, oder die Zeit dehnte sich, während Weiland schwankend dastand. »Aber gewiß doch«, erwiderte der Mann und schloß sich wieder der Gruppe an.

Da sie ohne Umwege zum Fluß gingen, dauerte es nicht lange, bis sie die Stelle erreichten, wo Weiland und Telek Lons Leiche ins Wasser geworfen hatten. Unterdessen hatte sich eine große Menschenmenge versammelt, und daran, wie sie sich am Ufer zusammendrängten, erkannte Weiland, daß sie den Bären bereits herausgefischt hatten.

»Wer ist es?« wollte der Mann wissen, der Weiland vorhin verwarnt hatte, keinen Ärger zu machen. Jetzt schien er zum zweiten Mal die Lage in die Hand zu nehmen. In Ermangelung deutlicher Anzeichen beschloß Weiland, ihn als Anführer zu betrachten, bis sich eine andere Deutung aufdrängte. Diesen Mann würde er als ersten töten.

»Die Frage ist nicht wer«, antwortete einer aus der Gruppe am Ufer, »sondern *was*. Das hier ist ein Bär.«

Die Nachricht machte die Runde durch die Menge und wurde teils staunend, teils amüsiert, teils ungläubig aufgenommen.

Mit ungehaltenem Schnauben bahnte sich der Anführer einen Weg durch die Schaulustigen; ein anderer Mann drückte Weiland die Hand in den Rücken und schob auch ihn näher ans Ufer.

Die Leiche lag auf dem Rücken, mit aufgerissenen Augen und offener Schnauze; auf dem Pelz glitzerten Wassertropfen.

Der Anführer kauerte sich neben den Bären. Seine Hand berührte die Wunde in seinem Hals, als hätte er den Verdacht, hinter dem Bärenfell verberge sich doch ein ermordeter Mensch.

Weiland ging der Gedanke durch den Kopf, daß bei Darias Gefolgschaft genau das Gegenteil der Fall war, und dieser Gedanke entbehrte nicht einer gewissen Ironie.

Der Anführer suchte Weilands Gesicht in der Menge. »Was soll das bedeuten?«

Da Weiland keine Antwort einfiel, die ihn entlastet hätte, schwieg er.

»Wer bist du?« fragte der Mann als nächstes, als hätte Weiland die erste Frage vielleicht einfach nicht verstanden. »Wer war dein Kumpel, der uns entwischt ist, und was hattet ihr beiden mit diesem Bären zu schaffen?«

Als Weiland immer noch nicht antwortete, gab ihm der Mann hinter ihm eine Kopfnuß und brummte: »Was ist los, Junge, kannst du nicht reden?« Dann knuffte er Weiland abermals, noch ein wenig stärker. »Bist du taub, Junge?« Wieder ein Schlag auf den Hinterkopf. »Kannst du nicht reden?« Und wieder: »Hirn zermatscht?«

Schweigen brachte also nichts. »Nein«, sagte Weiland, fest, aber leise.

Diesmal landete die Hand des Mannes auf seinem Ohr, und er hörte den Mann sagen: »Dann beantworte gefälligst die Fragen, die man dir stellt.«

Kedj hatte sicher recht, daß man sich zuerst um den Anführer kümmern mußte – der Verlust des Anführers löste oft zumindest vorübergehende Verwirrung aus –, und Weiland wußte auch schon, wer gleich danach an die Reihe kommen würde, falls sich je die Gelegenheit ergab.

»Wie ist der Bär hierhergekommen?« wollte der Anführer wissen.

Mit Worten konnte Weiland die Lage nicht verbessern, sondern höchstens verschlechtern.

Ehe der Mann hinter ihm ihn erneut schlagen konnte, rief eine andere Stimme: »Vielleicht weiß er es nicht.«

Alle drehten sich um und starrten den Mann an, mit dem Weiland in der Gasse zusammengestoßen war. Er zuckte die Achseln. »Vielleicht«, wiederholte er weniger überzeugt.

»Kennst du den Knaben?« fragte der Anführer.

»Ich hab ihn nie gesehen, bis er mich umgerannt hat. Ich wollte ja bloß nachsehen, was der ganze Krawall soll.« Wieder zuckte er die Achseln. »Ich habe keine Ahnung, worum es überhaupt geht. Ich meine bloß, vielleicht habt ihr ja den Verstand aus ihm rausgeprügelt, vielleicht war er schon vorher nicht sonderlich helle, oder vielleicht weiß er einfach nichts von der ganzen Geschichte.«

Weiland war es vollkommen einerlei, ob man ihn für einen Trottel hielt, solange er nur aus diesem Schlamassel herauskam. Er hatte beim Überfall auf eine Karawane einmal einen Schwachsinnigen gesehen – einen Jungen, fast so alt wie Weiland, der an den Fingern nuckelte, nicht sprach und sich auch nicht vom Fleck rührte, als alle aussteigen sollten. »Der ist ziemlich weich in der Birne«, hatte eine Frau gerufen, die ihn begleitete. »Der versteht das nicht.« Nun überlegte Weiland, ob er sich mehr wie dieser Junge verhalten sollte, aber er hatte ihn nicht lange genug beobachtet, um ihn wirklich überzeugend nachzumachen. Doch fürs erste schien sein Schweigen einigermaßen zu wirken.

Der Mann aus der Gasse blickte über die Menge; inzwischen war nicht mehr zu unterscheiden, wer zur Stadtwache gehörte und wer einfach gerne gaffte. »Hat jemand gesehen, daß dieser Junge den Bären angegriffen und ermordet hat?« rief er.

Das klang so lächerlich, daß einige kicherten.

Seinem Gesichtsausdruck nach gefiel dem Anführer dieser lockere Ton ganz und gar nicht. »Wir haben natürlich nicht gesehen, wie er den Bären *getötet* hat. Wir haben gesehen, wie er ihn ins Wasser geschubst hat.«

»Was, ganz allein?« spottete der Mann. Er trat mit dem Fuß gegen die Sackleinwand, mit der Lon eingewickelt gewesen war. »Er hat dem Bären aufgelauert – sicherlich, um sein Geld zu stehlen, so daß sich die Frage erhebt, ob der Bär noch Geld bei sich hat –, dann hat der Junge die Leiche hierhergeschleppt, um den Verdacht von sich abzulenken, und sie ganz allein im Fluß versenkt.«

Jetzt lachten die meisten Umstehenden unverhohlen.

Einer der ursprünglichen Gruppe von Angehörigen der Stadtwache meinte etwas mürrisch: »Er hatte einen Komplizen.«

»Einen Komplizen?« wiederholte der Mann, und es sah immer mehr danach aus, als wolle er Weiland verteidigen.

Was war los? Bestimmt war es ein Trick. Dieser Mann tat nur so, als wolle er Weiland helfen. Allerdings konnte sich Weiland nicht vorstellen, was er sich davon versprach.

Jetzt beschrieb jemand Telek: »Auch ein junger Mann, vielleicht ein, zwei Jahre jünger.«

In Wirklichkeit war Telek älter, allerdings ein wenig kleiner als Weiland. Aber Weiland ging auf den Fehler nicht ein, und der Mann aus der Gasse rief verächtlich: »Jünger als *er*?« Mit sechzehn Jahren galt ein Junge als Mann, und wahrscheinlich war auch Weilands Verteidiger höchstens vier oder fünf Jahre älter. Aber wenn die Leute Weiland jünger einschätzten – obwohl er mindestens so groß war wie einer von ihnen –, würde er auch diesen Eindruck nicht richtigstellen. Der Mann aus der Gasse musterte Weiland. »Ist er dein Bruder?« fragte er.

Sah er irgendeinen Vorteil darin, Weiland zu helfen? Was hatte er vor? Auf alle Fälle stellte er die Stadtwache bloß – die Männer hatten rote Köpfe und traten verlegen von einem Fuß auf den anderen. Diejenigen, die später dazugestoßen waren, sahen nicht aus, als wären sie noch bereit, Weiland festzuhalten und zu treten, wenn er eine Frage nicht gleich beantwortete. Ganz offensichtlich warteten sie darauf, daß Weilands Wohltäter weiterhin für Unterhaltung sorgte.

Versuchte er aus irgendeinem Grund tatsächlich, Weiland zu helfen?

Jedenfalls wußte er nicht, was es nutzen sollte, Telek als seinen Bruder auszugeben.

Andererseits konnte es sicher auch nicht schaden.

Was natürlich nicht bedeutete, daß er imstande war, das zu beurteilen. Aber wenn er nicht bald den Mund aufmachte, verlor sein vermeintlicher Retter vielleicht die Geduld. Zögernd wiederholte er: »Bruder«, in einem Ton, der, so hoffte er, als simpel gelten konnte oder auch nicht, je nachdem, wie er sich auf mögliche weitere Fragen hin benahm.

Der Mann aus der Gasse breitete die Arme weit aus. »Seht ihr. Offensichtlich wollte der Junge seinen Bruder schützen. Deshalb hat er die Fragen nicht beantwortet. Offensichtlich sind die beiden Jungen aus dem Fenster gestiegen, obwohl sie von ihren Eltern oder ihrem Herrn schon ins Bett geschickt worden sind, und hatten irgendeinen harmlosen Schabernack im Sinn, als sie den Bären entdeckten.«

Weiland merkte, daß die Blicke der Menge auf ihm ruhten, also nickte er.

»Ihr einziges Verbrechen liegt demnach darin, daß sie den Bären ins Wasser gestoßen haben, wahrscheinlich, um zu sehen, ob er schwimmt.«

»Schwimmt«, stimmte Weiland im gleichen nichtssagenden Ton zu, den er zuvor benutzt hatte.

»Wer von euch hat nicht in jungen Jahren etwas ins Wasser geworfen, was er am Ufer gefunden hat, um zu sehen, was passiert? Offensichtlich« – der Mann hatte eindeutig eine Vorliebe für das Wort ›offensichtlich‹ –, »offensichtlich hätte dieser Junge einen ausgewachsenen Bären nicht zu Boden werfen und ihm die Kehle durchschneiden können: Zum einen hat er keine Bißwunden und keine Kratzer. Wie ersticht man einen Bären, ohne zumindest seine Pranken zu spüren zu bekommen? Zum zweiten hat er kein Blut an sich. Wie kann man jemanden erstechen und dabei kein Tröpfchen Blut abbekommen?«

Wären seine Hände nicht auf den Rücken gebunden

gewesen, so hätte Weiland jetzt die Arme ausgestreckt, um zu zeigen, daß sie weder Kratzer noch Blutspuren aufwiesen, aber inzwischen sprach wieder der Anführer der Stadtwache.

»Das ist es ja gerade«, wandte er ein. »Niemand würde überhaupt auf die Idee kommen, einem Bären die Kehle aufzuschlitzen. Man würde Netze nehmen, Speere oder Pfeile. Man geht nicht so nahe an einen Bären heran.«

»Das bedeutet aber noch lange nicht, daß niemand so etwas tut. Denn offensichtlich *hat* es jemand getan. Ich behaupte ja nur, daß es ganz eindeutig nicht dieser Junge gewesen sein kann. Vielleicht hat der Bär einen Mann überrascht, der weder Bogen noch Speer bei der Hand hatte. Darüber möchte ich jetzt gar keine Mutmaßungen anstellen.«

»Und wie ist der Bär überhaupt in die Stadt gelangt? Da geht doch etwas äußerst Verdächtiges vor.«

Für jemanden, der nicht mutmaßen wollte, lieferte der Mann schnell eine Erklärung: »Vielleicht ist er über die Mauer geklettert.« Die Leute machten zweifelnde Gesichter. »Oder er ist für ein verbotenes Glücksspiel eingeschmuggelt worden – für einen Kampf oder sonst eine Tierquälerei. Wie dem auch sei, es ist einfach ungerecht, diesen Jungen für etwas verantwortlich zu machen, von dem er offensichtlich keine Ahnung hat. Soweit ich weiß, gibt es kein Gesetz, das einem verbietet, einen toten Bären, den man zufällig findet, in den Fluß zu werfen.«

Der Anführer der Stadtwache machte ein unzufriedenes Gesicht. Auf die meisten seiner Fragen würde er wahrscheinlich nie eine Antwort bekommen, trotzdem mußte er seinen Vorgesetzten Bericht erstatten, und dieser Bericht würde wahrscheinlich zahlreiche Wiederholungen des Satzes »ich weiß nicht« enthalten. Dazu mußte er noch einen Bärenkadaver entsorgen, der bereits zu stinken begann, und er hatte keinen Schuldigen.

Weiland versuchte, ein unschuldiges, harmloses Gesicht aufzusetzen, was Daria nicht sonderlich schätzte.

Mit einer ungeduldigen Geste gab der Anführer seinen Männern zu verstehen, daß sie Weiland laufen lassen sollten.

Der Mann, der ihn von hinten geschubst und geschlagen hatte, schnitt die Fesseln an seinen Handgelenken durch, und zwar mit Weilands eigenem Messer. Danach bekam Weiland es zurück und steckte es rasch in die Scheide. Schließlich wollte er seine so unerwartet wiedergewonnene Freiheit nicht aufs Spiel setzen für die kurzlebige Befriedigung, seinem Peiniger ein paar Finger abzuschneiden.

»Geh zurück zu deinem Herrn«, sagte der Anführer zu ihm, »und sei dankbar, daß wir ihn nicht über deine Pflichtvergessenheit in Kenntnis setzen.«

»Ja«, antwortete Weiland, so sanftmütig er konnte.

Anscheinend nicht sanftmütig genug. Oder aber der Mann war noch nicht fertig gewesen. »Und das nächste Mal lauf gefälligst nicht weg, wenn ein Hüter des Gesetzes dir sagt, du sollst stehenbleiben.«

Weiland senkte den Kopf und schlug die Augen nieder, wie es Daria gelegentlich gefiel.

»Nun geh schon«, rief der Mann. Verärgert blickte er über die Menge und machte eine umfassende Handbewegung. »Geht nach Hause. Ihr alle.«

Kapitel 10

Weiland wartete nicht, bis die Menge sich verlaufen hatte. Pflichtvergessener Lehrjunge oder streunender Sohn – in jedem Fall würde er so schnell wie möglich in seine Behausung zurückkehren, ehe man dort auf seine Abwesenheit aufmerksam wurde. Niemand konnte ahnen, daß seine Herrin genau wußte, wo er war – oder es gewußt hatte, bis Telek mit irgendeiner wer-weiß-wie-haarsträubenden Geschichte zurückkehrte. Was bedeutete, daß Weiland wirklich darauf brannte, nach Hause zu kommen, denn die Lage konnte höchstens schlimmer werden, wenn nun auch noch ein bewaffneter Befreiungstrupp auftauchte oder Daria sonstwie überstürzt eingriff – beispielsweise, weil sie annahm, er hätte als Wolf bessere Fluchtmöglichkeiten.

Sehr unwahrscheinlich, sagte er sich. Er zwang sich, langsamer zu gehen, um nicht den Verdacht aufkommen zu lassen, er würde weglaufen. Voraussichtlich würde Daria überhaupt nichts unternehmen. Schließlich konnte man sich darauf verlassen, daß sie immer das tat, was für sie selbst am besten war. Und Weiland konnte sich nichts vorstellen, was für sie ungefährlicher gewesen wäre, als ihn einfach im Stich zu lassen. Falls Telek oder ein anderer Truppangehöriger es ihr nicht berichtet hatte, wußte sie nichts davon, wie er unwissentlich dafür gesorgt hatte, daß die Wachposten am Stadttor sich an ihn erinnerten und womöglich mit ihr in Verbindung brachten. So würde sie fälschlicherweise davon ausgehen, daß niemand in St. Celia's einen Zusammenhang zwischen ihr und Weiland herstellen konnte. Aber sie ging recht in der Annahme, daß er lieber sterben würde, als sie zu verraten, denn Verrat würde ja ebenfalls mit seinem Tod enden, nur daß Daria dann die Todesart bestimmte. Einer von Darias Lieblingssätzen lautete: »Ich kann dafür sorgen, daß dir dein letztes Stündlein sehr, sehr lange vorkommt.«

Daß Daria sich in erster Linie um sich selbst kümmerte, bedeutete natürlich noch lange nicht, daß sie ansonsten die gleichen Gedankengänge wie Weiland hatte.

Er versuchte, sich über das Geschehene klar zu werden, es von unterschiedlichen Standpunkten her zu betrachten und so vielleicht Darias Sichtweise zu erraten. Und er erkannte, daß er sich durch das, was ihm unter den gegebenen Umständen vernünftig erschienen war, zwischen Daria und diejenigen gestellt hatte, die ihn verhört hatten, diejenigen, die – falls sie wirklich mehr wissen wollten – ihm jetzt nur zu folgen brauchten, um herauszufinden, was er unter Einsatz seines Lebens geheimzuhalten versuchte.

Zufällig oder absichtlich waren einige Männer vom Flußufer aus in dieselbe Richtung losgezogen. Ohne sich dafür umsehen zu müssen, konnte er drei Schrittpaare hinter sich ausmachen, die mit ihm in die Kirchstraße abbogen.

Er ging an der Kirche und an Darias Haus vorbei. Wie weit führte die Straße noch und wohin? Sollte er lieber eine der Seitenstraßen einschlagen? Wie lange würde es dauern, bis die Männer hinter ihm merkten, daß er überhaupt nicht geradewegs nach Hause zurückkehrte? Er tat so, als hätte er ein Steinchen im Stiefel, ging langsamer, blickte immer wieder auf seinen Fuß hinunter, schüttelte ihn, stampfte auf, wie um etwas, was ihn störte, in die Schuhspitze befördern. Schließlich setzte er sich an den Straßenrand und zog den Stiefel aus, als könnte er es einfach nicht mehr länger aushalten. Er ließ sich viel Zeit, untersuchte eingehend den Stiefel, klopfte ihn aus, untersuchte ihn abermals, schlüpfte wieder hinein, stand auf, schüttelte verärgert den Kopf, setzte sich wieder hin und begann von vorn.

Zwei Männer gingen an ihm vorüber. Wenn sie sich nicht verraten wollten und ihnen kein anderer Grund zum Stehenbleiben einfiel, blieb ihnen auch nicht viel anderes übrig: Die Straßen waren menschenleer, die meisten Läden und Wohnhäuser dunkel und verriegelt.

»Gute Nacht«, wünschte ihm einer, und der andere »Viel Glück«. Entweder lag ihr Ziel in derselben Richtung, oder sie beabsichtigten, einen Haken zu schlagen und ihm unbemerkt weiter zu folgen.

Als Weiland gerade seinen Stiefel zum zweitenmal anzog, kam endlich auch das dritte Schrittepaar näher, das ihm vom Fluß gefolgt war. Und blieb stehen.

Der Mann aus der Gasse kauerte sich neben Weiland. »Ist das nicht verrückt?« meinte er. »Ist man mit einer Schwierigkeit fertiggeworden, hat man sofort die nächste am Hals.«

Da es darauf keine vernünftige Antwort gab, sagte Weiland gar nichts.

Der Mann sah ihm zu, wie er den Stiefel zurechtrückte. Weiland überlegte, wie oft er wohl denselben Stiefel an- und ausziehen mußte, ehe sich sein Zuschauer gelangweilt verzog, aber er mißtraute seinem eigenen Durchhaltevermögen.

Also stand er eilig auf. Und ging den Weg zurück, den er gekommen war. *Raus mit der Wahrheit*, dachte er. *Gib die Verfolgung auf oder tu wenigstens nicht mehr so, als würdest du mir nicht folgen.*

Der Mann folgte ihm, ohne im geringsten so zu tun, als hege er andere Absichten.

Einen Augenblick später war er neben Weiland, aber er hatte keine Waffe gezogen, und Weiland wußte – auch wenn Kedj und Daria ihn als hoffnungslosen Fall abgetan hätten –, daß er mit den Reisenden in den Bergen gut zurechtgekommen war. Er vertraute seinen Fähigkeiten und kannte die Sitten der Stadtleute noch zu wenig, deshalb ging er nicht gleich zum Angriff über, sondern lief weiter, wachsam, abwartend.

»Hast du einen Namen?« fragte der Mann. »Oder soll ich dich einfach ›Junge‹ nennen?«

Daß man ihn als Jungen bezeichnete, ging Weiland allmählich auf die Nerven. »Weiland«, antwortete er.

Der Mann wartete. Weiland fiel ein, daß Daria, die früher immer nur Daria gewesen war, ein ›de Gris‹ an ihren Namen gehängt hatte, als sie nach St. Celia's gezogen waren. Sicherlich hatte das etwas damit zu tun, daß hier so viele Leute auf engem Raum zusammenlebten und man sie irgendwie auseinanderhalten mußte. Er dachte an die verschiedenen Llewellurs, die Daria geschaffen hatte, und daß er sie nicht voneinander unterscheiden konnte, egal, wie er sich anstrengte.

Doch Weiland hatte keine Ahnung, wie man mit diesen Zusatznamen umging, und fürchtete, zuviel preiszugeben, wenn er dies zugab.

»Einfach nur Weiland?« fragte der Mann schließlich und überlegte wahrscheinlich, ob er nicht recht gehabt hatte, als er Weiland ein schlichtes Gemüt nannte – zu schlicht, um seinen vollen Namen zu nennen, ohne daß man nachhelfen mußte.

»Nur Weiland«, bestätigte Weiland.

»Aha. Nun gut, dann bin ich einfach nur Shile.«

Weiland hoffte, nun, da dies geklärt war, würde der Mann vielleicht heimgehen und ihn in Frieden lassen. Unterdessen waren sie erneut bei der Kirche angelangt, und Weiland wählte willkürlich eine der vom Platz abzweigenden Straßen, so daß sie sich immer weiter von seinem wahrem Ziel entfernten. Er wollte nichts tun, was ihm unnötig Aufmerksamkeit einbrachte, wie es heute nachmittag am Stadttor geschehen war, aber allmählich drängte sich ihm der Verdacht auf, daß er Shile womöglich nur mit einem Schlag auf den Hinterkopf loswerden würde.

Da sagte Shile: »Nun, Weiland, ich wollte dir danken.«

Weiland meinte einen ironischen Unterton herauszuhören – also verlangte der Mann wohl doch einen Lohn dafür, daß er Weiland gegen die Stadtwache verteidigt hatte.

Zwar war dies nicht ausdrücklicher Bestandteil von Kedjs Unterweisungen, aber ein Angehöriger von Darias Trupp hätte nie jemandem zuerst einen Dienst erwiesen und später eine Belohnung erwartet – schon gar nicht, wenn Dienstleistung und Bezahlung nicht zuvor genau abgesprochen worden waren. Weiland warf Shile einen Blick zu, um zu zeigen, daß er verstanden hatte.

Aber anscheinend ließ sich Shile durch nichts abschütteln. »Danke, daß du ihnen nicht verraten hast, was ich in der Gasse gemacht habe.«

Jetzt blieb Weiland stehen und sah dem Mann ins Gesicht. Offenbar hatte er seinen Dank doch nicht sarkastisch gemeint. »Was *hast* du denn in der Gasse getan?« fragte er.

Der andere erkannte seinen Fehler und machte große Augen. »Nichts«, meinte er unschuldig.

Weiland dachte zurück an die dunkle Gasse. Daran, daß er niemanden gesehen hatte, was trotz Shiles dunklen Haaren und seiner dunklen Kleidung, die Weiland erst jetzt auffiel, eigentlich ungewöhnlich war. Er erinnerte sich an den Zusammenstoß – Shile hatte gebückt vor einer Tür gestanden.

Und mit dieser Erkenntnis paßte plötzlich alles zusammen. »Du bist ein Dieb«, sagte er, verwundert, daß er so lange gebraucht hatte, um darauf zu kommen. »Du hast versucht, in dieses Haus einzubrechen!«

»Niemals«, widersprach Shile mit solchem Nachdruck, daß ihm unmöglich jemand glauben konnte.

»Ich dachte, du hörst dich einfach nur gern reden«, erklärte Weiland. Mit voller Absicht vermied er eine andere Formulierung: »Ich habe angenommen, du versprichst dir eine Belohnung.« Als er jedoch Shiles erschrockenen Gesichtsausdruck sah, kamen ihm Zweifel. Vielleicht hätte er lieber gar nichts sagen sollen.

»Aber nein, es war mir wirklich ein Vergnügen, mich für dich einzusetzen«, entgegnete der Mann, und jetzt war der Sarkasmus deutlich zu hören. »Vergiß einfach, daß ich meine Freiheit und mein Wohlergehen für dich aufs Spiel gesetzt habe, statt dich im Stich zu lassen – was, wie ich betonen möchte, deinem eigenen Kumpel keinerlei Schwierigkeiten bereitet hat.«

»Du hörst dich tatsächlich gern reden«, sagte Weiland.

Shile machte den Mund zweimal auf und wieder zu, ehe er herausbrachte: »Es tut mir allmählich wirklich leid, daß ich je aus dieser Gasse herausgekommen bin.«

»Danke«, antwortete Weiland, dem seine Manieren wieder einfielen.

Shile zögerte, als vermute er dahinter eine Gemeinheit. Dann senkte er leicht den Kopf und sagte: »Gern geschehen.«

Weiland ging weiter, immer noch in eine unbekannte Richtung. Ob dieser Mann ein Dieb war oder einer Behörde angehörte, war einerlei – er konnte ihn keinesfalls zu Daria führen.

Shile jedoch wich nicht von seiner Seite. »Was war eigentlich wirklich los mit diesem Bären?«

»Mein Bruder und ich sind am Flußufer spazierengegangen, und da haben wir zufällig diese Bärenleiche gefunden …«

Shile seufzte. »Ist dein Bruder auch so seltsam wie du?«

Weiland zögerte. Was wollte Shile wissen? Schließlich nahm er einmal mehr Zuflucht bei der Ausrede, die Daria ihm nahegelegt hatte. »Wir sind aus dem Heiligen Land«, sagte er. »Mein Bruder und ich.«

»Ach wirklich?« Es war unmöglich zu erkennen, ob Shile sich über Weiland lustig machte, ob er erstaunt war oder ob ihm die Auskunft überhaupt etwas sagte. »Aus welchem Teil denn?«

»Aus welchem Teil?« wiederholte Weiland dumpf. Nun war Shiles Neugier unverkennbar geweckt. Außerdem genoß er seine Überlegenheit sichtlich. Weiland konnte nur raten. »Aus dem Norden.«

»Aus dem Norden des Heiligen Landes?« Shile sagte das ausgesucht freundlich, und Weiland ahnte, daß seine Antwort dumm gewesen war.

Aber er hatte keine Ahnung, wie er sie verbessern konnte, also blieb ihm nur die Möglichkeit, es mit Unverfrorenheit zu versuchen. »Ja«, sagte er.

Shile grinste und sagte abermals: »Ach wirklich.«

Es gibt also kein nördliches Heiliges Land, prägte Weiland sich ein.

»Du könntest mir wenigstens etwas zu trinken spendieren, als Dank, daß ich dich aus einer möglicherweise unangenehmen Situation gerettet habe.«

Etwas zu trinken spendieren. Ein höchst sonderbarer Einfall. In Darias Halle stand jedem alles Nötige frei zur Verfügung – oder wurde ihm bewußt vorenthalten. Aber Weiland hatte gelernt, daß der Sinn einer Stadt darin lag, Waren zu kaufen und zu verkaufen. »Nein«, sagte er. Dann, weil er diesem Mann, der mit Worten so gut umgehen konnte wie Kedj mit dem

Schwert, eine gewisse widerwillige Anerkennung entgegenbrachte, fügte er erklärend hinzu: »Ich habe kein Geld.«

»Na, dann spendiere eben ich *dir* etwas zu trinken, weil du *mich* aus einer möglicherweise unangenehmen Lage gerettet hast«, entgegnete Shile und grinste breit. »Und vielleicht gelingt es mir, dich so betrunken zu machen, daß du mir von dem Bären erzählst.«

»Nein«, wiederholte Weiland. Das Wort hing lange zwischen ihnen in der Luft und klang selbst in Weilands Ohren schroffer und unfreundlicher als beabsichtigt. »Ich muß zurück«, erklärte er deshalb, aber er konnte nicht sagen »zu Daria«, und er beendete den Satz: »nach Hause.«

Shile zog die Augenbrauen hoch. »Für einen, der es eilig hat, an sein Ziel zu kommen, hast du ganz schöne Umwege gemacht und dir eine Menge Zeit gelassen.«

Darauf fiel Weiland keine vernünftige Antwort ein.

»Es sei denn«, überlegte Shile, »es sei denn, du willst nicht, daß ich erfahre, wohin du gehst.«

Bestimmt wäre Shile an Weilands Stelle eine glaubhafte Ausrede eingefallen. Aber Weiland hatte keine Ahnung, was er anderes sagen sollte als »Ja.«

Shile deutete zu einer Querstraße vor ihnen. »Dann sage ich dir jetzt, daß der schnellste Weg, dorthin zu kommen, wohin ich unterwegs bin, hier nach links führt, dann nochmals nach links, am Fischmarkt vorbei, der selbst mitten in der Nacht noch gräßlich stinkt, über die Brücke und dann die westliche Uferstraße hinauf zu der Stelle, wo wir uns begegnet sind. Ich werde dir nicht folgen. Wenn du diese Strecke also meidest, triffst du mich auf keinen Fall.«

Natürlich konnte man sich darauf nicht verlassen, Weiland würde immer auf der Hut bleiben müssen. Doch er nickte.

»Noch mal danke, daß du mich nicht verraten hast«,

fuhr Shile fort. »Auch wenn du gar nicht wußtest, daß du's hättest tun können.«

»Danke, daß du mir geholfen hast, wenn auch aus den falschen Gründen«, erwiderte Weiland. Damit wandte er sich um und ging zurück zur letzten Querstraße, während Shile – laut pfeifend, damit Weiland hörte, daß er ihm nicht folgte – die entgegengesetzte Richtung einschlug.

Kapitel 11

Als Weiland sich davon überzeugt hatte, daß weder Shile noch sonst jemand ihm folgte, kehrte er rasch zu Darias Haus zurück. Auf sein leises Klopfen hin öffnete sie ihm persönlich – kein gutes Zeichen, denn Daria glaubte fest daran, daß Schönheit eine regelmäßige, schonende Lebensführung erforderte, was nicht nur einschloß, daß man spät aufstand, sondern auch, daß man frühzeitig zu Bett ging.

Sie führte Weiland ohne ein Wort zu ihren Gemächern – falls Weiland eine kleine Erinnerung brauchte, daß sie nicht mehr in der Festung waren, in der sie nur ihre eigenen Leute um sich hatten. Der Weg war der gleiche wie zur Zauberkammer, und Weiland fragte sich, wie wütend sie auf ihn war. Oder ob ihr Zorn auf Telek überwog: Weil er seinen Gefährten im Stich gelassen hatte, weil er Darias Sicherheit gefährdet hatte, als er geradewegs hierher gerannt war, weil er der Überbringer der schlechten Nachrichten war. Weiland stellte sich vor, daß sie Telek getötet hatte, was alles in allem kein ganz unangenehmer Gedanke war, außer daß er dann wieder in die Nacht hinaus müßte, um eine weitere Leiche verschwinden zu lassen.

Aber sie brachte ihn nicht in die Zauberkammer, sondern nur in ihr Ankleidezimmer, wo sie sich zu ihm umwandte und fragte: »Was ist geschehen?«

Weiland hätte viel darum gegeben zu wissen, wie Telek die Lage geschildert hatte. »Die Stadtwache …«

Daria unterbrach ihn mit einer ungeduldigen Handbewegung und einem ärgerlichen Knurren.

Weiland zögerte, weil er dachte, sie wolle etwas

sagen, aber sie fauchte: »Sprich weiter. Es wird nicht besser, wenn ich dir die Würmer einzeln aus der Nase ziehen muß.«

»Telek und ich sind geflohen, um die Wache von der Leiche wegzulocken, in der Hoffnung, sie hätten sie noch nicht entdeckt.« Zwar war das nicht sehr wahrscheinlich gewesen, aber die Möglichkeit hatte immerhin bestanden, und Weiland bemühte sich nach Kräften, der Sache Seiten abzugewinnen, die ihn und Telek wenigstens ein bißchen besser dastehen ließen.

»Offenbar ist Telek ein besserer Läufer«, sagte Daria, »denn er ist einigermaßen pünktlich nach Hause gekommen, während du die halbe Nacht gebraucht hast.«

»Wir haben uns getrennt…«

»Das habe ich mir gedacht.«

Weiland wollte Telek nicht anschwärzen, denn die Strafe für Denunzianten fiel oft strenger aus als für diejenigen, die einen Fehler machten oder schlechte Leistungen erbrachten. Weiland wußte nicht, ob dies auf Darias Abneigung gegen Ausflüchte zurückzuführen war oder ob vor langer Zeit jemand etwas Schlechtes über sie ausgeplaudert hatte oder ob sie einfach alle im Ungewissen lassen wollte, weil niemand je wußte, was er zu erwarten hatte. »Ich wollte verhindern, daß jemand uns hierher folgt«, sagte er schließlich.

»Ach wirklich«, erwiderte sie nur und fuhr mit der Hand über seine Wange, die er sich wohl aufgeschrammt haben mußte, als die Stadtwache ihn in der Gasse überwältigte. Bis jetzt hatte er keinen Schmerz gespürt, und auf einmal wurde ihm klar, wie mitgenommen er aussehen mußte. Darias Hand wanderte sanft über seinen schmutzigen, zerrissen Ärmel. »Das war eine lange, anstrengende Flucht, nicht wahr?« fragte sie, und ihre Stimme klang bedrohlich. »Dabei hast du nur versucht, mir die Verfolger vom Leib zu halten, richtig?«

»Ich wollte sagen ...«

Eigentlich wollte er es lieber für sich behalten, in der Hoffnung, daß sie es nie erfahren würde, aber sie schlug ihn auf seine ohnehin schon verletzte Wange.

»... daß man mich gefangen hat ...«

Sie schlug ihn abermals.

»... aber ich bin wieder freigekommen.«

Danach schlug sie ihn nicht. »Wie?« wollte sie wissen.

Er zögerte zu lange, und sie versetzte ihm die nächste Ohrfeige.

»Ich habe sie überzeugt.« Auf gar keinen Falls wollte er Shile erwähnen, denn dann würde sie wirklich zornig werden – weil Weiland ohne ihre ausdrückliche Erlaubnis mit jemandem gesprochen hatte, zu allem Überfluß noch mit einem Menschgeborenen, und sie würde davon ausgehen, daß er aus Dummheit viel mehr preisgegeben hatte, als er beabsichtigte. Womit sie durchaus recht haben konnte. »Ich habe sie überzeugt, daß wir nichts von der Bärenleiche wußten, sondern zufällig auf sie gestoßen waren, als die Stadtwache auftauchte.«

»Ungewöhnlich schlagfertig heute abend, was?« stellte Daria fest und tätschelte Weilands Wange, als wäre alles vollkommen in Ordnung. Und dann, als er es schon nicht mehr erwartete, schlug sie ihn abermals. »Versuche nicht, etwas vor mir zu verbergen«, flüsterte sie. »Wage es nicht, mich zu belügen.«

»Herrin ...«

Sie machte eine Handbewegung, schnell und unmerklich, und schon spürte Weiland den magischen Sog. Nicht die Verwandlungskraft, die ihn in einen Wolf verwandelte, eher etwas wie der Heilzauber: ein Brennen, Reißen, ein innerer Aufruhr, der ihn in die

Knie zwang, daß er vor Schmerzen aufschrie und nach Atem rang.

»Herrin, es ist die Wahrheit«, stieß er hervor. *Daß nur die menschgeborenen Diener es nicht hören*, dachte er. Wenn er zuviel Lärm machte und dadurch unerwünschte Aufmerksamkeit auf sich zog, würde Daria endgültig die Beherrschung verlieren.

»Sie haben dich einfach laufen lassen?« fragte sie in einem Ton, der zeigte, daß sie nicht im mindesten daran glaubte.

»Ja.« Weiland schmeckte Blut. Es war ein Gefühl, als sei etwas in ihm lebendig und wolle heraus. »Deshalb hat es so lange gedauert, bis ich zurückkommen konnte.« Er hustete Blut und versuchte angestrengt, einen zweiten, schlimmeren Hustenanfall zu unterdrücken, der sich in seiner Brust aufbaute. Wenn Daria sich zu sehr vor ihm ekelte, würde sie einfach weggehen und ihn hier verrecken lassen. Andere konnten ja später saubermachen. »Ich bin nicht auf Umwegen heimgekommen, weil ich sichergehen wollte, daß mir niemand folgt.«

»Und ist dir jemand gefolgt?«

Er schüttelte heftig den Kopf. Wenn er sich über eins ganz sicher war, dann, daß ihm niemand gefolgt war. Er biß die Zähne zusammen, um den Husten zurückzuhalten, bebend, unfähig zu sprechen.

Blind vor Schmerzen wand er sich zu ihren Füßen. Nach einer endlos erscheinenden Zeit klärte sich sein Blick so weit, daß er Darias Knie vor sich sah. Der Hustenreiz ließ nach, der Schmerz wurde einigermaßen erträglich.

»Ich hätte Kedj mitnehmen sollen und euch alle zu Hause lassen«, sagte sie.

»Ja, Herrin«, brachte er mühsam hervor.

»Ich hätte euch in die Halle sperren und meinen Zauber von euch abziehen sollen, damit ihr euch gegenseitig zerfleischt, als die hirnlosen Bestien, die ihr ja seid.«

»Ja, Herrin«, wiederholte er, denn das wollte sie von ihm hören.

»Denk daran, was du ohne mich wärst.«

Weiland nickte.

»Und jetzt geh mir aus den Augen.«

Glücklicherweise wandte sie sich im gleichen Moment ab und stolzierte aus dem Zimmer, denn Weiland mußte sich beim Aufrichten am Frisiertisch hochziehen. Daria haßte jede Form der Unbeholfenheit.

Weiland stolperte hinaus und hatte nur einen Gedanken im Kopf: Wenn er sein Leben lang ein Wolf bleiben mußte, um sie zu töten, so war er dazu bereit.

Von ganzem Herzen.

Aber es würde ihm nicht gelingen, das wußte er – sie war soviel klüger als er. Sie würde ihn entlarven und ihm das Handwerk legen. In Gedanken hörte er ihre Stimme: *Ich kann dafür sorgen, daß dir dein letztes Stündlein sehr, sehr lange vorkommt.*

Es war besser, sich des Nachts davonzustehlen, wie Llewellur es versucht hatte, und dem Einflußbereich ihrer Zauberkraft zu entfliehen. Allerdings weit weniger befriedigend.

Aber heute nacht war er nicht dazu in der Lage. Aus früheren Erfahrungen mit ihrem Heilzauber wußte er, daß er sich eine Woche lang nicht würde bewegen können. Und er wußte auch, was danach kommen würde: Wie immer würde er sich einreden, daß es doch gar nicht so schlimm war, solange Daria ihm nicht zürnte, daß es besser war zu leben und zu versuchen, mit Daria einigermaßen zurechtzukommen, als ein Wolf zu sein, ohne Bewußtsein. Vielleicht würde etwas geschehen, was ihre Aufmerksamkeit von ihm ablenkte, vielleicht würde sie ihn eine Weile in Ruhe lassen.

Feigling, schalt er sich. Aber das half nichts. Was

immer ihm nach diesem Erlebnis widerfuhr, war ganz allein seine eigene Schuld.

Er schleppte sich in die Halle, wo die Mitglieder des Trupps ihre Schlafdecken vor der Feuerstelle ausgebreitet hatten. Als Daria Lon mit nach St. Celia's genommen hatte, war Weiland für den Rest der Reise der Verantwortliche gewesen. Natürlich würde sich sein Ansehen nicht halten, vor allem nicht, wenn er aufgrund der Nachwirkungen des Zaubers tagelang behindert bleiben würde. Er mußte seine Überlegenheit jetzt sofort zurückgewinnen, ehe seine Muskeln steif wurden und sein Körper versagte – bevor die anderen seine Schwäche bemerkten –, so unerbittlich und rücksichtslos, daß die anderen die ganze nächste Woche eingeschüchtert waren. *Ein einziger niederschmetternder Akt der Gewalt*, so hätte Kedj es ausgedrückt. Bei Lon hätte das nicht gewirkt, denn er war immer begierig auf eine Auseinandersetzung, aber Lon war nicht mehr hier. Genau darum ging es ja.

Beim Rest des Trupps mußte er nur erreichen, daß man ihn heute nacht in Ruhe ließ; dies, zusammen mit der Tatsache, daß sie ohnehin gewohnt waren, ihn als ihren Anführer zu sehen, würde verhindern, daß sie seine Hilflosigkeit ausnutzten – zumindest für die nächsten Tage.

Er blickte über die schlafenden Gestalten und sah, daß Adger den besten Platz hatte. Entschlossen bahnte er sich einen Weg zu ihm, ohne sich um die erschrokkenen Schreie derer zu kümmern, auf die er unterwegs trat. Keiner hätte seinem Gesicht angesehen, daß sein Körper bei jedem Schritt innerlich ebenfalls aufschrie.

Kapitel 12

In dieser Nacht oder einer der anderen, die er in einem Nebel von Schmerz und Verwirrung verbrachte, träumte ihm, er liefe von neuem durch die Straßen von St. Celia's. Doch diesmal war ihm nicht eine Horde von Stadtleuten auf den Fersen, sondern Lon, und Lon war sehr aufgebracht darüber, daß Weiland seinen toten Körper in den Fluß geworfen hatte.

Durch Gassen und Höfe rannte Weiland, jedoch ohne Telek und ohne je auf eine vertraute Stelle zu stoßen.

Niemals werde ich zurückfinden, *dachte er, aber dann rannte er in eine besonders düstere Gasse und stolperte über jemanden.* Das ist der Mann, dem ich begegnet bin, *ging es ihm durch den Kopf, aber er konnte sich nicht mehr an seinen Namen erinnern. Dieser redegewandte Dieb, der mir geholfen hat.*

Unter keinen Umständen durfte Daria je erfahren, daß er Hilfe gehabt hatte, aber vielleicht konnte der Mann ihm ein zweites Mal helfen und ihm den Heimweg zeigen.

Aber der Mann wollte nicht aufstehen – Weiland vermutete, daß er ärgerlich war, weil Weiland seinen Namen vergessen hatte – und blieb reglos liegen, während Lons Schritte immer näher kamen.

Weiland kauerte sich neben den Mann, und endlich fiel ihm der Name wieder ein. »Shile«, sagte er und drehte den Mann um, damit er ihn sehen konnte. Doch es war nicht der Dieb, es war Llewellur, tot, die Augen starr und weit aufgerissen.

Nun bogen die Schritte in die Gasse ein; noch immer kauerte Weiland neben dem Toten, was ihn auf die zum Kämpfen äußerst ungünstige Höhe von Lons Knien brachte. Er er-

innerte sich daran, wie er in derselben Haltung vor Daria gehockt hatte, und hoffte inständig, Lon werde sich nicht in Daria verwandeln. Langsam blickte er auf. Vor ihm stand nicht Lon, aber auch nicht Daria – sondern abermals Llewellur, zwar aufrecht, aber tot wie vorhin, und er sagte: »Dies ist alles deine eigene Schuld, das weißt du …«

* * *

»Weiland!«

Die Stimme drang durch den Schlaf an sein Ohr.

»Weiland!«

Ehe er ins Bewußtsein zurückgefunden hatte, berührte ihn jemand an der Schulter, und sofort war er hellwach. Er holte aus, um sich zu verteidigen, streckte gleichzeitig das Bein, um den Angreifer, der sich über ihn beugte, zu Fall zu bringen, machte einen Satz nach vorn, und warf sich …

… auf Bess, die versuchte, sich wie ein Igel zusammenzurollen.

Außer ihnen beiden war niemand in der Halle; der Winkel, in dem das Licht zum Fenster hereinfiel, deutete darauf hin, daß es später Vormittag war. Den verbliebenen Schmerzen und der Steifheit seiner Glieder nach zu schließen, waren seit der Nacht, in der er Lons Leiche weggeschafft und Darias Zorn auf sich gezogen hatte, schätzungsweise fünf oder sechs Tage vergangen.

Bestimmt wollte die mausgeborene Bess ihn nicht angreifen, vor allem nicht mit bloßen Händen – bei den Mitgliedern des Trupps mußte man mit dergleichen durchaus rechnen, aber sicher nicht bei der Dienerschaft. Dennoch kam ihm sofort Kedjs Ermahnung in den Kopf: *Traue keinem.* So ließ er denn Bess' Schultern auch nicht los, sondern sagte nur als Erklärung: »Ich habe nicht gemerkt, daß du es bist.«

Bess blieb mit geschlossenen Augen sitzen, als warte sie darauf, daß er ihr das Genick brach.

Schließlich fragte Weiland: »Was wolltest du von mir?«

Ohne die Augen zu öffnen, antwortete Bess: »Da ist jemand, der dich sehen möchte.«

»Was?« Bess sah aus, als wollte sie das Gesagte wiederholen, aber Weiland fragte rasch: »Wer denn?« Solange sie vor Angst wie gelähmt war, bekam er kein vernünftiges Wort aus ihr heraus, außerdem konnte er sie leicht überwältigen, falls sie doch einen Angriff plante, also ließ er sie los und setzte sich neben sie auf den Boden.

Endlich schien Bess zu begreifen, daß Weiland sie nicht umbringen wollte, jedenfalls nicht gleich. Sie setzte sich ebenfalls auf und schlang die Arme um sich. »Er hat gesagt, sein Name ist Vater Hadden Heallstede. Ich habe gefragt, wessen Vater er ist, da hat er gelacht und geantwortet, er hoffte, er sei allen Kindern Gottes ein guter Vater oder Bruder.« Wie ihre Mausschwester Blanche konnte auch Bess nicht lange still sitzen. Die angeborene Umtriebigkeit war nicht nur ihrer Stimme anzuhören, sondern zeigte sich auch in ihren flinken Händen, die nun begannen, Weilands Schlafdecke aufzuschütteln und zu falten, ohne daß Bess dabei im geringsten langsamer sprach. »Ich wollte fragen, wer Gottes Kinder sind, aber ehe ich zu Wort kam, sagte er, einer der Hausdiener hätte ihm erzählt, ein Waffenträger der Herrin sei krank, was ja wohl du sein mußt, und daß er seit fast einer Woche im Söller liege. Also denkt er wohl, er ist dein Vater und dein Bruder. Ich habe ihm nicht gesagt, daß du zu Darias Wolfgeborenen gehörst, denn Daria hat uns eingeschärft, wir sollen mit den Menschgeborenen nur das Allernötigste reden.« Sie machte eine Pause und fügte dann hinzu: »Er hat ein nettes Lachen.«

Weiland fragte sich, warum jemand einen Kranken besuchen wollte, aber die Antworten, die ihm einfielen, behagten ihm nicht. »Hat Daria ihn geschickt?«

»Die Herrin ist ausgegangen«, sagte Bess. Nachdem sie nun mit der Schlafdecke fertig war, zupfte sie Weilands Hemd an der Schulter zurecht und versuchte dann, ihn in eine aufrechtere Haltung zu bugsieren. »Sie und Blanche speisen heute mit Lord Geoffrey d'Akil und seiner Lady. Das sind ihre neuen Freunde.« Anscheinend sah Bess Weiland an, daß ihm die Namen nichts sagten, und sie fügte hinzu: »Sie weiß nichts von deinem Besucher.«

Weiland legte sich zurück; jetzt, da keine unmittelbare Gefahr mehr drohte, fühlte er sich auf einmal schwach und krank. »Dann schick ihn weg.«

Bess stand auf und hob eine Staubfluse vom Fußboden auf, obwohl sie eigentlich Darias persönliche Kammerzofe war und andere die Aufgabe hatten, die Räume sauberzuhalten. »Vater Hadden Heallstede sagt, es ist seine Pflicht, den Kranken beizustehen«, sagte sie. »Ich glaube nicht, daß er weggeht, ohne dich gesehen zu haben.«

Was würde Daria mehr aufbringen: Wenn sie ihn in der Halle vorfand, wie er sich mit einem Mann aus der Stadt unterhielt, oder wenn ein Fremder vor ihrer Tür herumschlich und die Aufmerksamkeit von Passanten auf sich zog? »Wo sind die anderen?« fragte er.

»Im Innenhof … sie …« – weil sie nicht als Krieger ausgebildet war, oder vielleicht auch, weil sie durch eine schiefhängende Fahne an der Wand abgelenkt wurde, zögerte sie bei dem fremden Wort – »… sie exerzieren?« Schnell ging sie zu der Fahne und zog sie gerade. »Die Herrin hat Innas gesagt, daß sie sich vom Stadtleben nicht verweichlichen lassen dürfen und daß sie im Schwertfechten, Bogenschießen und im Nahkampf genauso geschmeidig bleiben müssen wie in der Festung.« Offensichtlich erriet sie Weilands Gedanken. »Sie wissen auch nicht, daß Vater Hadden Heallstade hier ist, und ich werde es keinem erzählen.«

Es sei denn, Daria fragt dich, dachte Weiland. Er konnte nicht wissen, welche Absichten sie hegte, aber das wäre in einem solchen Fall gleichgültig. »Schick ihn herein«, sagte er schließlich. Es wäre sicher besser gewesen, selbst zur Tür zu gehen, für den Fall, daß der Mann sich in Darias Behausung nach Schwachstellen umsehen wollte, aber er fühlte sich nicht kräftig genug.

Den Kranken beistehen, dachte Weiland. Das mußte wieder so eine sonderbare städtische Mode sein, und ihm fiel der Blinde ein, der vor der Kirche gestanden und allen Ernstes erwartet hatte, daß man ihn bezahlte, weil er hilflos war. Weiland fragte sich, ob es sich mit Blindheit ebenso verhielt wie mit Krankheit, und ob Vater Hadden Heallstade über den blinden Mann Bescheid wußte. Vielleicht konnte Weiland ihn überreden, wieder zu gehen und statt dessen dem Blinden beizustehen.

Als er Schritte hörte, setzte er sich auf und versuchte, weniger kränklich auszusehen. Bess kam an die Tür und verkündete: »Vater Hadden Heallstede.«

Der Mann, der nun Darias Halle betrat, war älter als die Männer des Trupps, aber Weiland hatte schon ältere gesehen. Er lächelte breit, als freue er sich sehr, Weiland kennenzulernen, und sagte: »Vater Hadden genügt vollkommen. Guten Morgen, mein Sohn. Gott sei mit dir.«

Sohn. Weiland sah, wie Bess hinter dem Mann mit den Lippen die Worte formte: »Gottes Kinder«, ehe sie die Tür schloß, damit man ihr Lachen nicht hörte. Weiland hatte die Menschen in den Karawanen manchmal das Wort *Gott* benutzen hören, aber es gab eine ganze Reihe von unverständlichen Worten, die diese Leute benutzten, wenn der Trupp sie überfiel. *Das sind Flüche*, hatte Kedj erklärt. *So was sagen die*

Leute, wenn sie sich aufregen. Weiland hatte derlei Dinge früher kaum beachtet und deshalb auch nicht nach der Bedeutung einzelner Worte gefragt, was er jetzt bereute. Er konnte sich nicht erklären, was diesen Mann dazu brachte, sich für seinen – Weilands – Vater zu halten, oder warum er deshalb Flüche von sich gab. Vielleicht war es am sichersten, einfach nicht zu antworten.

Tatsächlich schien Vater Hadden keine Antwort zu benötigen. »Ich freue mich, daß es Euch bessergeht. Royce hat mir von Eurem Zustand berichtet«, sagte er.

Royce war wohl der Hausdiener, der Vater Hadden herbeigerufen hatte. In der Hoffnung, den Mann auf diese Weise loszuwerden, bestätigte Weiland: »Ja, es geht mir viel besser.«

Aber statt wegzugehen, ließ sich Vater Hadden auf dem Boden neben ihm nieder. »Ihr seid Weiland, wie ich höre. Ich freue mich, endlich einen unserer neuen Nachbarn kennenzulernen.«

»Nachbarn?« wiederholte Weiland dumpf, doch dann begriff er, was Vater Hadden meinte. »Oh, die Kirche«, fügte er mit wachsender Achtung vor dem alten, rundlichen Mann hinzu, »ist sie Euer Haus?«

Vater Hadden lachte, und Bess hatte recht: Es war wirklich ein nettes Lachen, ehrlich amüsiert, kein bißchen spöttisch. »Wohl kaum. Dort wirkt der Bischof; ich bin nur ein armer Gemeindepriester. Und wenn wir darüber sprechen, wessen Haus es ist, dann ist es natürlich das Haus Gottes.«

Da er das sagte, als wäre es ein verschwörerischer Scherz zwischen ihnen beiden, antwortete Weiland: »Natürlich.«

Vater Hadden wurde wieder ernst. »Hattet Ihr Fieber, Weiland?« Er legte die Hand auf Weilands Stirn, und Weiland mußte die Regung niederkämpfen, sie wegzuschlagen.

Aber der Mann – der Priester, wie er sich selbst bezeichnete – hatte anscheinend Weilands Gedanken von seinem Gesicht abgelesen, denn er zog die Brauen hoch, nahm die Hand weg und sagte: »Entschuldigt. Ich wollte Euch nicht verärgern. Soll ich einen Segen für Euch sprechen und mich dann wieder auf den Weg machen?«

Auf den Weg machen klang gut, aber was den ersten Teil des Satzes anging, war Weiland nicht sicher.

»Senkt den Kopf, mein Sohn«, fuhr Vater Hadden unbeirrt fort, und obwohl Weiland wußte, daß dies als Zeichen der Unterwerfung galt, war die Stimme des Priesters so sanft und freundlich, daß er gehorchte. Vater Hadden hob die Hände, berührte Weiland aber nicht. In einem Ton, den Daria manchmal bei ihren Zaubersprüchen anschlug, sagte er: »Der Herr sei mit dir – Vater, Sohn und Heiliger Geist.«

Die Stimme versetzte Weiland in Alarmbereitschaft, aber er spürte nicht das nur zu vertraute Prickeln der einsetzenden Zauberwirkung.

»Seht Ihr, das hat doch gar nicht weh getan, oder?« sagte Vater Hadden wieder in leichterem Ton.

Aber dabei lächelte er, und Weiland vermutete, daß es überhaupt nicht weh tun sollte und der Priester nur wieder einen Scherz machte. Also schüttelte er den Kopf.

Nun erhob sich Vater Hadden. »Ich hoffe, Ihr seid bald wieder ganz gesund, Weiland«, sagte er. »Ihr dürft mich gern besuchen, wenn Ihr mögt. Und diese Einladung gilt auch für Eure Herrin und den ganzen Haushalt.«

»Ja«, antwortete Weiland, weil der Mann offenbar auf eine Antwort wartete.

Und in diesem Augenblick, als die Gefahr schon überstanden schien, trat Daria in die Halle.

»Lady Daria de Gris«, rief Vater Hadden und verbeugte sich tief, »es ist mir eine große Ehre, Euch endlich kennenzulernen.«

»Ganz meinerseits«, erwiderte Daria in einem Ton, aus dem man keinen Hinweis auf ihre Stimmung heraushören konnte.

Weiland sah Bess kopflos zwischen Tür und Angel herumhüpfen, unschlüssig, ob sie hereinkommen oder die Flucht ergreifen sollte.

»Ich bin Vater Hadden Heallstede«, sagte der Priester. »Im Namen Seiner Exzellenz des Bischofs möchte ich Euch in St. Celia's herzlich willkommen heißen.«

Daria senkte leicht den Kopf. Weiland hoffte, daß sie nicht gänzlich unzufrieden war.

»Darf ich Ihnen mein Beileid zum Tod Ihres Großvaters im letzten Winter aussprechen«, fuhr Vater Hadden fort. »Der Verlust von Lord Robert wird von der ganzen Gemeinde zutiefst bedauert.«

Darias Großvater? Weiland hatte keine Ahnung gehabt, daß Daria aus der Zeit vor dem Umzug irgendwelche Verbindungen zur Stadt hatte. Er hatte angenommen, sie habe St. Celia's zufällig ausgesucht, vielleicht auch, weil es in der Nähe lag. Sie hatte nie von ihrem vergangenen Leben erzählt. Selbst diejenigen, die am ältesten gewesen waren, als Weiland die menschliche Sprache gelernt hatte, waren nicht die ersten Menschen, die Daria geschaffen hatte. Falls überhaupt jemand etwas über das Leben vor der Hügelfestung wußte, dann Kedj, und Kedj sprach nie über die Vergangenheit. Als Weiland rasch zu Bess hinüberblickte, sah er, daß sie genauso überrascht dreinsah, also konnte es nicht daran liegen, daß er noch unterwegs gewesen war, als Daria hier eintraf, oder daß er die letzte Woche krank darniedergelegen hatte.

Wieder nickte Daria leicht, und sie antwortete Vater Hadden: »Ihr seid sehr freundlich.«

»Ich habe Eure Mutter gesehen«, fuhr Vater Hadden

fort, »vor etwa ...« – er zögerte, um nachzurechnen – »nun, das muß vor fünfundzwanzig Jahren gewesen sein, als ich nach St. Celia's gekommen bin, um die erste Weihe zu empfangen. Eine schöne junge Frau – wunderschön! Sie kann nicht älter gewesen sein als Ihr jetzt – achtzehn oder vielleicht neunzehn?« Daria antwortete nicht. »Ihr seid Eurer Mutter wie aus dem Gesicht geschnitten.«

»Ihr seid zu freundlich«, murmelte Daria mit niedergeschlagenen Augen. Aber sie freute sich sichtlich über dieses rückhaltlose Kompliment.

»Ihr Name war ebenfalls Daria, nicht wahr? Ich erinnere mich, daß sie St. Celia's plötzlich verlassen hat ...«

»Sie war einem Prinzen im Heiligen Land versprochen«, erklärte Daria. »Ja. Meine Eltern sind beide bei einem Sarazenenüberfall ums Leben gekommen, als ich noch ganz klein war. Bedauerlicherweise kann ich mich gar nicht mehr an sie erinnern. Eine Tante hat mich aufgezogen, die Schwester meines Vaters.«

»Wie traurig.«

Aber Weiland wußte genau, daß Daria nicht aus dem Heiligen Land stammte, außerdem hatte sie bereits viele Jahre in ihrer Festung verbracht gehabt, als er geboren wurde, ganz gleich, wie jung sie aussah: Die Frau, die Vater Hadden vor fünfundzwanzig Jahren gesehen hatte, mußte Daria selbst gewesen sein.

Da Vater Hadden jedoch unmöglich wissen konnte, daß fast alles, was Daria gesagt hatte, gelogen war, erwiderte er: »Die Wege des Herrn sind wunderbar und von Menschen oft nicht zu durchschauen. Aber nun seid Ihr da. Und St. Celia's hat einen Schatz gewonnen.«

»Danke.« Wieder das Lächeln, der gesenkte Blick.

»Ich habe mich soeben mit diesen entzückenden jungen Leuten aus Eurem Gefolge unterhalten.«

Daria versuchte an Weiland mit einem Blick abzuschätzen, ob er womöglich etwas getan hatte, was ihr die Sache verdarb.

»Ganz entzückend«, wiederholte Vater Hadden, und Darias Blick wurde wieder sanfter. Der Priester führte ihre Hand an die Lippen, aber da Daria nicht erschrokken schien, hinderte Weiland ihn nicht daran. »Ich hoffe, der Bischof und ich werden bald das Vergnügen haben, Euch begrüßen zu dürfen«, sagte er und sah dabei auch zu Bess und Weiland hinüber, um sie einzuschließen.

»Tatsächlich habe ich mir etwas Sorgen gemacht wegen der rauhen, ländlichen Umgangsformen meines Gefolges«, lenkte Daria ab. »Ich bin mit den Leute, die mir zur Verfügung standen, sofort hierhergeeilt, als ich die Nachricht von meinem Großvater …«

»Aber nicht doch«, fiel Vater Hadden ihr ins Wort. »Eure Leute sind bezaubernd und ungekünstelt.«

Dies schien Daria zu gefallen. »Dann ist es vielleicht Zeit, ihnen in St. Celia's ein wenig mehr Freiheit zu gewähren.«

Weiland war nicht ganz sicher, ob er sich darüber freuen sollte.

Kapitel 13

Inzwischen gab es einen neuen Llewellur, der Flöte spielte, ein Junge mit schmalem Gesicht, etwas älter als der letzte. Die meiste Zeit wanderte er blaß und teilnahmslos in den oberen Räumen umher, denn Daria war oft unterwegs, und vom Trupp hatte keiner viel für Musik übrig.

Dies war nicht die einzige Veränderung, seit Weiland fast eine Woche lang mehr oder weniger bewußtlos in der großen Halle gelegen hatte.

Sehr schnell hatte Daria unter den Adligen von St. Celia's Freunde gefunden, und nun zog sie unablässig von Haus zu Haus, um sie zu besuchen. Am glücklichsten war sie mit denen von allerhöchstem Stand, nämlich mit der Familie des Baron Geoffrey d'Akil, der – wie Weiland von Blanche erfuhr – nicht nur über St. Celia's und das umliegende Land herrschte, sondern außerdem noch ziemlich eng mit dem König verwandt war. Anscheinend wurde dies an einem Mann sehr bewundert. Blanche erzählte Weiland, Daria sei hingerissen von den drei bezaubernden Kindern des Barons und habe sich mit der Frau des Barons, Lady Johanna, auf der Stelle angefreundet. Inzwischen waren die beiden Frauen quasi unzertrennlich. Das alles hatte sich so entwickelt, seit Daria sich am Tag nach ihrer Ankunft bei den entsprechenden Leuten vorgestellt hatte.

Für Weiland war das schwer vorstellbar. Vor allem der Teil mit den Kindern. Und daß sie sich an dem Tag mit ihnen angefreundet hatte, als sie noch auf den Rest des Trupps wartete und Lon bereits tot und ausgeblutet auf dem Tisch in ihrer Zauberkammer lag.

Aber Blanche und Bess versicherten glaubhaft, daß sie in jenen Tagen mehr mit Daria zusammen waren als alle anderen – eine von ihnen war stets um sie gewesen – und daß sie durch den Umgang mit den Menschgeborenen tatsächlich sanfter geworden war.

Vielleicht stimmte es ja. Den Trupp – inzwischen war Daria dazu übergegangen, von ihren Waffenträgern zu sprechen – brauchte sie nur noch, um sich durch die Straßen eskortieren zu lassen, und dazu nahm sie immer unterschiedliche Männer mit. Weiland vermutete, daß sie prüfen wollte, wie sich jeder einzelne unter den menschgeborenen Stadtleuten verhielt, um Hinweise darauf zu gewinnen, wen sie behalten sollte und wen nicht. Doch als er das den anderen gegenüber erwähnte, lachten sie nur und meinten, bestimmt langweile sie sich nur, wenn sie immer mit den gleichen Männern zusammen war oder hätte sich schlicht über einen von ihnen geärgert.

Diejenigen aus dem Trupp, die Daria gerade nicht begleiteten oder Besorgungen für sie erledigten, hielten sich vornehmlich im Exerzierhof auf, wo sie die kämpferischen Übungen ausführten, die Kedj ihnen aufgetragen hätte.

Aber dann fragte einer von Darias neuen Freunden, warum sie eigentlich ein Dutzend wilder Krieger heranzog. War ihr denn nicht klar, daß sie sich nicht im Heiligen Land aufhielt und einen Krieg vorbereiten mußte, sondern im friedlichen St. Celia's, wo sie bestimmt nicht mehr brauchte als einen oder zwei Waffenträger, und das auch nur, um den Pöbel von der Straße zu scheuchen, damit eine Dame unbelästigt passieren konnte?

Danach erließ Daria die Anweisung, daß sie nicht mehr als dreimal pro Woche exerzieren sollten, und das nur am Morgen. Statt dessen sollten sie ausgehen, in Zweier- oder Dreiergruppen, damit sie sich möglichst keinen Ärger einhandelten. »Macht euch mit der Stadt vertraut«, sagte sie ihnen und gab jedem sogar ein bißchen Geld, denn so handhabten es die wohlgeborenen Leute mit ihren Waffenträgern.

Aber Weiland machte sich Sorgen: Wie lange würde Daria ein Dutzend wolf-, ratten-, und frettchengeborene Männer bezahlen, ernähren und beherbergen, wenn sie doch gar keine Verwendung mehr für sie hatte? Und er fragte sich, ob er wieder einmal der einzige war, der solche Gedanken hegte.

Während er die Stadt erkundete, sah er des öfteren den Blinden auf der Kirchentreppe, wie er den Passanten zurief: »Habt Ihr einen Penny für einen armen blinden Mann?«

Schließlich ging Weiland zu ihm und fragte: »Suchst du deinen Vater oder deinen Bruder, der dir helfen soll?«

Der Mann schlug sich mit der Hand gegen die Stirn. »O nein, das bist doch nicht schon wieder du, oder? Der einfältige Knabe, der kein Geld hat? Verschone mich, laß mich in Ruhe.«

»Ich habe Geld«, sagte Weiland. Nur um auszuprobieren, welche Wirkung er damit erzeugte, gab er dem Mann einen der Silberpennies, die Daria verteilt hatte.

»Gott segne Euch, Herr«, rief der Blinde. Weiter geschah nichts. Der Mann wandte sein Gesicht mit den verschleierten Augen einem anderen zu und sagte wieder sein Sprüchlein: »Habt Ihr einen Penny für einen armen Blinden?«

Unterdessen brachten die Hausdiener den Angehörigen des Trupps das Glücksspiel bei, was in Weilands Augen noch sinnloser war, als das Geld einfach einem Blinden zu geben, weil er darum bat. Es war für ihn nicht spannend oder unterhaltsam, herauszufinden, welche Zahl ein Würfel zeigen würde, wie weit jemand spucken oder urinieren konnte, ob jemand es schaffte, rückwärts von einer bestimmten Stelle zu einer anderen zu gehen, ohne zu stolpern, oder worauf die Männer sonst noch ihr Geld setzten.

Er trank auch nicht gern große Mengen Bier oder Met, wofür die anderen ebenfalls eine Menge Geld ausgaben. Beide Getränke rochen weit besser, als sie schmeckten, und machten leicht unbesonnen, albern oder angriffslustig, und manchmal verlor man sogar gänzlich das Bewußtsein. Kedj hätte es bestimmt nicht gutgeheißen, daß ein Mann auf diese Weise die Beherrschung aufgab, und Weiland hatte eine zu lange Zeit seines Lebens mit Kedj verbracht.

Melor, der sich schon immer gern vor der Arbeit gedrückt hatte, nannte ihn einen Dummkopf und wies ihn darauf hin, daß Kedj doch gar nicht da war.

Aber Weiland erinnerte sich daran, wie Daria gesagt hatte: »Ich hätte Kedj mitnehmen sollen, nicht euch nutzlose Bande.«

Trotzdem kam Weiland mit in die Tavernen, denn dort trafen sich die Männer, und man konnte sie ungestört beobachten: Wie sie sich verhielten, was sie sagten, was besonders ihre Aufmerksamkeit erregte.

Und so kam es, daß er, nachdem er einen Monat und einen Tag in St. Celia's gelebt hatte, in der Taverne *Zum wilden Eber* eine vertraute Stimme vernahm.

Am Tisch saß eine Gruppe von Männern; einige hatten nur getrunken, andere auch etwas gegessen, und nun versuchten sie, die Rechnung zu begleichen. Es war Shile, der Dieb aus der dunklen Gasse, der die Lage in die Hand nahm. Gebannt beobachtete Weiland, wie er selbst ein wenig Geld auf den Tisch legte, von jedem Mann einen unterschiedlichen Betrag forderte, wieder etwas Geld von dem Haufen an sich nahm, wiederholt mit diesem oder jenem Mann oder auch von dem Haufen ein paar Münzen tauschte. So ging es eine lange Zeit, und nach jedem Zahlvorgang hatte Shile mehr Geld als vorher.

Endlich zufrieden – oder vielleicht auch nur, um den Bogen nicht zu überspannen, auch wenn seine Gefährten noch so betrunken waren –, erklärte Shile, alle seien jetzt angemessen ausbezahlt. Dann sah er sich zum erstenmal in dem Gewölbe um und entdeckte Weiland. »Oh, da drüben ist ein lange verloren geglaubter Freund«, verkündete er. »Ich schulde ihm ein Bier.«

Weiland wartete, bis Shile an seinem Tisch Platz genommen hatte, und sagte dann ganz leise, damit nur Shile es verstehen konnte: »Ich glaube nicht, daß ich es mir leisten kann, mich von dir auf ein Bier einladen zu lassen.«

»Nun, wenn das so ist«, meinte Shile, »dann spendiere mir eines.« Er winkte eine der Frauen zu sich, die in der Taverne bedienten. »So, Weiland« – er verschränkte die Arme auf dem Tisch und beugte sich vor, als machte er sich bereit, Geheimnisse auszutauschen –, »du hast mir versprochen, die Geschichte mit dem Bären zu erklären.«

»Nein, das habe ich nicht versprochen.«

Shile blickte ihn erwartungsvoll an, als hoffte er dennoch auf eine Erklärung. »Na ja«, sagte er schließlich und lehnte sich zurück, damit die Kellnerin Platz hatte, das Bier vor ihn auf den Tisch zu stellen. Vielleicht war dies eine Einladung, denn ohne ein weiteres Wort oder Zeichen setzte sich die Frau auf Shiles Schoß und legte ihm den Arm um die Schultern. »Das ist aber nicht gerecht«, fuhr Shile dann fort, als wären er und Weiland noch immer allein. »Ich habe mich so angestrengt, nicht aufdringlich zu sein, habe mich standfest geweigert, Erkundigungen einzuziehen, für wen du arbeitest oder was du vorhast.«

»Stell mich deinem hübschen Freund vor, Shile«,

meinte die Frau. »Wenn du mir seinen Namen sagst, kann ich dir noch was über ihn verraten.« Obwohl sie auf Shiles Schoß saß, beugte sie sich vor und warf Weiland eine Kußhand zu.

Sie kann überhaupt nichts über mich wissen, dachte Weiland, denn er hatte nie mit ihr geredet, außer um sich etwas zu trinken zu bestellen, und er war nicht einmal sicher, ob es tatsächlich bei ihr gewesen war. Aber Shile amüsierte sich, das merkte Weiland. Anscheinend hatte er an Intrigen genausoviel Spaß wie am Reden.

»Er heißt Weiland«, erklärte Shile. Und obgleich Weiland nicht danach gefragt hatte, fügte er hinzu: »Weiland, das ist Evangeline.«

Evangeline rückte von Shiles Schoß auf den Weilands, so plötzlich, daß er sie nicht daran hindern konnte. »Er ist ziemlich schüchtern, was?« fragte sie Shile.

»Ich hoffe, damit ist das Wissen nicht erschöpft, das du zum Tausch angeboten hast«, rief Shile, aber er klang eher amüsiert als verärgert.

»Er ist mit ein paar Männern befreundet, die Adger, Parn und Telek heißen. Noch ein paar andere gehören zu der Gruppe. Sie arbeiten alle für Lady Daria de Gris, also denke ich, daß er es auch tut, obwohl er nie etwas davon erzählt.«

Shile grinste schelmisch, weil er all das so mühelos erfahren hatte.

»Gewöhnlich kommen sie zu zweit oder zu dritt, aber Weiland«, – Evangeline fuhr mit der Hand über sein kurzgeschorenes Haar – »Weiland ist der stillste und der bestaussehende, immer sehr höflich und mit makellosen Manieren, auch wenn er nie ein Trinkgeld gibt. Er geht oft schon vor allen anderen wieder weg, und er kommt auch nie mit, wenn die anderen sich einem Würfelspiel anschließen.« Dann, an Weiland gewandt, fügte sie hinzu: »Was machst du eigentlich mit deinen Haaren? Schneidest du sie selbst, im Dunkeln, wenn du betrunken bist?«

Weiland versuchte, sie möglichst unauffällig von seinem Schoß zu schieben, denn er wollte nicht noch mehr Aufmerksamkeit, aber Evangeline legte ihm den Arm nur noch fester um die Schulter. »Ich betrinke mich nicht«, entgegnete er.

»Nein, ich glaube tatsächlich, du warst noch nie besoffen«, antwortete sie lachend, und Shile versteckte sich hinter seinem Becher, als hätte Weiland etwas sehr Dummes gesagt.

»Ach, sieh mich nicht so böse an«, sagte sie und zog einen hübschen Schmollmund. »Ich mag deine Haare. Aber du solltest mal versuchen, sie ein Stück wachsen zu lassen, damit ein Mädchen sich daran festhalten kann.«

Oder ein Feind, hätte Kedj gesagt. Weiland stand auf, ehe Evangeline ihr Vorhaben wahr machen konnte. Sie stand ebenfalls auf – es blieb ihr nichts anderes übrig, wenn sie nicht fallen wollte –, aber sie hielt ihre Arme weiterhin um seinen Hals geschlungen, so daß sie sich dicht an ihn schmiegte. Weiland fand das sehr verwirrend, vor allem, weil er viel größer war und unwillkürlich tief in den Ausschnitt ihres Kleides schaute, ehe er den Blick abwenden konnte.

Sie stellte sich auf die Zehenspitzen und küßte ihn, und diesmal berührten ihre Lippen tatsächlich die seinen und nicht nur die Luft wie vorhin.

Das war noch verwirrender als der Ausschnitt.

»Ich glaube, dein Freund ist ziemlich unerfahren«, meinte Evangeline zu Shile.

»Ich denke, da könntest du recht haben«, erwiderte Shile. »Also überfordere ihn nicht.«

Weiland war sicher, daß sie sich über ihn lustig machten.

Entschlossen, die Taverne niemals wieder zu betreten, wandte er sich ab und ging. Aber dieser Gedanke machte seine Laune nicht besser, also sagte er sich: *Na ja, warum eigentlich nicht?* Aber auch das half nicht.

Erst auf dem halben Weg nach Hause fiel ihm ein, daß er sein Bier nicht bezahlt, sondern Shile die Rechnung überlassen hatte, und nun endlich fühlte er sich besser.

Kapitel 14

Die Tage – zumindest einige von ihnen – wurden allmählich wärmer, als Daria verkündete, sie habe zu viele Männer mitgenommen. »Sechs sind mehr als genug«, meinte sie. »Lord Geoffrey hält ein hohes Maß an Ordnung und Effizienz aufrecht, so daß ich beschlossen habe, die Hälfte von euch zurück zu Kedj zu schicken.«

Gehen oder bleiben? Weiland wußte nicht, worauf er seine Hoffnung setzen sollte. Aber Hoffnung hatte ohnehin noch nie etwas gebracht.

»Weiland«, sagte Daria, »du wirst bleiben. Mit dem Rest von euch spreche ich später. Macht für heute weiter wie bisher, allerdings dürfen diejenigen, die zu Kedj zurückkehren, weder das Haus verlassen noch etwas essen. Ich werde das später erklären.«

Weiland konnte keinen Sinn in ihrer Wahl entdekken. Er hatte angenommen, sie würde diejenigen bleiben lassen, die sich am besten unter die Menschgeborenen einfügten. Und da wählte sie Parn, der wegen öffentlicher Trunkenheit vor dem Bürgerrat hatte erscheinen müssen, und Melor, der fast einen Händler erschlagen hätte, weil er sich nicht mit ihm einigen konnte, ob der Mann ihm eine Fleischpastete – die Melor bereits verzehrt hatte – zum Verkauf angeboten oder einfach geschenkt hatte.

Alle, die zurückgeschickt wurden, waren Wolfgeborene. Weiland hatte keine Freunde im Trupp, aber wenn er überhaupt eine Bindung zu jemandem fühlte, dann zu denen, die wie er als Wolf auf die Welt gekommen waren. Doch so sehr er sich anstrengte, den Dingen klar ins Auge zu blicken, er kam immer wieder zu dem Schluß, daß Daria einige gute Männer wegschickte und einige weniger gute bleiben ließ.

Auch die Anweisung, nichts zu essen, stellte ihn vor ein Rätsel.

Doch die Verhältnisse hatten sich nicht so drastisch gewandelt, daß man Darias Entscheidungen in Frage stellen konnte.

Am folgenden Morgen rief sie die sechs, die gehen würden, zu sich in ihre Gemächer.

»Wollen wir wetten, daß sie nie wieder herauskommen?« fragte Melor.

Die Bemerkung grenzte hart an eine Unverschämtheit, was Weiland als Anführer nicht durchgehen lassen durfte, und er versetzte Melor einen Schlag auf den Hinterkopf.

Andererseits hätte es auch ihn nicht überrascht, wenn keiner der Gerufenen Darias Zimmer wieder verlassen hätte.

Doch es kam anders. Die sechs Männer brachen sofort auf, ohne Frühstück. Nach mehr als vierundzwanzigstündigem Fasten konnte das eigentlich nur bedeuten, daß Daria ihnen das Essen ausdrücklich verboten hatte, obwohl Weiland sich immer noch keinen vernünftigen Grund dafür denken konnte. Höchstens, daß sie an Leute, die nicht mehr zu ihrem Hausstand gehörten, nicht unnötig Nahrungsmittel verschwenden wollte.

Als Daria ihn bei der Tür stehen sah, winkte sie ihn zu sich – womöglich, um ihn wegen Faulheit zu tadeln. »Weiland!«

Schüchtern trat er näher. »Herrin?«

»Sir Geoffrey und Lady Johanna haben mich für heute zur Beizjagd eingeladen, und man erwartet von einer Dame, daß sie einen ihrer Waffenträger mitbringt. Sieh zu, daß du dich ein wenig herausputzt.«

»Ja, Herrin.«

* * *

Als Weiland das Heim des Barons zum erstenmal gesehen hatte, war er zu der Annahme gelangt, daß es ursprünglich eine Festung gewesen sein mußte, um die herum die Stadt gewachsen war. Es entsprach genau der Art von Behausung, die Daria beeindruckte, viel vornehmer als die Festung, die sie in den Hügeln zurückgelassen hatten, sogar größer noch als die Kirche.

Vielleicht hatte er sich in seiner Einschätzung der Bewohner geirrt, denn er hatte sie nur zweimal zu Gesicht bekommen, beide Male kurz nach seiner Genesung von dem Zauber, mit dem Daria ihn für die mißlungene Unternehmung im Zusammenhang mit Lons Leiche bestraft hatte. Damals hatte er noch nicht sehr viele Menschgeborene kennengelernt.

Aber die jetzige Begegnung änderte nichts an seiner Einschätzung. Lord Geoffrey war ein großer, temperamentvoller, selbstbewußter Mann – allzu selbstbewußt für Weilands Geschmack –, offensichtlich daran gewöhnt, Macht auszuüben. Weiland hätte angenommen, daß Daria ihm diese Macht neidete, daß sie ihm das Anrecht darauf streitig machte oder zumindest wütend wäre, weil er die Macht hatte und sie nicht. Aber Daria verhielt sich ganz anders: Sie schmeichelte und lachte und legte dem Baron die Hand auf den Arm. Die ersten Male hatte Weiland nicht gewußt, wie er diese Geste einordnen sollte, doch inzwischen, nachdem er in der Stadt einige Erfahrungen gesammelt hatte, wußte er, daß die Kellnerinnen in den Tavernen das gleiche Verhalten den Männern gegenüber an den Tag legten, die das meiste Geld besaßen.

Lady Johanna war für Weiland ein noch größeres Rätsel als ihr Ehemann. Sie war eine blasse, schmächtige Kreatur, ganz und gar nicht die Art Frau, die Weiland als Darias Freundin erwartet hätte. Sie erinnerte ihn an die mausgeborenen Zofen Bess und Blanche.

Und dann die Kinder. Sie waren noch sehr klein – Bess und Blanche hatten ihm erzählt, die Mädchen seien zwei und drei Jahre alt, der Junge fünf. Daß sie so winzig waren, versetzte Weiland in Staunen – zarte Miniaturausgaben der Erwachsenen, die gehen und sprechen konnten, auch wenn ihre Sprache für Weiland absolut unverständlich blieb. Im einen Moment verbeugten sie sich, knicksten und begrüßten die Gäste mit leisen, ansonsten jedoch ganz normalen Stimmen, dann plapperten sie plötzlich laut und durchdringend, kreischten vor Lachen oder heulten lautstark.

»Ich muß für sie um Nachsicht bitten«, sagte die Mutter, »sie sind vollkommen übermüdet.« Dabei war noch nicht einmal der halbe Vormittag verstrichen.

Staunend beobachtete Weiland, wie Daria mit den Kindern herumturtelte. »Sie sind so süß«, hörte er sie sagen. Und: »Ach, wie entzückend«, und: »Komm, setz dich zu mir auf den Schoß«, und »Sind sie nicht allerliebst?«

Weiland fand die Kinder zuerst einmal laut, anspruchsvoll und anstrengend, und er wunderte sich sehr, wie sanft und geduldig Daria mit ihnen umging. Als es Zeit zum Aufbruch wurde – sie wollten im Wald jagen, nur einen kurzen Ritt vor den Stadttoren –, scharte Johanna die Kinder um sich, und sie umarmten alle zum Abschied. Zwar schwärmten alle von der wunderhübschen Familie, aber Weilands Aufgabe war es, für Darias Sicherheit zu sorgen, und deshalb behielt er sie im Auge. Und trotz ihrer freundlichen Worte und obwohl sie zu Geoffrey gesagt hatte: »Ich liebe Eure kleinen Engel abgöttisch, wirklich abgöttisch«, entdeckte er, als sie sich unbeobachtet glaubte, tief in ihren Augen einen wohlvertrauten Ausdruck. Gleichgültig, wie nervtötend die Kinder waren, so war Weiland beim Abschied nicht nur um seiner selbst willen erleichtert, sondern auch deshalb, weil man die drei in Sicherheit zurückließ.

Die Jagdpartie bestand aus Lord Geoffrey sowie sieben oder acht seiner Freunde samt deren Dienern. Daria und Johanna waren die einzigen Frauen. Geoffrey überließ Daria einen Wanderfalken, den er selbst aufgezogen und abgerichtet hatte. »Ein höchst gelehriger Bursche«, nannte ihn Geoffrey.

Selbstverständlich hatte Weiland Falken gesehen, als er bei Daria in den Bergen lebte, und er wußte, daß sie sehr gute Jäger waren. Doch er hatte nicht gewußt, daß man sie dazu abrichten konnte, dies im Dienste eines Menschen zu tun.

Als sie am Nachmittag eine Pause einlegten, um ein Picknick einzunehmen, war Weiland zwar noch immer voller Bewunderung für die wilde Schönheit der Vögel, aber gleichzeitig zu dem Schluß gekommen, daß sie mehr Ärger verursachten, als sie wert waren. Sie benahmen sich äußerst launenhaft und mußten ständig gehätschelt und beruhigt werden. *Auf freier Wildbahn sind sie gewiß nicht so verzärtelt,* dachte Weiland, aber es fragte sich ohnehin niemand nach seiner Meinung. Dazu kam auch noch die ganze Ausrüstung: Stulpenhandschuhe aus starkem Leder, um die Hände vor den Klauen zu schützen, dünne Lederbänder, das sogenannte Geschüh, das der Vogel an den Füßen trug, mit einem Metallring, an dem die Langfessel befestigt werden konnte. Dazu kamen noch die kleinen Hauben, die den Vögeln über den Kopf gestülpt wurden, so daß sie nichts sehen konnten und sich während des Ritts nicht erschreckten – die Falkner machten sich große Sorgen, daß die Vögel ängstlich und damit nutzlos wurden –, als hätte ein wilder Falke noch nie einen Schrecken überlebt.

Nach der Mahlzeit streckten sich alle gemütlich im Schatten der Bäume aus, und die Männer fingen an, Geschichten von Falken zu erzählen, die sie früher einmal besessen hatten – immer waren sie größer, schneller und wilder als die heute verwendeten; dann wechselten sie das Thema und sprachen über vergangene Jagdausflüge und Begegnungen mit wilden Ebern und Wölfen. Ein Mann wußte gar von einem Drachen zu berichten, wenn er auch zugab, daß es ein kleiner gewesen war.

»Ein *Drache*?« wiederholte Daria mit amüsierter Stimme.

»Ein kleiner, ja«, bestätigte der Mann.

Nun begannen die Männer, Mutmaßungen darüber anzustellen, ob Drachen – die ja schließlich Kaltblütler waren, verwandt mit Schlangen und Echsen – tatsächlich je so weit gen Norden reisten. Ein zweiter Mann stärkte dem ersten den Rücken und behauptete, er selbst habe nicht nur Drachen, sondern sogar Basilisken gejagt.

Daria wandte sich an Johanna und meinte: »Sollen wir die Männer allein lassen, damit sie in aller Ruhe in vergangenen Heldentaten schwelgen können? Ich fürchte, diese Abenteuer sind zu aufregend für mein kleinmütiges Herz.«

Weiland begriff, daß sie die Männer hintersinnig der Lüge bezichtigte, aber niemand nahm es ihr übel. Die Männer lachten nur, und Daria lachte ebenfalls – es mußte also ein Scherz gewesen sein, keine Beleidigung. Eine weitere städtische Sitte, die Weiland schwer verständlich fand.

»Johanna«, begann Daria, stützte sich auf den Ellbogen und beugte sich zur Frau des Barons. »Als meine Hofdamen und ich uns St. Celia's das erstemal näherten, sind wir durch diesen Wald gekommen. Es muß ganz hier in der Nähe gewesen sein, denn ich erkenne die Linde da drüben, die der Blitz getroffen hat. Auf der anderen Seite der Lichtung gibt es einen ganz bezaubernden Teich, umgeben von Weiden, ganz friedlich, mit wunderhübschen Schwänen. Die Wagen folgten uns im Abstand von einer halben Tagesreise, und wir waren nicht sicher, ob wir die Stadttore vor der Sperrstunde erreichen würden, aber die Schwäne waren so entzückend, daß wir einfach halt machen und sie uns ansehen mußten.« Daria warf die Haare zurück und sah Weiland an. »Erinnerst du dich, Weiland?« fragte sie.

Einen Augenblick wußte er nicht, was tun. Bei fast jedem anderen Tag hätte er es für möglich gehalten, daß sie etwas verwechselte, aber nicht bei diesem. Schließlich gab er die Antwort, die sie sich offenbar wünschte: »Ja, Herrin.«

»Wollen wir beide nachsehen, ob die Schwäne noch da sind? Wir könnten sie mit Brot füttern.« Daria erhob sich, reichte ihrer neuen Freundin die Hand und zog sie ebenfalls auf die Füße.

Mit einem sehnsüchtigen Blick auf seine Freunde fragte Baron Geoffrey: »Soll ich dich begleiten, meine Liebe?« Es war kaum zu übersehen, daß er auf ein Nein hoffte.

Johanna tätschelte beruhigend seine Hand und antwortete freundlich: »Aber wir versuchen doch gerade, eurer Gesellschaft zu entfliehen, geliebter Schatz«, worauf der Baron und seine Freunde laut und herzhaft lachten.

»Mein Waffenträger ist ja bei uns, er kann uns verteidigen, falls irgendwelche… irgendwelche *Drachen* sich auf uns stürzen sollten«, meinte Daria mit einem Lächeln, das sagte: Welche Gefahren soll es in einer so hübschen Gegend schon geben? Obgleich Weiland plötzlich von einer großen Mattigkeit überfallen wurde, erhob er sich.

Er folgte den Frauen mit einigen Schritten Abstand, wachsam, in dem angestrengten Versuch, die Umgebung nach allen Seiten im Auge zu behalten.

Es war nichts Verdächtiges zu entdecken.

Bitte nicht ich, dachte er. Johanna hatte freundlich mit ihm gesprochen, wie zu allen, selbst zu dem ungeschickten Diener, der einen der Körbe mit dem Essen hatte fallen lassen; keinen Augenblick hatte sie die Beherrschung verloren. Hoffentlich sah Darias Plan nicht vor, daß er Johanna etwas zuleide tat.

Sie waren gerade außer Sichtweite der Jagdgesellschaft, als sie auf den Teich stießen, ruhig und friedlich, genauso schön, wie Daria ihn beschrieben hatte.

Obgleich es keinerlei Hinweis gab, hatte Weiland das sichere Gefühl, daß sie beobachtet wurden. Nichts, was er sah oder hörte, war in irgendeiner Weise ungewöhnlich, er hätte keinen vernünftigen Grund vorbringen können, warum sie umkehren sollten, denn ganz bestimmt wußte Daria, was vor ihnen lag, ganz bestimmt hatte sie alles genauso geplant. Sie konnte unmöglich vergessen haben, welches Mitglied des Trupps am Tag der Ankunft in St. Celia's bei ihr gewesen war. Und das Bild des toten Lon, wie er auf dem Zaubertisch gelegen hatte, führte Weiland stets vor Augen, daß man Daria nicht zornig machen durfte. Wenn er die geringste Gefahr entdeckt hätte, dann hätte er eine Warnung ausgestoßen und sich später darüber Gedanken gemacht, wie er Daria davon überzeugen konnte, daß er ihren Plan nicht absichtlich durchkreuzt hatte, sondern weil sie ihn nicht eingeweiht hatte.

Aber es war *nichts* Verdächtiges zu entdecken.

»Keine Schwäne«, bemerkte Johanna, und die Enttäuschung war ihr anzuhören.

»Vielleicht sind sie im seichten Wasser, drüben im

Schilf versteckt«, meinte Daria. »Geh du hier entlang, ich suche auf der anderen Seite.« Sie warf Weiland einen raschen Blick zu, um sich zu vergewissern, daß er wußte, wem er zu folgen hatte.

So kehrte Weiland Johanna den Rücken und versuchte, an nichts anderes zu denken, als daß er Darias Anweisungen auf der Stelle gehorchen mußte, ohne wenn und aber.

Doch als er Johanna leise aufschreien hörte, fuhr er blitzschnell herum, um zu sehen, was los war.

Dort, wo die Bäume am dichtesten an den Teich heranreichten, genau an der Stelle, zu der Daria ihre Freundin geschickt hatte, traten sechs Männer aus dem Wald.

Weiland spürte, wie sich Darias Finger um seinen Arm schlossen, und sie zischte: »Hiergeblieben!«

Hiergeblieben – es war die Macht dieses Wortes, nicht ihre Hand, die ihn festhielt, bebend und hilflos.

Erst jetzt bemerkte er zwei Dinge, und er hätte Kedj nur äußerst ungern gestanden, daß er sie bislang übersehen hatte: Erstens waren die Männer nackt, und zweitens gehörten sie zu Darias Trupp – es waren Innas, Adger, Telek und die drei anderen, die sie heute morgen weggeschickt hatte.

Warum waren sie nackt?

In dem Augenblick, den er brauchte, um zwei und zwei zusammenzuzählen, machte Daria eine Geste mit ihrer freien Hand. Weiland spürte das unverwechselbare Prickeln eines einsetzenden Zauberbanns.

Die sechs Männer verwandelten sich in Wölfe.

Und wo Johanna gestanden hatte, war jetzt ein Reh. Es trug noch Johannas langes Gewand, die Vorderbeine in den Ärmeln gefesselt, die Hinterbeine im Rock verfangen, panisch, verständnislos, von allen Seiten bedrängt von der Witterung der Wölfe.

Noch nie hatte Weiland gesehen, wie Daria einen

Menschgeborenen in ein Tier verwandelte; alle im Trupp waren davon ausgegangen, daß dies unmöglich sei. Nun aber sah er starr vor Entsetzen zu; Darias Hand hielt ihn zwar nicht zurück, aber sie erinnerte ihn an ihre Gegenwart, während das Reh sich panisch nach einer Fluchtmöglichkeit umsah und – vom Kleid behindert – beim ersten Schritt ins Stolpern geriet.

Im nächsten Moment hatten die Wölfe sich auf ihr Opfer gestürzt.

Daria stieß einen wilden Entsetzensschrei aus. Dann war ein Name zu erkennen: »Johanna! Johanna!« und endlich ließ sie Weilands Arm los. »Weiland!« schluchzte sie und stieß ihn in die Richtung, wo die Wölfe das Reh zerfleischten. »Tu doch etwas!«

Was war schiefgegangen? Was hatte Daria vorgehabt? Wie konnte etwas so Gräßliches geschehen? Weiland rannte los, am Ufer des Teichs entlang, mit gezücktem Schwert.

»Töte sie!« schrie Daria. »Töte sie! Rette Johanna!«

Er nahm sie beim Wort und versuchte gar nicht erst, den knurrenden, zähnefletschenden Bestien mit dem flachen Schwert auf den Leib zu rücken – was sowieso nichts genutzt hätte. Nein, mit entblößter Klinge stach er zu, hieb und schlug auf die Meute ein. Zwei waren bereits gefallen, aber er mußte höllisch aufpassen, nicht versehentlich Johanna zu treffen. Was immer Daria getan haben mochte, Johanna war inzwischen in ihre ursprüngliche Gestalt zurückgekehrt: Weiland sah menschliche Gliedmaßen inmitten der wirbelnden Wolfsklauen und geifernden Wolfsrachen, aber er konnte nicht sagen, ob Johanna sich noch bewegte, oder ob die überlebenden Wölfe sie hin und her zerrten.

Warum nur verwandelte Daria nicht auch sie wieder in Menschen?

Nun drangen die Stimmen der Jagdgesellschaft an

sein Ohr, aber Weiland wußte, daß sie unmöglich rechtzeitig hier sein würden.

Er durchbohrte einen weiteren Wolf, ohne zu wissen, welchen seiner Gefährten er mordete, und endlich schienen auch die restlichen drei Tiere die Lage zu begreifen. Einer schnappte ein weiteres Mal nach Johanna, und Weiland schlug ihm den Kopf ab. Jetzt wichen die letzten beiden zurück, drehten sich um und flohen.

Dann hörte Weiland das unverkennbare *Plopp* von Pfeilen, und einer der Wölfe stieß ein durchdringendes Jaulen aus. Doch Weiland sah ihm nicht einmal mehr nach; er ließ sein blutiges Schwert zu Boden fallen und kniete sich neben Johanna. Sie war tot, daran bestand kein Zweifel.

Hinter ihm näherten sich hastige Schritte. Jemand sagte: »Nein, Herrin«, dann erklang Darias Stimme: »Laßt mich durch!«

Die jahrelange Übung war stärker als die lähmende Wirkung des Grauens: Weiland riß den Kopf hoch und wirbelte herum, um Daria beizustehen.

Aber sie hatte sich bereits den Armen des Mannes entwunden, der versuchte, sie festzuhalten. Offensichtlich führte er auch nichts Böses im Schilde, sondern wollte ihr nur den Anblick von Johannas verstümmeltem Körper ersparen.

Daria warf sich auf die Knie, verbarg das Gesicht in den Händen und schluchzte: »Es ist meine Schuld. Es ist alles meine Schuld. O Johanna, es tut mir so leid!«

Dann war Geoffrey neben ihr; er wirkte wie ein tödlich Verwundeter, der sein Schicksal noch nicht begriffen hat. »Beruhigt Euch«, flüsterte er sanft und tätschelte ihr ein wenig unbeholfen die Schulter. »Es ist nicht Eure Schuld. Ihr konntet das doch nicht ahnen.«

»Ich hätte sie niemals hierherbringen dürfen«, beharrte Daria. »Ich hätte ihr nicht von den Schwänen erzählen dürfen.«

Weiland wandte den Blick ab. Dann merkte er, daß jemand an seinem Ärmel zupfte; es war einer der Männer der Jagdgesellschaft, der versuchte, ihn zum Hinsetzen zu bewegen. Jetzt erst bemerkte Weiland, daß ein Teil des vergossenen Bluts sein eigenes war, und daß die Wölfe seinen Schwertarm übel zugerichtet hatten.

»Sie wollte einen Moment ungestört sein, um ihre Notdurft zu verrichten«, sagte Daria, und Weiland spürte einen heftigen Stich im Herzen – warum konnte Daria ihrer Freundin nicht wenigstens im Tod einen Rest von Würde lassen. Als Reh hatte sich Johanna halb aus ihren Kleidern gewunden, aber jeder hätte selbstverständlich angenommen, daß die Wölfe dafür verantwortlich waren. Weiland vermutete, daß Johanna mehr Schamgefühl besessen hatte als die Frauen in den Tavernen, und daß es ihr entsetzlich unangenehm gewesen wäre, wie alle nun ihre sterblichen Überreste begafften und sich vorstellten, unter welch erbärmlichen Umständen sie gestorben war. Er konnte sich nicht mehr daran erinnern, wann er zum erstenmal eine menschliche Leiche gesehen hatte – so lange war es her, so jung war er gewesen. Er konnte sich auch nicht mehr erinnern, wann er den ersten Menschen getötet hatte. Aber es war alles nicht zu vergleichen mit dem, was heute geschehen war.

»Ich hätte ihrem Schamgefühl nicht nachgeben dürfen«, sagte Daria gerade. »Ich hätte Weiland wegschicken und mit ihr gehen sollen. Vielleicht hätten die Bestien *zwei* Frauen nicht ganz so ungehemmt angegriffen, vielleicht wäre dann Zeit für Rettung gewesen.« Abermals brach sie in Schluchzen aus, so verzweifelt und voller Selbstvorwürfe, daß man sie trösten mußte – selbst wenn der Trost vom Ehemann der Toten kam.

»Nun, nun«, sagte Geoffrey und legte ihr schützend den Arm um die bebenden Schultern.

Daria schlang die Arme um seinen Hals und vergrub das Gesicht an seiner Brust, während er die Wange an ihre Haare schmiegte und ebenfalls zu weinen begann.

Jemand wickelte einen Stofflappen um Weilands verwundeten Arm. Später würden die Schmerzen wesentlich schlimmer werden, gleichgültig, ob Daria ihren Heilzauber anwendete oder nicht. Weiland blickte um sich und sah, daß alle sechs Wölfe tot waren: Vier hatte er mit seinem Schwert umgebracht, die beiden anderen waren von Pfeilen durchbohrt.

»Für gewöhnlich fallen Wölfe nicht einfach so über einen Menschen her«, bemerkte jemand, allerdings keineswegs argwöhnisch, sondern schlicht verwundert darüber, daß Johanna einem solchen Unglück anheimgefallen war. »Und auch noch so, als hätten sie es gezielt darauf abgesehen.«

Das geschieht dann, wenn sie ausgehungert sind, dachte Weiland.

Kapitel 15

Weiland hatte viele unglückliche Mitglieder des Trupps begraben, viele Dienstboten, die den Ansprüchen nicht genügt hatten, Menschen, die sich weigerten, Darias Wegezoll zu bezahlen. Aber das war immer eine unfeierliche Angelegenheit gewesen, die verrichtet werden mußte, weil verwesende Leichen stanken und Aasfresser anlockten. Bei einer Beerdigungsfeier war er noch nie gewesen.

Daria wies die Dienerschaft an, die Eingangstür mit schwarzen Tüchern zu verhängen. Als sie die fragenden Blicke ihrer Leute sah, erklärte sie: »Das ist ein Zeichen der Trauer.«

Da sie in der Stimmung für Erklärungen zu sein schien, hakte Weiland nach: »Warum ist schwarzer Stoff ein Zeichen der Trauer?«

Doch Daria gab ihm eine Ohrfeige, schimpfte ihn hoffnungslos und fuhr ihn an: »Von dir will ich heute kein Wort mehr hören.«

Weiland verbeugte sich und zog sich zurück. Er vermißte Kedj, wenn auch nur aus dem Grund, daß Kedj gelegentlich bereit war, Dinge zu erklären.

Auf einmal merkte er, daß jemand hinter ihm stand, und fuhr herum – womit er Royce, einen der menschgeborenen Diener, den Daria mit dem Haus übernommen hatte, seinerseits furchtbar erschreckte. Royce war einer der ältesten Männer, die Weiland je gesehen hatte, und alle stimmten darin überein, daß er schon immer zur Familie de Gris gehört hatte. Er war es auch gewesen, der Vater Hadden hergebeten hatte, als Weiland schwer krank in der Halle lag und keiner der

Dienstboten wußte, was mit ihm los war. »Manchmal sind Leute ein wenig unwirsch, wenn sie trauern«, sagte er jetzt, was aber keine der Fragen beantwortete, die Weiland sich stellte. »Schwarz zu tragen in Zeiten der Trauer, ist schon seit Urzeiten Brauch – ich bezweifle, daß sich jemand daran erinnert, warum.«

Kein großer Trost, daß nicht einmal die Menschgeborenen wußten, warum sie taten, was sie taten.

Daria zog ein schwarzes Kleid an, und auch Bess und Blanche sowie der gesamte Trupp bekamen die Anweisung, sich in Schwarz zu kleiden. Ausnahmsweise nahm Daria beide Zofen und all ihre Waffenträger mit sich – alle sechs, die noch übrig waren.

Am Haus des Barons war nicht nur die Tür schwarz verhängt, auch an den Fenstern hingen schwarze Tücher. *Anscheinend sind die Leute immer auf solche Gelegenheiten vorbereitet*, dachte Weiland, als er die schwarzen Banner sah, die in der großen Halle hingen. Kurz fragte er sich, ob Daria sich ärgern würde, daß sie übertrumpft worden war, aber sie beklagte sich nicht – jedenfalls nicht laut. Der Saal war voller Menschen, Freunde der Toten und ihres Ehemannes. Weiland erkannte die Mitglieder der Jagdgesellschaft. Sogar Shile war zugegen; Weiland hörte, wie jemand ihn als entfernten Cousin Johannas vorstellte. Auch Vater Hadden war gekommen und mit ihm mehrere ähnlich gekleidete Männer – Priester, vermutete Weiland, die Geoffrey d'Akil und seinen mutterlosen Kindern beistehen wollten.

Der Priester, der bei weitem die prächtigsten Gewänder trug, redete in einer Sprache, die Weiland nicht verstand; nur ein paar Wörter klangen vertraut genug, daß er die Ohren spitzte, aber sie verliehen dem Ganzen keine Bedeutung. Weiland konnte Daria leider nicht fragen, ob er herausbekommen sollte, was der Mann sagte. Während dieser seine feierlichen Worte vorbetete, schwang er ein rundes goldenes Rauchfaß, dem dicke, betäubend duftende Rauchschwaden entstiegen – er sei der Bischof, hörte Weiland jemanden sagen.

Von Johanna war nichts zu sehen, aber Weiland nahm an, daß sie in der schwarz drapierten Kiste lag, über der Geoffrey und seine Freunde weinten und klagten – einschließlich Daria.

Schließlich wurde die Kiste auf eine Art Trage gehoben, einige Männer packten gemeinsam an und schleppten sie aus dem Haus; der Rest der Trauergemeinde folgte. So bildeten sie eine schwarze Prozession durch die Straßen von St. Celia's, und da sich ihnen unterwegs immer mehr Menschen anschlossen, wurde der Zug länger und länger. Manche waren ganz in Schwarz gekleidet, andere hatten sich nur ein schwarzes Band um den Arm gebunden, wahrscheinlich eher, um ihren Herrn zu unterstützen, als weil sie Lady Johanna persönlich gekannt hatten. Weiland wandte sich zu Vater Hadden um, der ganz in seiner Nähe ging, aber dann fiel ihm ein, daß Daria ihm ja für den Rest des Tages absolutes Schweigen auferlegt hatte. Wenn es wichtig war, würde er bestimmt später eine Gelegenheit finden, seine Frage zu stellen.

Er hatte damit gerechnet, der Zug würde sich zum Stadttor bewegen, damit die Leiche vor den Stadttoren begraben werden konnte und kein Ungeziefer in die Nähe der Behausungen lockte, aber die Prozession schlängelte sich zurück zur Kirche.

In der Kathedrale sprach abermals der Bischof, und es wurde eine Zeremonie abgehalten, an der alle Priester teilnahmen. Weiland stand inmitten der Gemeinde und bemühte sich, möglichst genau das zu tun, was die anderen taten, und gleichzeitig wachsam zu bleiben, falls Daria irgendeine Gefahr drohte. Kedj hatte jedem Angehörigen des Trupps eingebleut, daß er –

und zwar ganz allein – für Darias Sicherheit verantwortlich war.

Sie hatte Johanna in ein Reh verwandelt.

Weiland versuchte, das Bild der angreifenden Wölfe aus seinem Kopf zu vertreiben. Das war nicht wichtig, redete er sich ein: Daria hatte im Lauf der Jahre viele Tode verursacht. Das wichtige war, daß Daria einen Menschen in ein Tier verwandelt hatte, und *das* hatte Weiland noch nie erlebt. Trotzdem konnte er sich nicht recht überzeugen, daß der Rest keine Rolle spielte – immer wieder tauchte die Szene auf, wie die Wölfe über das Reh herfielen.

Nun sprenkelte der Bischof Wasser über die Kiste, in der Johannas Körper lag – nur so viel, daß das Holz ein paar Spritzer bekam. Mehr oder weniger gleichzeitig begannen die Menschen um Weiland herum zu sprechen, doch selbst wenn ihm nicht zu schweigen befohlen worden wäre, hätte er nicht mitmachen können, weil die Worte ihm nicht geläufig waren. Deshalb senkte er lediglich den Kopf, behielt aber weiterhin Darias Umgebung im Auge.

Danach ging die ganze Versammlung wieder nach draußen, diesmal allerdings durch eine andere Tür, die zu einem grasbewachsenen Areal hinter der Kirche führte. Der Bischof spritzte nochmals ein wenig Wasser auf die Erde – vielleicht war es ja ein Reinigungsritual oder irgendein Zauber, der den toten Körper beschützen sollte –, dann begannen mehrere Männer zu graben. Als das Loch tief genug war, wurde Johannas Kiste hinabgesenkt, dann wurde es wieder zugeschüttet. Das Ganze dauerte wesentlich länger, als notwendig gewesen wäre, und die ganze Zeit über weinten die Menschen, vor allem Johannas Kinder. Wahrscheinlich wäre es für alle Beteiligten leichter gewesen, wenn man die Sache schneller hinter sich gebracht hätte, dachte Weiland.

Schließlich begann sich die Versammlung zu zerstreuen. Weiland sah zu, wie Daria Geoffrey und die Kinder umarmte, als er hinter sich eine Stimme hörte. »Eine wunderschöne Frau, für die du da arbeitest.«

Weiland wandte sich um und sah sich Shile gegenüber.

»Wie ich höre, ist sie gerade aus dem Heiligen Land zurückgekehrt.« Shile grinste. »Natürlich behaupten die meisten, sie hätte in Jerusalem gewohnt, nicht« – er setzte ein gespielt erschrockenes Gesicht auf und wies vage nach oben – »nicht im *Norden*.«

War ich so leicht zu durchschauen? fragte sich Weiland. *Ich muß lernen, besser zu lügen.* Diese Fähigkeit hatte Kedj ihnen nicht beigebracht, wohl weil sie in den Bergen nicht von Belang war.

Aber Shile wurde wieder ernst, als er mit einer Kopfbewegung auf die Gruppe um Daria und Baron Geoffrey wies. »Eine traurige Geschichte«, bemerkte er. »Und äußerst ungewöhnlich. Anscheinend neigst du zu sehr merkwürdigen Begegnungen mit Tieren.« Jäh veränderte sich sein Ton. »*Was*?« Offenbar erschreckte ihn etwas in Weilands Gesicht. »Was ist? Was habe ich gesagt?«

Selbst wenn Daria ihm nicht verboten hätte zu sprechen, hätte Weiland nicht antworten können. Er wandte Shile den Rücken zu und eilte zu Daria. Ganz gewiß war Shile klug genug, ihm nicht zu folgen. Und Shile blieb tatsächlich, wo er war.

* * *

In dieser Nacht träumte Weiland von Llewellur – nicht dem derzeitigen, sondern dem Llewellur, der vor gut einem Monat von einem Baum herab in den Tod gesprungen war.

Weiland verfolgte Llewellur wieder, aber diesmal war er

ihm in den Baum nachgestiegen, jagte ihn von Ast zu Ast und wunderte sich, daß ein Toter so behende war.

Bis der Vogeljunge schließlich auf den falschen Ast trat, auf einen, der über den Abgrund hing. Da er nirgendwohin ausweichen konnte, rückte er bis fast ans Ende des Asts von Weiland weg, bis dorthin, wo sich der Ast selbst unter seinem vogelleichten Gewicht gefährlich bog.

»Llewellur«, sagte Weiland. »Es tut mir leid, daß du tot bist.«

Llewellur streckte die Hand nach ihm aus. »Mir auch«, sagte er und stieß Weiland vom Baum.

* * *

Erschrocken fuhr Weiland hoch und schnappte nach Luft; sein Herz pochte wild.

Ich hätte etwas tun sollen, dachte er – aber es nutzte nichts, ihm fiel nichts ein. *Ich hätte es wenigstens versuchen müssen.* So lag er regungslos in der Dunkelheit und wartete auf den Sonnenaufgang. Er wagte nicht, wieder einzuschlafen, weil er Angst hatte, diesmal von Johanna zu träumen.

Kapitel 16

Am nächsten Tag kehrte die Normalität zurück. Das schwarze Tuch blieb zwar an der Tür, aber Daria legte das schwarze Kleid ab und wählte statt dessen eines in einem warmen Grauton – es war recht schlicht, betonte ihre Figur aber sehr vorteilhaft. Als einzig Schwarzes trug sie ein Band um den Unterarm und befahl dem Trupp und den Dienstboten, ebenfalls solche Bänder zu tragen – um der Öffentlichkeit zu zeigen, daß ihre Herzen bei dem armen Baron und seinen Kindern weilten. »Erledigt eure Arbeit wie immer«, wies sie anschließend den Haushalt an. »Ich werde Lord Geoffrey einen Besuch abstatten und sehen, ob ich ihm und seinen süßen Lämmchen ein wenig Trost spenden kann.«

Eure Arbeit. Immer öfter würde es nun Darias Arbeit sein, denn die Anzahl derer, die sie in die Stadt mitgenommen hatte, war bedrohlich geschrumpft. Heute nahm sie Parn als ihren Beschützer mit. Weiland war das nur recht. Sollte Parn doch Zeuge ihres nächsten infamen Planes werden. Er vermied es so weit wie möglich, darüber nachzudenken, wie ihr nächster Schritt aussehen mochte.

Statt dessen warf er sich ganz auf das morgendliche Exerzieren im Hof, aber ohne Kedj – ohne Lon, sogar ohne Innas – gab es kaum eine Herausforderung für ihn. Jedenfalls keine ausreichend große, um seine Gedanken von anderen Dingen fernzuhalten.

Am Nachmittag begleitete er Melor zu einer Taverne, in der Hoffnung, der Lärm dort würde ihm das

Knurren und Zähnefletschen der Wölfe und das Weinen der Trauernden aus dem Kopf vertreiben.

Als er sah, daß Shile ebenfalls da war, hätte er fast auf dem Absatz kehrt gemacht. Aber Shile hatte ihn schon gesehen, und er war bereits argwöhnisch genug, ohne daß Weiland ihm auch noch Grund gab, darüber nachzudenken, warum er ihn mied.

Shile spielte mit einer Münze; die Leute wetteten, auf welcher Seite sie landen würde, wenn man sie hochwarf. Zwar konnte Weiland sich nicht vorstellen, warum das für irgend jemanden von Belang sein sollte, aber die Leute setzten eifrig ihr Geld auf die eine oder andere Variante. Shile verlor gerade oft genug, um die Umstehenden bei der Stange zu halten, doch die Beträge, die er verlor, waren klein im Gegensatz zu denen, die er gewann. Weiland sah zu, ohne groß auf die Münze zu achten, aber war – obwohl er nicht wußte, wie Shile es anstellte – ganz sicher, daß Shile Einfluß darauf nahm, wie sie landete. Auch Melor gesellte sich zu den Wettenden, aber er besaß zumindest soviel Verstand, mit Shile zu wetten und nicht gegen ihn.

Nachdem Shile zweimal hintereinander verloren hatte – was ihn um einen geringen Bruchteil dessen brachte, was er bereits gewonnen hatte –, verkündete Shile, mehr könne er sich nicht leisten. Er überließ das Spiel den anderen und trat zu Weiland.

»Na«, sagte er in gleichgültigem Ton, aber mit einem vorsichtigen Blick in beide Richtungen, als wolle er sich vergewissern, daß niemand mithörte.

»Na«, wiederholte Weiland, nicht bereit, etwas preiszugeben.

Shile setzte sich neben ihn, statt ihm gegenüber, wie es sonst üblich war. Mit leiser, gespannter Stimme fragte er: »Steckt noch mehr dahinter?«

Weiland sah über Shiles Schulter, als hätte er nur Augen für das Spiel. Sollte er aufstehen und gehen?

Oder würde das Shile nur dazu veranlassen, seine Fragen lauter zu stellen, weniger unauffällig, was die Gefahr erhöhte, daß andere sich einmischten?

Offenbar hatte Shile bereits Verdacht geschöpft, und wenn Weiland nun die Taverne verließ, würde das nur noch deutlicher zeigen, daß er etwas zu verbergen hatte. Wenn er blieb, würde er zumindest erfahren, was Shile vermutete, ob andere in der Stadt vielleicht ähnliche Überlegungen anstellten, und ob diese Überlegungen womöglich eine Gefahr darstellten, vor der Daria gewarnt werden mußte.

Andererseits wußte Weiland, daß Shile ihm mit Worten bei weitem überlegen war. Shile besaß viele der Eigenschaften, die Weiland gern besessen hätte, wenn er sich vorstellte, er wäre ein echter Mensch. »Worauf willst du denn hinaus?« fragte er, ohne Shile dabei anzusehen.

Shiles Stimme hatte einen deutlich gereizten Unterton. »Ist meine Cousine von Wölfen umgebracht worden?«

»Es gab mehr als ein Dutzend Zeugen, unter anderem war der Ehemann der Lady anwesend und einer ihrer Brüder.«

»Danach habe ich nicht gefragt.«

»Ja.« Weiland sah Shile ins Gesicht. »Ja, sie wurde von Wölfen getötet.«

»Und was hatte der Bär damit zu tun?«

Einen Moment zögerte Weiland, dann antwortete er: »Nichts.«

Offensichtlich sah er so verwirrt drein, daß Shile ihm glaubte. Oder aber er würde später von neuem darauf zu sprechen kommen. »Hattest *du* etwas mit ihrem Tod zu tun?«

»Ich war dabei.«

Shile grinste, aber ohne seine gewohnte Herzlichkeit. »Darüber hinaus, meine ich.«

»Wahrscheinlich hätte ich es verhindern können«, gestand Weiland. »Wenn ich näher bei ihr gestanden hätte, als die Bestien angriffen. Wenn ich Unterstützung gehabt hätte, oder wenn es weniger Wölfe gewesen wären. Wenn ...« *Bring ihn nicht auf dumme Gedanken, indem du zuviel redest.* Weiland zuckte die Achseln, trank einen Schluck Bier und wiederholte: »Ja, wenn ...«

Shile lehnte sich zurück und musterte Weiland. »Was ist mit dieser Lady Daria de Gris?«

Weiland konnte nur hoffen, daß man ihm seine Gefühle nicht ansah. »Sie war auch zu weit weg, und sie hatte auch keine Unterstützung.« Er nahm noch einen Schluck Bier und hatte das Gefühl, daß er seine Sache nicht halb so gut machte, wie Shile es gekonnt hätte.

»Wo kommt sie denn in Wirklichkeit her?« fragte Shile.

»Aus dem Heiligen Land«, antwortete Weiland. »Aus Jerusalem.«

»Das hab' ich auch gehört.« Shile konnte unmöglich vergessen haben, daß er selbst geholfen hatte, Weilands Lüge glaubwürdiger auszuschmücken. »Und was hat sie in St. Celia's vor – was will sie hier?«

»Ich arbeite für sie«, entgegnete Weiland. »Aber sie teilt mir ihre Pläne und Wünsche nicht mit.« Da Shile dies wahrscheinlich auch anderswo erfahren konnte, fuhr er fort: »Ich habe gehört, daß ihr Großvater hier gelebt hat, aber vor kurzem gestorben ist.«

»Und da hat sie beschlossen heimzukehren?« fragte Shile, unverhohlen zweifelnd.

Weiland kam zu dem Schluß, daß es ein Fehler war, freiwillig Wissen preiszugeben. »Darüber weiß ich nichts Genaues.«

»Du weißt nichts über den toten Bären«, sagte Shile, »du weißt nichts über die Wölfe, du weißt nichts über die Pläne deiner Herrin ...«

Also hatte er anscheinend keinen gezielten Verdacht, sondern fischte im Trüben. Weiland zuckte die Achseln.

»Steckst du in Schwierigkeiten?«

Von allen Fragen, die Shile ihm hätte stellen können, hatte Weiland diese am wenigsten erwartet. Er zögerte, geriet ins Stottern und mußte zweimal ansetzen, ehe er ein »Nein« herausbrachte, das er mit etwas mehr Überzeugung wiederholte. »Nein.«

Shile verzog keine Miene. Nur ein leises, festes: »Brauchst du Hilfe?«

Weiland traute seiner Stimme nicht und schüttelte nur den Kopf.

Shile zog zweifelnd eine Augenbraue hoch, sagte aber nur: »Es geht mich nichts an, richtig?«

»Ja«, bestätigte Weiland.

Shile machte keinen beleidigten Eindruck, aber in diesem Augenblick erscholl lautes Jubeln aus der Spielergruppe, was Weiland die Gelegenheit gab, sich den Vorgängen dort zuzuwenden. Anscheinend hatte Melor die Geduld verloren oder genug Geld gewonnen, jedenfalls wollte er aufhören. Ohne Shile stand das Spiel deutlich stärker unter dem Einfluß ungelenkten Glücks. Da Weiland ungern mit Shile und Melor am gleichen Tisch sitzen wollte, erhob er sich rasch.

Ohne die Stimme zu heben, fragte Shile: »Glaubst du, die Kinder brauchen Hilfe?«

Doch Weiland wandte sich nicht um und überließ es Melor, ihm nachzulaufen oder nicht, ganz wie er wollte.

* * *

Glaubst du, die Kinder brauchen Hilfe? Die Worte gingen Weiland den ganzen Tag nicht mehr aus dem Kopf. Die Kinder konnten für Daria keine Gefahr darstellen, sie waren kein Hindernis für ihre Pläne. Oder etwa doch?

Und wenn es so war, was dann? *Es geht mich nichts an*, hatte Shile gesagt. Genaugenommen war es auch nicht Weilands Sache. Er durfte nicht sentimental werden, nur weil die Kinder hilflos waren. Bestimmt dachte er wieder einmal nicht richtig: In der Natur waren immer die Jungen, die Schwachen, die Hilflosen die Opfer.

Doch dann fiel ihm der Blinde auf den Kirchenstufen ein. Entweder war er unglaublich mutig oder unglaublich dumm, daß er dort tagaus, tagein stand und erwartete, daß man ihm half – was oft genug auch geschah –, statt daß man ihn wegen des wenigen, was er hatte, in Stücke riß.

Und der arme, verwirrte Vater Hadden, Vater und Bruder aller Menschen, Beistand der Kranken.

Und Shile, der ihm in jener dunklen Gasse geholfen hatte. Er hatte nur einen Gefallen erwidert, sagte er, weil er glaubte, daß Weiland ihn absichtlich nicht verraten hatte. Aber er hatte sich große Mühe gegeben für wenig Lohn, denn er hätte ohne weiteres entkommen können, nachdem die Stadtwache aus der Gasse verschwunden war, um Weiland zum Fluß zu bringen. Und als alles vorbei war, hatte er gesagt, er werde Weiland nicht folgen, und hatte Wort gehalten. Und dann diese Frage heute: *Steckst du in Schwierigkeiten*?

Er lauert auf ein Zeichen der Schwäche, auf eine günstige Gelegenheit, sagte sich Weiland. Aber wenn dies der Fall war, so machte er seine Sache für einen Mann, der offensichtlich hauptsächlich dank seiner Schlauheit überlebte, entsetzlich schlecht.

Die Dinge laufen nicht anders hier in St. Celia's, dachte Weiland. *Wenn es mir trotzdem so vorkommt, liegt es sicher nur daran, daß ich sowenig weiß und deshalb die Ereignisse mißverstehe.*

Aber er hoffte dennoch, daß die Kinder für Daria belanglos blieben.

An diesem Abend speiste Daria zum erstenmal seit Wochen wieder zu Hause. Vermutlich lud keiner aus Geoffrey und Johanna d'Akils Freundeskreis so früh nach der Beerdigung Gäste zu sich ein. Aber die Trauerzeit würde nicht gar so lange dauern. Nach dem Essen sprach Daria mit dem Koch – dem menschgeborenen, nicht mit dem, den sie von der Bergfestung mitgebracht hatte und der zum Gehilfen abgestiegen war.

»Morgen wird der Baron hier speisen«, erklärte sie ihm. »Ich dachte, es könnte angenehm für ihn sein, ein wenig aus seiner traurigen Umgebung herauszukommen.«

Nachdem ihm den ganzen Tag die Kinder nicht aus dem Kopf gegangen waren, fragte Weiland so beiläufig wie möglich: »Werden die Kinder des Barons auch hier sein?«

Daria saß vor ihrem Webstuhl, den man ihr nach dem Essen gebracht hatte, und blickte unvermittelt auf. Hatte sie Verdacht geschöpft? Angelegentliche Plaudereien waren in Darias Halle nicht üblich.

»Nein«, antwortete sie, und ihre Stimme klang höchst verärgert. »Kinder begleiten Erwachsene zu solchen Einladungen für gewöhnlich nicht.« Damit wandte sie sich wieder dem Koch zu und nannte ihm mehrere Gäste, unter anderem zwei Cousinen Geoffreys und Johannas Bruder, die ebenfalls zum Essen geladen waren. Shiles Name fiel nicht. Wahrscheinlich war sie nie mit ihm bekannt gemacht worden – er war nicht wohlhabend und gereichte der Familie nicht zur Ehre.

»Ja, Herrin«, sagte der Koch mit einer tiefen Verbeugung. »Ich werde alles vorbereiten.«

»Und zwar bestens«, betonte Daria, denn sie würde zum erstenmal die Gastgeberin sein.

»Ja, Herrin«, wiederholte der Koch.

Daria arbeitete schweigend an dem Wandteppich,

den sie während der ersten Woche in St. Celia's begonnen hatte. In der Festung hatte Weiland sie nie handarbeiten sehen, aber sie mußte es wohl irgendwann in der Vergangenheit gelernt haben. Ihrem Gesichtsausdruck nach zu urteilen, machte es ihr nicht sonderlich Spaß, und Weiland konnte sich nur denken, daß sie es tat, weil menschgeborene Damen derlei Zeitvertreib pflegten.

Bess und Blanche kämmten Wolle – eine stumpfsinnige Arbeit, die kein Nachdenken erforderte und für ihre flinken Finger gut geeignet schien.

Der neue Llewellur spielte Flöte: eine eintönige, traurige Melodie, die Weiland unruhig machte. Die Mitglieder des Trupps reparierten und polierten Waffen und Rüstungen. Zwar hatten sie nur die besten Stücke mitgebracht, und weder Männer noch Waffen waren seit der Ankunft in der Stadt sonderlich beansprucht worden, aber es gab sonst nicht viel zu tun. Tagsüber erlaubte Daria Trinken und Spielen, aber abends hatte sie gern ihre Ruhe.

»Das reicht für heute«, sagte Daria zu einem der Bediensteten, der den Boden unter den Tischen schrubbte. »Morgen gibt es genug Arbeit, ruht euch heute nacht aus. Komm raus – du und deine Kameraden, ihr könnt heute nacht in der Küche schlafen, damit wir euch nicht stören. Das Saubermachen erledigt ihr dann morgen früh.«

»Danke, Herrin.«

Welch ungewohnte Rücksichtnahme.

Die zu allem Überfluß keinerlei Sinn ergab. In der Küche würde es mit den Vorbereitungen für morgen hoch hergehen, dort würde man mit Sicherheit schlechter schlafen als in der Halle.

Als der letzte Dienstbote verschwunden war, arbeitete Daria noch eine Weile stumm weiter, dann sagte sie, leise und ohne vom Webstuhl aufzublicken:

»Woher rührt diese plötzliches Anteilnahme an den Kindern des Barons?«

Die Truppmitglieder tauschten rasche, unruhige Blicke, und das Schweigen war so greifbar, als wäre es ein eigenes Ding im Raum, trotz Llewellurs Flötenspiel, dem Knistern des Feuers im Kamin und dem Surren und Klappern des Webstuhls.

»Es gibt keine besondere Anteilnahme«, erwiderte Weiland. Er war ein Narr. Das hatten Daria und Kedj ihm oft genug gesagt, die Ereignisse hatten ihnen immer wieder recht gegeben, und dieser Vorfall war lediglich eine weitere Bestätigung. *Es geht dich nichts an*, sagte er sich.

Surr. Klapp.

Surr. Klapp.

Daria vollendete zwei weitere Reihen ihrer Webarbeit. Und eine dritte. Und eine vierte.

Gerade als Weiland Hoffnung schöpfte, daß seine Antwort doch genügt haben könnte, sagte Daria: »Gut. Ich hasse den Gedanken, das Stadtleben hätte dich schwach gemacht. Und wertlos.«

Surr. Klapp.

Surr. Klapp.

Was würde ein Mann darauf erwidern, wenn er nichts zu verbergen hatte – mit Schweigen oder mit einer Erklärung?

»Ich habe mich noch nicht vollständig an die Sitten und Gebräuche in der Stadt gewöhnt«, sagte er schließlich.

Die Worte klangen hohl, selbst in Weilands eigenen Ohren.

Schweigen. Schweigen wäre die richtige Reaktion gewesen.

»Du glaubst, ich bin hart«, sagte Daria. Was jetzt? Den Vorwurf bestätigen oder widersprechen? Doch sie fuhr fort, ohne eine Antwort abzuwarten: »Die Verhältnisse sind nicht anders als in den Bergen. Dort haben wir uns genommen, was wir wollten, und haben die getötet, die uns im Weg standen. Johanna d'Akil stand mir im Weg, denn ich will – jedenfalls zur Zeit – ihren Ehemann. Die Kinder stehen mir – jedenfalls zur Zeit – nicht im Weg.«

Weiland versuchte, seine Erleichterung nicht zu zeigen, sondern ein möglichst neutrales Gesicht aufzusetzen. Bis jetzt wenigstens beschäftigte sich Daria mehr mit ihrer Weberei als mit ihm.

»Ich bin es nicht gewohnt, und es gefällt mir auch nicht, mich vor denen rechtfertigen zu müssen, die ohne meinen guten Willen nicht einmal existieren würden.«

»Herrin …«

Sie blickte noch immer nicht auf. »Sei still. Ich habe viel Zeit und Arbeit auf dich gewendet. Bis zu einer gewissen Grenze denke ich: ›Nun, das alles soll nicht umsonst gewesen sein.‹ Aber inzwischen näherst du dich der Grenze, an der ich denke: ›Genug ist genug.‹«

Unschuldsbeteuerungen würden nicht helfen. Deshalb antwortete er schlicht: »Ja, Herrin.«

»Wenn ich dir befehle, diese Kinder bei lebendigem Leib zu verspeisen, während du dich in menschlicher Gestalt befindest, *so wirst du mir ohne Widerrede gehorchen.*«

»Ich verstehe, Herrin.«

Nun hatte sie sich schließlich doch von ihrem Webstuhl abgewandt und musterte Weiland, als überlegte sie, wieviel er ihr noch wert war.

In die Stille drang plötzlich ein scharrendes Geräusch von oben, kleine Steinchen, die von der Dachschräge kullerten und im Hof unten aufschlugen, als wäre jemand aufs Dach geklettert und auf einen zerbrochenen Ziegel getreten – das erkannte Weiland, ohne lange darüber nachdenken zu müssen.

»Still!« befahl Daria in einem Flüsterton, der Weiland durch Mark und Bein ging wie einer ihrer Zaubersprüche.

Weiland und Parn waren sofort aufgesprungen, Melor folgte ihrem Beispiel einen Augenblick später, aber Daria gebot ihnen mit erhobener Hand Einhalt. Sogar Llewellur, der keinerlei Kampfübung hatte und dem dieses ganze Leben völlig neu war, schien die Luft anzuhalten.

Zweifellos tat der Kletterer auf dem Dach das gleiche.

»Llewellur, spiel weiter«, sagte Daria dann, lauter als nötig und so leichthin, als hätte er das vorige Lied bis zum Ende gespielt und nicht mitten im Ton abgebrochen. Sie bedeutete ihm fortzufahren – aber leise. Dann beugte sie sich vor und flüsterte den sechs Männern des Trupps zu: »Antwortet ehrlich: Hat einer von euch etwas getan, was Verdacht erweckt haben könnte?«

Tiefernst schüttelten alle den Kopf, selbst Bess und Blanche, die doch fast immer in Darias Nähe waren. Selbst Llewellur, der so gut wie nie aus dem Haus ging. Doch Daria blickte direkt zu Weiland.

»Dann handelt es sich wahrscheinlich eher um einen Dieb als um einen Spion?«

Beim Wort *Dieb* lief es Weiland kalt über den Rücken. Melor sah ihn an und meinte: »Dein Freund.«

»Welcher Freund?« Darias Stimme schwoll an.

»Er ist nicht mein Freund.« Weiland schüttelte heftig den Kopf. Bestimmt besaß Shile mehr Verstand. »Nur ein Mann, mit dem ich mich heute nachmittag in der Taverne unterhalten habe.«

Wieder kam von oben ein Geräusch, das sich nun aber zum rückwärtigen Teil des Hauses zurückzog. Wer auch immer da oben sein mochte, war offenbar zu dem Schluß gekommen, daß man ihn nicht gehört hatte, und daß es besser war, sich behutsam zurückzuziehen, statt eine überhastete Flucht anzutreten.

»Er heißt Shile Costat«, flüsterte Melor Daria zu. »Er hat eine Menge Fragen gestellt. Und er ist ein Dieb.«

»Es wäre schon möglich«, räumte Weiland ein. Es konnte auch sein, daß Shile beschlossen hatte, auf eigene Faust mehr herauszufinden, weil Weiland ihm nicht genug verraten hatte. Aber etwas Derartiges zuzugeben, wäre das Todesurteil für Shile.

Daria erhob sich, hielt wieder die Hand hoch und deutete auf Llewellur, Bess, Blanche und drei Männer des Trupps – sie sollten in der Halle bleiben. Weiland, Melor und Parn nahm sie mit sich in die Küche.

»Geht«, sagte sie zu den mensch- und tiergeborenen Dienstboten. »Und zwar augenblicklich.« Einer versuchte noch schnell einen Topf vom Feuer zu nehmen. »*Verschwinde*«, fuhr sie ihn in einem Ton an, den die Menschgeborenen bisher nicht von ihr gehört hatten.

Noch während sie aus dem Raum hasteten, riß Daria die Hintertür auf. Nun mußte dem Eindringling klar sein, daß er doch ertappt worden war. Man hörte genau über ihnen Stiefel auf den Ziegeln scharren. Sicher hatte er diese Stelle ausgewählt, um herunterzuklettern – wahrscheinlich war er hier auch hinaufgestiegen –, denn sie lag am Garten, geschützt vor der Straße und doch leicht zugänglich.

Falls Daria eine Bewegung machte, war sie zu schnell für Weilands Wahrnehmung, aber er spürte ein Schimmern in der Luft – und da verlor die Person auf dem Dach den Halt und rutschte Hals über Kopf den Rest der Dachschräge herunter. Aber es war ein rundlicher, fester Körper, der schließlich mit einem dumpfen Schlag auf dem Boden gleich rechts neben der Tür aufprallte – bleicher und kleiner als ein Mensch, ganz anders geformt. Das Wesen quiekte verängstigt und flüchtete auf allen vieren in die Dunkelheit. Stiefel und dunkle Männerkleidung fielen ihm vom Dach hinterher.

Und dann tat Daria noch etwas, etwas, was Weiland mit allen Fasern seines Körpers vertraut und verhaßt war. Er fiel nach vorn auf seine Hände, die sich in Pfoten verwandelten; der Hof verschwamm vor seinen Augen und wurde dann plötzlich glasklar. Zwar war alles seiner Farben beraubt, aber im Mondlicht so scharf erkennbar wie bei Tage. Weilands letzter menschlicher Gedanke war, daß Schweine für gewöhnlich nicht von oben herabfielen. Aber ein Wolf erkennt den Geruch seiner Beute, wenn er ihm in die Nase steigt.

Kapitel 17

Abermals veränderte sich die Welt. Jemand stemmte Weiland ein Knie ins Kreuz und preßte ihn zu Boden, jemand anderes saß auf seinen Beinen. Er war ein Wolf gewesen – er erinnerte sich genau an die Verwandlung –, aber jetzt hatte er wieder menschliche Gestalt, und auch dieser Verwandlung war er sich vage bewußt. Der Zeitraum dazwischen entzog sich der Beschreibung mit menschlichen Worten, es waren Wolfsempfindungen: Vielleicht blieben sie ihm von einer Verwandlung zur nächsten im Gedächtnis, aber sie ließen sich nicht in Menschenbegriffe fassen.

Aber man hatte ihn gefangengenommen – soviel war klar, denn er sah Hände, die ihn festhielten. Er versuchte, den Mann von seinem Rücken zu werfen, aber er konnte sich weder aufbäumen noch zur Seite rollen; außerdem hatte der Mann auch noch seine Schultern fest im Griff.

»Weiland!« rief eine Stimme, ein dringliches Wispern dicht an seinem Ohr. Nicht zum erstenmal. Jetzt wurde ihm bewußt, daß die Stimme seinen Namen schon mehrmals gerufen hatte. Jemand wollte auf sich aufmerksam machen, ohne jedoch die Stadt zu wecken.

Er lag still, blieb aber wachsam, falls er sich in einem Moment der Unachtsamkeit losmachen konnte.

»Weiland.« Es war Parns Stimme.

Parn war ihm nicht unbedingt wohlgesonnen, aber Weiland erinnerte sich, daß Daria Parn und Melor mit ihm in die Küche geholt hatte, ehe sie ihn verwandelte. Sie waren ausgeschickt worden, um ihn einzufangen und zu Daria zurückzubringen, damit er nicht nackt durch die Straßen von St. Celia's irrte.

Weiland wußte auch noch, daß das Schwein eigentlich gar kein Schwein gewesen war; seine Hände waren verklebt, und er schmeckte Blut. *Shile*, dachte er voller Entsetzen. *Was habe ich getan?* Doch er wußte genau, was er getan hatte, und die Galle stieg ihm in die Kehle, ohne jedoch den Blutgeschmack zu überdecken.

»Weiland!« Parn – der von einem Vielfraß abstammte – hatte nicht viel Geduld und versetzte Weiland eine Kopfnuß, um sicherzugehen, daß er zuhörte. »Gehen wir«, zischte er. »Du hast genug Lärm veranstaltet, die dummen Menschgeborenen werden jeden Moment hier sein.«

Wie auf ein Stichwort veranstaltete Weiland noch mehr Lärm – indem er sich übergab.

Parn erhob sich von Weilands Rücken, Melor ließ seine Beine los und stand ebenfalls auf. Die beiden hatten auf ihren Ausflügen in die Tavernen allerlei Menschenflüche gelernt, die sie jetzt anbrachten.

Kein rohes Fleisch. Anscheinend war er mit Zähnen und Krallen auf Shile losgegangen, aber wenigstens … Er konnte nicht aufhören zu zittern. Wenigstens …

Es war *dumm* von Shile gewesen, Daria auszuspionieren. Er hatte selbst schuld. Wenn er herausfinden wollte, was seiner Cousine Johanna d'Akil wirklich zugestoßen war, wen wunderte es da, daß ihn dasselbe Schicksal ereilte?

Aber das waren die Ausflüchte eines Feiglings. Niemand hatte Shile gewarnt. Niemand hatte ihm gesagt, wie gefährlich Daria sein konnte.

Es ist meine Schuld, dachte Weiland. Nicht seine. Ich hätte es verhindern können.

Parn und Melor zerrten ihn auf die Beine. Einer legte ihm eine Decke über die Schultern. Selbstverständlich hatte Daria die Geistesgegenwart besessen, ihnen eine Decke mitzugeben, für den Fall, daß sie auf dem Heimweg jemandem begegneten.

»Ist er tot?« flüsterte Weiland. Gleich neben der Stelle, wo Parn und Melor ihn zu Boden gerungen hatten, konnte er etwas ausmachen, was wahrscheinlich die Überreste einer Wolfsmahlzeit waren, aber im Dunkeln waren seine Menschenaugen nicht viel nütze.

»Der Mensch?« fragte Parn zurück. »Natürlich ist er tot, du Narr. Daria hat gesagt, sie verwandelt ihn zurück, wenn sie spürt, daß er tot ist.«

Sie konnte also den Tod derer fühlen, die sie verwandelt hatte, und befahl dennoch, sie zu ermorden.

»Weiland«, sagte Melor und schüttelte ihn.

Lichter gingen an, sie hörten, wie Türen und Fensterläden aufgestoßen wurden. Aber sie waren nicht allzuweit von zu Hause entfernt.

Parn und Melor führten Weiland zurück zu Darias Wohnstätte; dort brachten sie ihn auf den Küchenhof und schütteten ihm einen Eimer Wasser nach dem anderen über den Kopf, so kalt, daß er jedesmal glaubte, es wäre sein sicherer Tod. Was nur passend wäre, dachte er, denn er hatte einen Menschen getötet, von dem man beinahe hätte sagen können, er sei sein Freund.

Bestimmt waren die letzten Güsse pure Boshaftigkeit – Blut und Erbrochenes waren längst weggewaschen und im Boden versickert –, aber endlich brachten Parn und Melor ihn hinein, tropfnaß und noch immer in die durchweichte Decke gehüllt. Melor hob die inzwischen ebenfalls triefenden Sachen auf, die bei der Verwandlung in Schwein und Wolf liegengeblieben waren, und knüllte sie so zusammen, daß es für jeden, der ihnen über den Weg lief, aussehen mußte, als wären es die Kleider eines einzelnen.

Die Kerzen in der Halle waren höchstens eine Viertelstunde weiter abgebrannt, seit sie das erste Scharren auf dem Dach gehört hatten.

Daria saß wieder an ihrem Webstuhl. Als die drei hereinkamen, stand sie auf und trat dabei den Schemel um, als wäre sie zornig. Doch Weiland kannte Darias Zorn nur allzugut, und er wußte, daß sie es nur den Dienstboten zuliebe tat, die irgendwo in der Nähe waren und sich fragten, was der nächtliche Aufruhr bedeutete.

Noch immer hatte das Zittern nicht aufgehört, aus vielerlei Gründen.

Sie kann Menschgeborene in Tiere verwandeln. Das wußte er seit dem Tag am Teich, seit Johannas Tod, dennoch ging ihm der Gedanke nicht mehr aus dem Kopf: *Sie kann Menschgeborene in Tiere verwandeln.*

»Bist du jetzt wieder einigermaßen nüchtern?« fragte sie mit lauter Stimme. »Ich kann solche Unverschämtheiten nicht mehr dulden, auch nicht mit der Ausrede, daß das Bier deine Zunge lockert. Wage nicht, mir noch einmal so betrunken unter die Augen zu treten!«

»Nein, Herrin«, beteuerte Weiland schwach. Es klang unterwürfig, aber das Lügengespinst, das Daria damit aufbaute, schmerzte deshalb nicht weniger.

»Schlaf deinen Rausch aus«, befahl Daria. »Und geh mir die nächsten Tage aus dem Weg.«

Nichts auf der Welt hätte Weiland lieber getan.

* * *

Da er ohnehin bei Daria in Ungnade gefallen war und sich entsprechend benehmen mußte und es außerdem an diesem Vormittag kein Exerzieren gab, blieb Weiland liegen, als die anderen sich anzogen und die Halle verließen. Erst als Royce hereinkam, um nach ihm zu sehen, setzte er sich auf.

Royce war der Älteste der Dienstboten und hatte

sein Lebtag bei der Familie de Gris gearbeitet, erst für Darias Großvater, dann für Lord Robert, den alle Welt für Darias Großvater hielt. So alt er auch war, kümmerte er sich aufopfernd um das Wohlergehen der anderen: Weiland hatte ihn oft Frieden stiften sehen, wenn Dienstboten sich stritten, er klärte Mißverständnisse, bügelte Fehler aus, ehe sie Daria zu Ohren kamen. Er war es auch gewesen, der in der ersten Woche Vater Hadden Heallstede gerufen hatte, um Weiland beizustehen. Jetzt brachte er Weiland ein Getränk, das warm und schaumig war und nur ein bißchen eklig roch. Es sei ein gutes Heilmittel für jemanden, der zuviel Bier getrunken hatte, erklärte Royce.

Da Daria diese Lügengeschichte in die Welt gesetzt hatte, wagte Weiland nicht, sie zu entlarven, indem er das Gebräu verweigerte. Es schmeckte so unangenehm wie es aussah und roch.

»Heute früh gibt es große Aufregung in der Stadt«, berichtete Royce, als Weiland zwischen zwei Schlucken innehielt. »Zwei Straßen entfernt hat man letzte Nacht einen Toten gefunden, und stell dir vor, er ist von einem Wolf zerrissen worden.«

Das zu hören, war schlimmer als erwartet. Weiland nahm noch einen ausgiebigen Schluck, um sich nichts anmerken zu lassen.

Offenbar hatte Royce erwartet, daß Weiland die Nachricht überraschter aufnehmen würde, denn er fuhr fort: »Eigentlich kann ein Wolf gar nicht über die Stadtmauer gelangen.« Als Weiland noch immer nichts erwiderte, fuhr er fort: »Und was es auch gewesen sein mag – ob ein Wolf oder irgendeine andere Kreatur – es ist spurlos verschwunden.«

»Das ist sonderbar«, pflichtete Weiland dem alten Mann nun bei, da dies der Kern des Rätsels zu sein schien. »Vielleicht hatten die Wölfe dieses Jahr einen ungewöhnlich harten Winter.« Das hatten die Leute auch bei Johannas Tod gesagt.

»Das muß ein sehr harter Winter gewesen sein«, stimmte Royce zu, »wenn der Wolf sogar die Kleider des Mannes gefressen hat.«

Weiland hielt die Trinkschale hoch, als leere er sie bis zur Neige, dabei hatte er die letzten Tropfen längst intus. Über diese Schwierigkeit hatte er sich bisher keine Gedanken gemacht. Gewiß hatte Daria sie bereits bedacht – und die Kleiderfrage aus irgendeinem Grund vernachlässigt. »Waren vielleicht Diebe am Werk?« meinte er.

Royce schüttelte den Kopf. »Möglich wär's schon, schließlich war der Mann selbst ein stadtbekannter Dieb. Vielleicht hat er die falschen Leute verärgert. Aber der Wundscher sagt, daß die Wunden eindeutig von Wölfen stammen.«

»Womöglich haben Diebe versucht, es so aussehen zu lassen?« gab Weiland zu bedenken.

»Eine Frau meint, es war ein Dämon«, sagte Royce.

»Ein Dämon?« Weiland wußte nicht genau, was das Wort bedeutete.

»Sie sagt, sie hat ihre Tür einen Spaltbreit aufgemacht, und in diesem Moment hat die Kreatur von dem Toten abgelassen – ohne ihn zu fressen übrigens, was einem Wolf gar nicht ähnlich sieht. Diese Frau hat erzählt, daß der Mörder aufrecht weggegangen ist wie ein Mensch, nur war er viel größer und fast so breit wie die Straße. Er hatte bloß zwei Arme, aber drei Köpfe und eine Menge Beine.«

»Eine Menge Beine«, wiederholte Weiland. Jemand mußte beobachtet haben, wie Melor und Parn ihn weggeschleppt hatten. Aber gewiß würden die braven Bürger von St. Celia's einer Geschichte von einem dreiköpfigen Ungeheuer keinen Glauben schenken.

Royce schüttelte wieder den Kopf. »Es ist ein Vierteljahrhundert her, seit hier solche grauenhafte Dinge geschahen«, bemerkte er.

Weiland konnte sich absolut keinen Reim darauf machen. »Grauenhafte Dinge?«

Die Frage schien Royce aus tiefen Gedanken aufzuschrecken. »Magie«, sagte er bedeutungsvoll. »Glaub mir, da ist Magie im Spiel.«

»Was ist denn vor fünfundzwanzig Jahren geschehen?« fragte Weiland.

»Es gab da einen Stallburschen, der bei Lord de Gris gearbeitet hat. Ein junger Mann, aber wir hatten den Verdacht, daß er sich mit den alten Sitten und Gebräuchen auskannte.«

»Mit Magie?« riet Weiland.

Royce nickte. »Alles, was er tat, konnte er immer ein bißchen zu gut: Er brachte die Stuten auch bei den schwierigsten Geburten durch, er heilte die Tiere von den schlimmsten Koliken, er machte sie wieder gesund, obwohl sie, wenn es mit rechten Dingen zugegangen wäre, eigentlich ihr Lebtag hätten lahmen müssen. Ja, wir glaubten, daß er sich der Magie verschrieben hatte, aber da er sie nie zum Schlechten nutzte, ließen wir ihn gewähren. Aber Lady Darias Großmutter, Lady Edwina, begann sich Sorgen zu machen. Ihre Tochter, die ältere Lady Daria also, zeigte ihrer Meinung nach allzu großes Wohlgefallen an dem jungen Mann, sowohl für sein Wissen und seine Heilkunst als auch …« – Royce legte den Finger an die Nase –, »… als auch aus anderen Gründen.«

Weiland vermutete, daß die Geste etwas Bestimmtes bedeutete, da sie ihm absichtlich eingesetzt schien, aber er verstand weder sie noch das, was Royce andeutete. »Aus anderen Gründen?« wiederholte er.

»Er war ihr Liebhaber«, erklärte Royce eine Spur ungeduldig.

Aber die Leute von St. Celia's irren sich um eine Generation, dachte Weiland, wenn sie denken, daß Daria nur so alt ist, wie sie aussieht. Diese Edwina wäre in Wirklichkeit Darias Mutter, und es gab nur eine Lady Daria.

»Deshalb beschloß Lady Edwina, den Jungen wegzuschicken. Aber in der Nacht, als sie ihre Absicht bekannt machte, fand man sie in ihrem Zimmer, in ihrem eigenen Blut. Sie lebte noch – die ganze Nacht dauerte ihr Todeskampf –, aber als man sie hochhob, waren ihre Glieder vollkommen schlaff. Nicht schlaff wie im Schlaf oder bei einem Menschen, der gerade erst gestorben ist, sondern – so erzählt man sich – als hätte sie keine Knochen mehr im Leib.«

Es war zu spät gewesen, vermutete Weiland. Daria hatte anscheinend bereits gelernt, was sie über die Heilkunst und ihr Gegenstück, die Zerstörung, zu wissen brauchte. Weiland überlegte, warum sie keinen Zauber eingesetzt und Lady Edwina verwandelt hatte – ob sie damit vielleicht erst später begonnen hatte? »Was geschah mit dem Stallburschen?«

»Er hat natürlich jede Schuld von sich gewiesen, aber niemand hat ihm geglaubt.« Royce schüttelte abermals den Kopf. »Ich weiß noch, daß er sich an Lady Daria gewandt hat – als müßte sie ihn verteidigen, wo doch ihre Mutter im Sterben lag! ›Ich schwöre bei allem, was heilig ist, daß ich es nicht getan habe‹, sagte er, und kaum waren die Worte aus seinem Mund, da griff er sich an die Brust, verdrehte die Augen und stürzte tot zu Boden« – Royce machte eine Geste, die man Bekreuzigen nannte –, »denn er hatte Gott gelästert.«

Wohl eher war er drauf und dran gewesen, Daria zu beschuldigen, dachte Weiland.

Hatte ihr Vater einen Verdacht gehegt? Hatte Daria deshalb St. Celia's verlassen, weil ihr Vater sie weggejagt hatte – weil er es nicht übers Herz brachte, seine eigene Tochter anzuklagen, aber genau wußte, daß diese seine Frau getötet hatte? Nun war niemand mehr da, der ihr gegenüber einen Verdacht hegen konnte, denn sie erschien viel zu jung, um etwas mit den damaligen Ereignissen zu tun gehabt zu haben. Jetzt hielten sie alle für ihre eigene Tochter.

Keiner verdächtigte eine Frau so leicht, die eigene Mutter umgebracht zu haben.

Oder einen Dieb zu ermorden, den sie nicht einmal kannte.

Oder drei hilflose kleine Kinder.

Kapitel 18

Weiland verließ das Haus, nur um irgend etwas zu tun, und ihn erfüllte eine nie gekannte Sehnsucht nach Kedjs Kampfunterricht, der einem weder Zeit noch Kraft zum Nachdenken ließ. Er wäre gern gerannt, auf einen Baum gestiegen, in einem Bach geschwommen, er hätte liebend gern den Nachhauseweg von irgendeiner entlegenen Stelle gesucht.

Er wollte irgend etwas tun, um nicht dauernd daran denken zu müssen, wie er die Hände um Darias Hals legte.

Dabei war es sowieso nur eine unnütze Phantasievorstellung – sie würde mit ihrem Zauber zurückschlagen. Dann würde er ganz, ganz langsam sterben, und am Ende würde sie genauso weitermachen wie bisher.

Es war ein schöner Tag, und viele Tavernenbesitzer hatten kleine Tische und Stühle ins Freie gestellt, damit die Menschen die helle Sonne und die milde Luft genießen konnten. Weiland hatte kein Verlangen nach Gesellschaft, aber als er am *Wilden Eber* vorüberkam, vernahm er eine vertraute Stimme von einem der Tische am Rand: »Nein, das gehört mir. Die Hälfte von dem Geld, das *du* gegeben hast, kriegt Josef, denn der hat vorhin zuviel hingelegt, und dieser Haufen hier ...«

»Nein«, mischte sich eine andere Stimme ein, »du betrügst mich. Du betrügst uns alle.« Inzwischen hatte Weiland den Tisch ausgemacht, an dem der Streit stattfand.

Es ist bloß einer, der ähnlich spricht wie er, versuchte er sich einzureden, jemand anderes, der auch soviel Wirbel um das Aufteilen der Zeche macht, daß die anderen schließlich seine Kosten übernehmen und er noch einen Gewinn nach Hause bringt.

Aber es war kein anderer. Es war Shile.

Er saß an einem kleinen runden Tisch mit drei anderen Männern, großen Kerlen, gefährlich und bis an die Zähne bewaffnet – sie hätten glatt Kedjs Brüder sein können. Ihr Anblick zerstörte fast die Freude darüber, daß Shile noch am Leben war.

»Glaubst du vielleicht, wir sind Idioten?« fuhr der Riese fort, der soeben gesprochen hatte. Er hatte Shile vorn am Hemd gepackt – er selbst trug nichts am Oberkörper, obwohl es *so* warm nicht war.

»*Ich* glaube«, meinte einer der anderen und hielt Shile einen langen Dolch an die Gurgel, »*du* bist der Idiot.« Eine runzlige Narbe, die sich quer über seine Wange zog, zeigte, daß dies nicht sein erster Streit war.

»Niemand hat irgendwas von Idioten gesagt«, lenkte Shile ein. »Hier, zählen wir das Geld noch mal nach. Vielleicht habe ich ...«

»Vielleicht solltest du für uns alle bezahlen«, meinte der mit dem Messer. »Ist es das, was du sagen wolltest?«

Der Mann, der bisher geschwiegen hatte, fing an, das ganze Geld einzustreichen. »Fangen wir noch mal von vorn an«, schlug er vor.

Seht zu, daß ihr euch keinen Ärger einhandelt, schärfte ihnen Daria fast jeden Morgen ein. *Haltet euch aus den Stadthändeln heraus*.

Auch die Leute an den anderen Tischen beschäftigten sich angestrengt damit, nicht zu bemerken, daß es Streit gab, und der Wirt der Taverne – der herbeigeeilt war, um nachzusehen, was die lauten Stimmen zu bedeuten hatten – drehte sich wieder um und zog sich zurück, als er das Messer entdeckte. Wahrscheinlich hielten die drei Kerle Weiland für einen Schaulustigen, der nahe genug stand, um etwas zu sehen, und weit genug weg, um die Flucht zu ergreifen, falls die Lage brenzlig wurde. Niemand schien ernsthaft zu erwarten, Shile bekäme Hilfe – am allerwenigsten dieser selbst.

Seht zu, daß ihr euch keinen Ärger einhandelt, wiederholte Darias Stimme in Weilands Kopf.

Aber Shile lebte, entgegen aller Befürchtungen! Jedenfalls im Moment noch.

»Schaut mal ...«, begann Shile, geriet ins Stocken und bewies damit, daß er durchaus nicht immer so beredt war, wie Weiland glaubte.

»Gib uns einfach dein ganzes Geld«, schlug der Mann mit dem Messer und der Narbe vor.

»Was da auf dem Tisch liegt, ist alles, was ich habe«, begehrte Shile auf.

»Das tut mir aber *sehr* leid«, meinte der, der Shiles Hemd festhielt. Dann umfaßte er mit der anderen Hand unsanft Shile Kinn, damit ein größeres Stück Hals für das Messer seines Kameraden bloßlag.

Wenn du dein Vorrecht als Anführer nicht jeden Tag von neuem im Kampf beweisen willst, hatte Kedj einmal zu Weiland gesagt, *dann empfehle ich dir einen einzigen niederschmetternden Akt der Gewalt, um von Anfang an deine Absichten klarzustellen*. Eine ähnliche Methode, wie Kedj sie anwandte, wenn der Trupp sich von den Hügeln herab auf eine arglose Karawane stürzte: Man überzeugte die Angegriffenen augenblicklich davon, daß jeder Widerstand zwecklos war.

Dennoch sah er keinen Weg, wie er den Grundsatz *Seht zu, daß ihr euch keinen Ärger einhandelt* jetzt mit einem *einzigen niederschmetternden Akt der Gewalt* unter einen Hut bringen sollte.

Die schlimmste Gefahr ging von dem Mann aus, der sein Messer an Shiles Kehle hielt. Aber seine Linke lag flach auf dem Tisch, offen, einladend. Blitzschnell trat Weiland zwischen ihn und den Mann, der bereits das eingezogene Geld zählte. Dieser schaute auf, und Weiland packte ihn mit der linken Hand an den Haaren und schlug ihn mit dem Gesicht auf den Tisch, während er gleichzeitig mit seiner rechten sein Messer in die linke Hand des Narbenmannes hieb und ihn mit dieser Hand buchstäblich an den Tisch pflockte.

Mit einem Aufschrei – Überraschung, gemischt mit Schmerz und Wut – ließ der Mann seinen Dolch fallen, genau das, worauf es Weiland abgesehen hatte: Er stand schon bereit, um ihn aufzufangen. Als der Mann nach Weilands Messer griff, stieß Weiland ihm den Dolch in den rechten Arm, kurz über dem Handgelenk, und nagelte auch diesen an den Tisch.

Unterdessen hatte der Mann ohne Hemd Shile losgelassen und seinen Hocker weggeschoben, um aufzustehen. Shile, der sich besser auf Worte denn auf Taten verstand, war zurückgetaumelt und steuerte bisher noch nichts Nützliches zu seiner Verteidigung bei. Deshalb mußte sich Weiland nun erst die Zeit nehmen, seinen Ellbogen in die Nase des ersten Mannes zu rammen, der soeben sein blutverschmiertes Gesicht von der Tischplatte hob.

Dann packte er den Mann mit dem nackten Oberkörper an den Haaren und zerrte ihn auf den mit einem Mischmasch aus Blut, Bier und Brotkrümeln besudelten Tisch. Blitzschnell riß er sein Messer aus der Hand des Mannes, den er an den Tisch gepflockt hatte – die Sehnen waren durchtrennt, so daß dieser das Messer nicht aus der anderen Hand ziehen konnte – und hielt die Spitze einen Fingerbreit unter das Auge des letzten. »Willst du wirklich mit mir kämpfen?« fragte er, ohne die Stimme zu heben. »Oder willst du dich lieber um deine Kameraden kümmern?«

Die Wange auf der Tischplatte, hob der Mann die Hände, um zu zeigen, daß er aufgab. »Ich will nicht kämpfen«, versicherte er.

Das einfachste wäre gewesen, ihn umzubringen, denn er konnte sich nach Weiland erkundigen und ihm später auflauern. Aber es gab Zeugen, die Weiland bei den Behörden beschreiben konnten, wenn er den Mann tötete. Und wenn Daria sich schon ärgerte, wenn Parn eine Schlägerei vom Zaun brach, was würde sie dann erst zu einem Mord sagen? Unterdessen würde sie dann auch noch herausfinden, daß Shile mit in der Sache steckte, und wenn sie erst einmal wußte, daß er noch lebte …

Weiland zögerte, und nun endlich hatte sich Shile erholt. »Ihr solltet ernsthaft in Erwägung ziehen, St. Celia's zu verlassen«, wandte er sich an die übel Zugerichteten. »Ich kenne die Brüder dieses Mannes, und ich kann euch versichern, der hier ist nur der Kleinste von ihnen – und der Netteste. Mit den anderen würdet ihr euch ganz bestimmt nicht anlegen wollen.«

»Das werden wir auch nicht«, versicherte der Mann, den Weiland in Schach hielt. Die anderen beiden stöhnten zustimmend.

Weiland richtete sich auf – jederzeit darauf gefaßt, daß die drei nur gelogen hatten –, während Shile das Geld vom Tisch einsammelte. Auch als sie sich von der Taverne und der Menge, die sich zusammengefunden hatte, entfernten, blieb er wachsam, aber die drei Männer schienen tatsächlich genug zu haben.

»Steck das Messer lieber weg«, riet Shile, als sie nebeneinander durch die Straßen wanderten. »Du fällst auf.«

Zwar ging es Weiland gegen den Strich, ein Messer in der Scheide zu verstauen, bevor es ordentlich gereinigt war, aber er sah ein, daß Shile recht hatte, und steckte es wenigstens in den Gürtel.

»Danke«, sagte Shile. An seinem Ton hörte man, daß er damit nicht das Wegstecken des Messers meinte.

»Diesmal war deine Hilfe offensichtlich nicht unbeabsichtigt.«

»Ich dachte, du wärst tot«, platzte Weiland heraus, bevor er sich überlegt hatte, daß eine solche Bemerkung ihm einige Erklärungen abverlangen würde.

In einem Ton, den Weiland nicht einschätzen konnte, entgegnete Shile: »Ach ja?«

Vielleicht glaubt er, ich meine, er wäre gerade eben dem Tod nur um Haaresbreite entronnen, dachte Weiland.

Aber ehe er sich eine Antwort auf diese Annahme zurechtgelegt hatte, sagte Shile: »Ich hab es gesehen. Letzte Nacht.«

Verrate nichts. »Was hast du gesehen?« fragte Weiland.

Shile blieb einen Moment stehen und sah ihm lange und fest ins Gesicht.

Alles. Er hat alles gesehen.

Shile ging weiter. »Ich habe gedacht: ›Mit Lady Daria de Gris und ihrem Haushalt stimmt irgendwas nicht‹«, sagte er. »Aber ich wußte nicht, was. Da habe ich mir vorgenommen, Nachforschungen anzustellen. Hören, was ich hören konnte, sehen, was ich sehen konnte. Entscheiden, ob ich eingreifen wollte, falls die Lage der Dinge es erforderte. Ich betrat das Anwesen und habe mich nach hinten geschlichen. Aber anscheinend war vor mir schon jemand auf denselben Einfall gekommen. Jedenfalls auf den Teil mit dem Einbruch. Ich kenne... das heißt, ich kannte den Mann. Sein Name war Durward. Er war nicht neugierig auf Geheimnisse. Nur auf das, was er in einer Nacht hätte wegtragen können.« Shile schüttelte den Kopf. »Durward hatte schon immer mehr Selbstvertrauen als Geschick. Auf dem Weg zu den Gemächern der Lady ist er ausgerutscht. Ich habe gesehen, wie die Hintertür aufging, und glaubte, sie würde euch drei aufs Dach schicken, um ihn zu fangen.«

Sie verfielen in Schweigen, als eine Gruppe von Kindern, die Fangen spielten, an ihnen vorbeirannte.

Dann fuhr Shile fort: »Es war hell genug.«

Es wäre Weiland gar nicht in den Sinn gekommen zu behaupten, Shile hätte sich in der Dunkelheit getäuscht.

»Du hast angenommen, ich wäre es?«

Weiland zuckte die Achseln.

»Davor?« Shile wirkte nicht mehr ängstlich und nachdenklich, sondern wütend. »Danach? Dabei?«

»Nein«, antwortete Weiland. »Nicht dabei.«

Abermals musterte ihn Shile lange und eindringlich. Erneut blieb er stehen. »Hast du menschliche Gedanken, während du dich im Körper eines Tieres befindest?«

Weiland erklärte ihm nicht, daß er die Sache verkehrt herum betrachtete: Daß Weiland ein Wolf war, ein Wolf im Körper eines Menschen. »Nein«, antwortete er nur.

Shile seufzte und sah so unsicher aus, wie Weiland sich fühlte. »Du weißt also nicht, ob du Johanna getötet hast?«

»Aber nein, Shile.« Weiland schüttelte entschieden den Kopf. »Das war nicht ich. Das können Geoffrey und der Rest der Jagdgesellschaft jederzeit bezeugen.«

Shile überlegte kurz, dann nickte er. »Aber die Wölfe, die ihn getötet haben – waren das Männer, die Daria in Wölfe verwandelt hat?«

»Nein«, antwortete Weiland. »Aber ...« Shile sah ihn an, von Mann zu Mann, ohne jeden Argwohn. Weiland erinnerte sich an den Ausdruck, der über Shiles Gesicht gehuscht war, als sie darüber gesprochen hatten, wie Weiland sich in einen Wolf verwandelt und einen Mann getötet hatte, und er konnte sich vorstellen, wie dieser Ausdruck sich einnisten und nicht mehr weichen würde, wenn er von Weilands wahrer Natur erfuhr. Er beendete seinen Satz: »Aber es waren ihre Kreaturen.«

»Warum?« fragte Shile.

Weiland schüttelte den Kopf.

»Um an Geoffrey heranzukommen?«

»Ich verstehe ihre Gründe nicht«, gestand Weiland.

»Geoffrey ist ein sehr einflußreicher Mann«, meinte Shile. »Wenn Daria ihn heiratet... und Johanna...« Shile schüttelte betrübt den Kopf. »Johanna konnte auf Macht verzichten.« Mit einem verächtlichen Schnauben verbesserte er sich: »Sie hätte nicht einmal Gefallen an Macht gefunden, wenn sie ihr in den Schoß gefallen wäre. Aber Daria ... Weiß Gott, Daria hat Ehrgeiz.« Anscheinend erinnerte er sich wieder daran, daß sie nicht so lange auf der Stelle stehen durften; er nahm Weilands Arm und zog ihn weiter, falls jemand sie belauschte. »Weiland«, sagte er, »jemand muß ihr das Handwerk legen.«

»Shile«, gab Weiland zurück, »niemand kann ihr das Handwerk legen. Es tut mir ja leid, daß deine Cousine tot ist, aber jetzt, da Daria hat, was sie will ...«

»Glaubst du, sie gibt sich damit zufrieden, Geoffrey zu heiraten?« fragte Shile. »Ich glaube, sie will, daß alles genau nach ihrer Nase geht. Sie wird die Macht mißbrauchen, die sie durch die Heirat gewinnt ...«

Er hatte recht. Aber jetzt war nicht die richtige Zeit, ihm zu sagen, daß sie ihre eigene Mutter getötet hatte, weil diese ihren Geliebten verbannen ließ, und daß sie dann ihren Geliebten ermordet hatte, um den Verdacht auf ihn abzuwälzen. Statt dessen erwiderte er nur: »Shile, du verstehst nicht. Ich habe versucht, gegen sie zu kämpfen. Man kann sie nicht besiegen.«

»Wir müssen Geoffrey warnen.«

»Dann warne ihn«, entgegnete Weiland. »Wenn du meinst, er wird dir glauben.«

Shile überlegte. Schließlich sagte er: »Als nächstes sind die Kinder an der Reihe.«

Weiland schüttelte den Kopf. »Sie haben nichts, was Daria begehrt.«

»Weiland« – Shile packte ihn an den Schultern und drückte ihn an die Wand, damit er ihm offen ins Gesicht sehen mußte – »Weiland, wenn es ihr gelingt, Geoffrey zur Heirat zu bewegen, dann gewinnt sie Macht. Wenn sie Kinder von ihm bekommt, kann sie diese Macht noch ausweiten. Aber wenn seine einzigen Kinder die ihren sind, besitzt sie die größtmögliche Macht.«

Weiland schob Shile von sich. »Ich kann nichts tun«, sagte er.

»Was gibt ihr soviel Macht über dich?« wollte Shile wissen.

Weiland wandte ihm den Rücken zu und ging davon, überzeugt, die Gründe dafür wären selbst für Shile zu heikel, um sie vor ihm auszuposaunen. Doch Shile schrie ihm nach: »Wenn sie dich also das nächste Mal in einen Wolf verwandelt und dich auf die Kinder hetzt, dann kannst du dich damit trösten, daß du dich nicht daran erinnerst.«

Darauf gab es keine Antwort, und Weiland schwieg.

Kapitel 19

Als Weiland nach Hause kam, hatte Daria bereits nach ihm gesucht.

»Wo warst du?« wollte sie wissen. Menschgeborene und von ihr geschaffene Dienstboten hasteten mit großer Betriebsamkeit umher, und Weiland konnte nur vermuten, daß es etwas mit den Gästen zu tun hatte, die an Darias Tafel geladen waren.

»Ich war in der Stadt«, antwortete er, »und habe mich umgehört, was sich die Leute über den Mann erzählen, der letzte Nacht getötet wurde.« Zwar entsprach dies nicht gänzlich der Wahrheit – er verquickte zwei Dinge, die eigentlich nichts miteinander zu tun hatten –, aber es war immerhin so nahe daran, daß er den Satz herausbrachte, ohne daß sein Gesicht ihn verriet.

»Und?« fragte Daria.

»Man vermutet, daß Magie im Spiel war. Manche haben den Mord mit einem anderen Todesfall verglichen, der sich zur Zeit Eurer Mutter vor fünfundzwanzig Jahren ereignet hat.« Letzteres sollte die Täuschung hinsichtlich Darias Alter unterstützen, sowohl weil die Dienstboten mithörten, als auch deshalb, weil Daria selbst nie ausdrücklich mit ihm darüber gesprochen hatte und vielleicht glaubte, er sei nicht einmal fähig, zwei und zwei zusammenzuzählen.

Unglaublicherweise schien Daria darüber nachdenken zu müssen. »Dieser dumme Stallbursche?« fragte sie, ohne an die Dienstboten überall zu denken. »Darüber reden die Leute also immer noch?«

»Und über Eure Großmutter Edwina«, sagte Weiland und war sich des Nachhalls im Raum überdeutlich bewußt.

»Meine *Großmutter*«, sagte Daria leise, aber mit Nachdruck, um zu zeigen, daß sie sich sehr wohl erinnerte, »meine Großmutter hat sich in Dinge eingemischt, die sie nichts angingen.« Dann änderte sich ihr Ton, und sie fragte von oben herab: »Beschuldigt dich jemand?« Ein klares Zeichen – falls er es nicht ohnehin vermutet hatte –, wie wenig Hilfe sie ihm sein würde, sollte tatsächlich ein Verdacht auf ihn fallen.

»Nein«, antwortete Weiland, denn er hatte Shile die Geschichte erzählt, bevor dieser Gelegenheit gehabt hatte, ihn danach zu fragen. Dann fügte er hinzu, sozusagen in Erinnerung dessen, wozu sie ihn letzte Nacht beinah gebracht hätte: »Auch Euch beschuldigt niemand.«

In ihren Augen loderte kurz ein wütender Funke, aber dann erschien ein Lächeln auf ihrem Gesicht, das mindestens so wölfisch war wie alles, was er je bei Telek oder den anderen gesehen hatte. »Nun, das ist für alle das Sicherste.« Damit winkte sie ihn fort, ungeduldig, aber nicht mehr zornig. »Geh und kleide dich um. Wir statten dem Baron einen Besuch ab.«

»Ich dachte, der Baron kommt hierher.«

Wieder ein Aufblitzen des Ärgers. »Das wollte er auch. Aber anscheinend haben seine kleinen Jammerlappen etwas dagegen.«

Ihm gefiel weder die Neuigkeit noch der Ton, in dem Daria sie verkündete, fragte aber lieber nicht nach Einzelheiten. Wahrscheinlich würde er sie früher erfahren, als ihm lieb war.

Und so kam es auch.

Zwar fand die Einladung nicht am ursprünglich verabredeten Ort statt, aber das Essen selbst blieb unverändert: Daria – beziehungsweise Darias Koch –

sorgte für das leibliche Wohl. In Weilands Augen war das eine äußerst ungeschickte Lösung, weil man Körbe und Fässer einpacken und verladen mußte, weil sie zu spät kamen, weil Daria unruhig wurde und alle anderen ganz aufgelöst waren vor lauter Angst, daß etwas vergessen oder verlegt, zu kalt oder zu warm geworden war.

Doch der Baron erhob sich von seinem Platz, um Daria an der Tür zu begrüßen, und umarmte sie unter den Augen seines versammelten Haushalts und der bereits eingetroffenen Gäste. »Daria, wie außerordentlich freundlich von Euch«, erklärte er mit lauter Stimme, so daß jeder ihn hören konnte. »Wer hätte so großzügige Nachsicht erwarten dürfen – daß Ihr euch mit solch unendlicher Liebenswürdigkeit den Launen meiner Kinder beugt?« Er machte eine umfassende Geste, die auch die Dienstboten, die bereits eifrig auftrugen, mit einschloß.

»Ohne Euch wäre unsere Zusammenkunft nicht dieselbe gewesen«, erwiderte Daria lächelnd und neigte höflich den Kopf. Wie sie es wohl aufgenommen hätte, wenn der Baron sie erst benachrichtigt hätte, *nachdem* die anderen Gäste bereits eintrafen?

Weiland ließ den Blick über die Anwesenden schweifen und sah, daß es sich zum großen Teil um die übliche Besetzung derartiger Einladungen handelte.

Aber plötzlich erkannte er unter den Gesichtern das von Shile. Immerhin war er Johannas Cousin, auch wenn niemand sehr viel von ihm hielt – da war es doch eigentlich ganz natürlich, daß er hie und da eingeladen wurde.

Shile grinste, als er sah, daß Weiland ihn entdeckt hatte; nach einem kurzen Innehalten jedoch blickte dieser sich weiter angelegentlich im Raum um. Wenigstens hatte Daria den Rest des Trupps zu Hause gelassen, nachdem die Männer beim Einpacken geholfen hatten. Melor konnte Daria also nicht auf Shile aufmerksam machen und ihr verraten, daß er derjenige war, der so viele Fragen gestellt hatte, derjenige, den sie vernichtet zu haben glaubte.

Unterdessen winkte der Baron seine Kinder heran. »Peter, Margaret«, drängte er sie, »bringt Didrika mit. Kommt, bedankt euch bei Lady Daria, daß sie eurem Vater das Essen gebracht hat, weil ihr eurem Vater nicht erlauben wolltet, bei ihr zu speisen.«

Er lachte, als wäre das ein gelungener Scherz, aber die Kinder rührten sich nicht von der Stelle, sondern drückten sich ernst und blaß aneinander. Weiland konnte richtig sehen, wie ungern sie plötzlich im Mittelpunkt der Aufmerksamkeit standen, um sich herum lauter Erwachsene, viel größer als sie. Schließlich faßte sich der Junge, der mit fünf Jahren der Älteste war, ein Herz und zog seine Schwester, die Mittlere, am Arm, so daß der Jüngsten nur die Wahl blieb, mitzukommen oder allein stehen zu bleiben.

Sie brauchten eine Ewigkeit, um die Halle zu durchqueren, trotz des ständigen Lächelns und der ständigen Ermunterungen ihres Vaters. Schließlich ermahnte er sie, sich gerade zu halten und nicht herumzuzappeln, und verkündete: »Die letzten Tage waren sehr schwer für die Kleinen, wißt ihr, ohne ihre Mutter. Sie haben Angst, allein gelassen zu werden – jedenfalls die Mädchen.« Er zauste seinem Sohn die Haare. »Peter ist alt genug, er weiß, daß ich nicht einfach weggehen und nie wiederkommen würde.«

Deutlich war vor allem, daß Peter alt genug war, um es zu hassen, wenn jemand seine Haare zauste. Weiland vermutete außerdem, daß der Junge alt genug war, um zu wissen, daß seine Mutter nicht die Wahl gehabt hatte, ob sie zurückkommen wollte oder nicht, und darüber wütend zu sein, daß sein Vater so tat, als hätte sie es gekonnt, wenn sie es nur richtig gewollt hätte.

»Ach, die armen Schätzchen!« Mit raschelnden Gewändern ging Daria in die Knie und versuchte, alle drei Kinder auf einmal zu umarmen. Die Kleinste schaffte es, unten durchzuschlüpfen. »Das war alles viel zu schrecklich für sie. Natürlich sollen sie ihren Vater bei sich haben! Das hätte ich von Anfang an so vorschlagen sollen. Wenn es irgend etwas gibt, was ich für euch tun kann«, sagte sie zu den Kindern, »dann braucht ihr mich nur danach zu fragen.«

Die drei schwiegen beharrlich; Daria lächelte und tätschelte ihnen den Kopf, sogar der Kleinsten. Dann erhob sie sich, auf Geoffreys Arm gestützt, obgleich Weiland die ganze Zeit über bereitgestanden hatte.

Diesen Augenblick wählte Shile, um sich zu nähern, denn Daria war damit beschäftigt, Geoffrey charmant anzulächeln. Weiland stieß Shile mit dem Ellbogen an und warf ihm einen warnenden Blick zu, den Shile eigentlich nicht verstehen konnte. Dennoch beachtete er die Warnung. Offenbar vertraute er Weiland, zumindest für den Augenblick, denn er trat zurück und ließ andere Leute zwischen sich und Daria.

»Kommt«, rief Geoffrey seinen Gästen zu, »beginnen wir mit diesem erlesenen Festmahl, das uns diese erlesene Dame so überaus freundlich angedeihen lassen wird.«

»Sie kennt deinen Namen«, flüsterte Weiland, als Shile dicht an ihm vorüberging. Zu mehr war keine Zeit, aber es mußte reichen, um Shile klarzumachen, daß er lieber nicht versuchte, sich Daria vorstellen zu lassen.

Weiland ging zu seinem Platz am zweiten Tisch, wo auch Geoffreys Waffenträger saßen, eine laute, ehrgeizige Truppe, meist freundliche Männer, die bis vor kurzem alles darangesetzt hatten, Weiland in ihre

Spiele und Gespräche mit einzubeziehen. Nun ließen sie ihn links liegen, was seinen Wünschen entsprach, denn seine Aufgabe war es ja, Daria zu beschützen, und nicht, Freundschaften zu schließen.

Daria hatte den Mitgliedern des Trupps erklärt, sie sollten davon ausgehen, daß sie bei dieser Art Zusammenkunft sicher sei, und sie nicht dadurch in Verlegenheit bringen, daß sie ihr Essen vorkosteten – was sie in der Bergfestung und auch zu Hause von ihnen verlangte –, Leute wegstießen oder gar jemandem die Hand abhackten, wenn sie glaubten, er komme Daria zu nahe. »Sollte die Lage sich ändern, werde ich es euch schon mitteilen«, meinte sie. Was natürlich nicht bedeutete, daß sie es nicht an dem Betreffenden auslassen würde, sollte einer etwas übersehen.

Jetzt thronten Daria und Geoffrey auf den Ehrenplätzen an der Mitte des langen Haupttisches. Shile hatte sich klugerweise einen Platz fast am Ende der Tafel gesucht, und zu Weilands Erleichterung saßen die Kinder in sicherer Entfernung an einem anderen Tisch, zusammen mit den Dienstboten, die nicht mit dem Auftragen der Speisen beschäftigt waren.

Kinder und Dienstboten verzehrten zügig ihr Mahl und zerstreuten sich bald darauf, um zu tun, was immer Kinder und Dienstboten den Tag über tun mochten. Der Rest der Gesellschaft schien sich gut zu amüsieren: Daria lächelte viel, lachte und warf Geoffrey durch keusch gesenkte Wimpern verführerische Blicke zu. Weiland verstand nur Bruchstücke dessen, was gesprochen wurde, unzusammenhängende Satzfetzen und Worte, aber die Gäste schienen sich gut zu unterhalten.

An seinem eigenen Tisch hätte Weiland das Gespräch gern auf den in der vorigen Nacht ermordeten Mann gelenkt, um etwas über die allgemeine Stimmung zu erfahren, aber er wußte nicht recht, wie er das anstellen sollte, ohne Verdacht zu erregen. Niemand erwähnte den Toten – vielleicht fanden sie den Vorfall nicht wichtig oder hatten ihn bereits hinreichend erörtert. Allerdings erkannte er, daß sie niemals auf den Gedanken kommen würden, Daria mit der Sache in Verbindung zu bringen, denn sie redeten nur voller Hochachtung von ihr: ihre Jugend, ihre Schönheit, ihr angenehmes Auftreten. Weiland überlegte, ob sie ihr womöglich seinetwegen Komplimente machten, aber das bezweifelte er stark. Sie begannen, sich bereits Gedanken zu machen, ob Geoffrey, wenn der erste Schock über Johannas entsetzlichen Tod nachließ – und natürlich nach einer geziemenden Trauerzeit – nicht vielleicht in Daria Trost finden würde. Und natürlich auch eine neue Mutter für seine Kinder.

»Vielleicht hast du bald einen festen Platz an diesem Tisch«, sagte einer von Geoffreys Männern und schlug Weiland auf den Rücken. Möglicherweise war die Geste freundlich gemeint, aber Weiland hatte nicht das Gefühl, als brächten die anderen für dieses Bild der Zukunft mehr Begeisterung auf als er selbst.

Nach dem Essen gab es endlose Darbietungen auf Flöte und Fiedel, es wurde geredet, gelacht und getanzt. Soweit Weiland es beurteilen konnte, schien sich die Trauerzeit schon jetzt dem Ende zuzuneigen. Wenn er sich im Saal umschaute, entdeckte er gelegentlich Shile, der genauso gelangweilt aussah, wie Weiland sich fühlte.

Schließlich wandte sich das Gespräch dem Garten des Herrenhauses zu, nach einhelliger Meinung eine wahre Pracht. Geoffrey lud Daria ein, sie durch das Labyrinth zu führen, stellte aber entschuldigend fest, daß es noch nicht voll im Laub sei.

»Dann müßt Ihr es mir später eben noch einmal zeigen«, erwiderte Daria und nahm seinen Arm.

Keiner der Waffenträger machte Anstalten aufzustehen, aber einige der Gäste erhoben sich. Weiland folgte unauffällig in einem gewissen Abstand; geriet allerdings jemand von den anderen ins Trödeln, würde er überholen müssen, um Daria im Blick zu behalten.

Wie zufällig – als hätte er sich im letzten Moment entschieden mitzugehen – gesellte sich Shile zu ihm.

Weiland würdigte ihn keines Blickes, wußte aber, wenn er nicht bald etwas sagte oder tat, würde Shile sein Schweigen als böswillig auslegen. Deshalb verlangsamte er im Freien den Schritt, wodurch der Abstand zu Daria zwar größer wurde, als ihm behaglich war, aber auch die Nachhut der Gästegruppe nicht hören konnte, worüber er mit Shile sprach. Den Blick noch immer nach vorn gewandte, sagte Weiland leise: »Der Mann, der getötet wurde ...«

»Durward«, unterbrach Shile, als hätte Weiland den Namen vergessen und nicht nur als unwichtig abgetan.

»Als er auf dem Dach war, hat Melor vor Daria den Verdacht geäußert, daß du das sein könntest. Er hat dich als Dieb bezeichnet und ihr erzählt, daß du Fragen gestellt hast. Und er hat Daria deinen Namen genannt.«

»In Ordnung.« Shile sagte das ganz ruhig, als gebe es keinerlei Anlaß zur Sorge. Weiland sah ihn verwundert an, merkte jedoch, daß Shile ihn sehr wohl verstanden hatte. Ohne ein weiteres Wort wandte er den Blick wieder ab und schüttelte bekümmert den Kopf, als Shile fortfuhr: »Ich habe immer noch die Absicht, in Geoffreys Nähe zu bleiben, um ihn und seine Kinder vor deiner Herrin zu beschützen.«

Der Weg gabelte sich und führte um mehrere Blumenbeete herum, so daß Weiland Daria und Geoffrey sehen konnte, die innehielten, um an verschiedenen

Blumen zu riechen. Weiland blieb stehen, denn er wollte den beiden nicht zu nahe kommen; auch einige Gäste machten an unterschiedlichen Stellen halt, andere waren auf dem Weg weitergegangen, der erst hinter ein paar Hecken verschwand, dann aber in einem Bogen wieder zurückführte und sie womöglich in Hörweite brachte, ohne daß Weiland sie im Auge behalten konnte.

Den Blick immer noch auf Daria statt auf Shile gerichtet, fragte Weiland so leise er konnte: »Hast du ihm gesagt, was du gesehen hast?«

Auch Shile tat, als nähme er Weiland nicht bewußt wahr. Er bückte sich, um ein Blatt von einer Pflanze zu zupfen. Dann zerrieb er es zwischen den Fingern und hielt es sich unter die Nase. »Nein«, antwortete er, »du hattest recht. Er hätte mir nicht geglaubt. Für jemanden, der es nicht mit eigenen Augen gesehen hat, klingt die Geschichte lächerlich, und er würde denken, ich wäre verrückt oder hätte mir aus irgendeinem persönlichen Grund etwas ausgedacht.« Shile ließ das Blatt wieder fallen und klopfte sich die Hände ab. »Deine Unterstützung …«

»… würde dazu führen, daß er glaubt, ich sei ein unzufriedener Untergebener«, unterbrach ihn Weiland.

Shile seufzte. »Wahrscheinlich. Aber ich kann den Dingen trotzdem nicht ihren Lauf lassen. Ich glaube einfach nicht, daß sie hat, was sie will, und jetzt niemandem mehr etwas zuleide tun wird.«

»Nein«, pflichtete Weiland ihm bei. Immer wieder mußte er daran denken, wie er Llewellur seine Hilfe verweigert hatte, wie er Daria zum Teich gefolgt war, obgleich er gewußt hatte, daß sie Johanna etwas antun wollte. Doch in Wahrheit hätte er nichts tun können, und auch jetzt war er machtlos.

In diesem Augenblick war ein Kreischen zu hören,

und die beiden älteren Kinder des Barons kamen um die Wegbiegung gelaufen. »Vater, Vater«, riefen sie wie aus einem Munde, versuchten sich gegenseitig zu übertönen und plapperten wild drauflos. Soweit Weiland verstehen konnte, ging es um irgend etwas Aufregendes, was sie entdeckt hatten. Aber als sie sahen, daß ihr Vater keineswegs allein war, hielten sie inne, und das Lächeln verschwand von ihren Lippen.

»Was habt ihr gefunden?« erkundigte sich Daria, scheinbar voller Neugier.

Das Mädchen starrte nur mürrisch vor sich hin, während der Junge mit der Schuhspitze im Sand scharrte und etwas für Weiland Unverständliches vor sich hin murmelte.

»Ein Nest!« rief Daria. »Wie aufregend! Was für eins denn?«

Abermals kam nur eine gemurmelte Antwort.

»Wie aufregend!« wiederholte Daria. »Kannst du es uns zeigen? Ich möchte es zu gerne sehen, Ihr nicht auch, Geoffrey?«

Der Baron versicherte den Kindern, daß er förmlich darauf brannte. Aber nun war auch aus dem Jungen kein Ton mehr herauszubekommen, er weigerte sich sogar, vom Boden aufzusehen.

Daria kauerte sich nieder, um den Kindern gerade in die Augen blicken zu können. »Zeigt ihr uns, wo das Nest ist?« fragte sie, als hätte sie auf der ganzen Welt keinen dringlicheren Wunsch.

Nun antwortete das kleine Mädchen. Laut und deutlich sagte sie: »Nein.«

»Margaret!« fuhr ihr Vater sie an, und der amüsierte Ausdruck verschwand von seinem Gesicht.

Doch die Kleine hatte ihrem Bruder Mut gemacht, frei zu sprechen, und nun meinte der Junge, ebenfalls so laut, daß Weiland ihn verstehen konnte: »Es ist ein Geheimnis.« Seine Stimme klang trotzig, und er redete ausschließlich seinen Vater an, ohne Daria eines Blickes zu würdigen. »Unsere Mutter hat es mir letztes Jahr gezeigt, als keine Blätter mehr auf den Bäumen waren, und sie hat gesagt, ich soll es in Ruhe lassen und niemandem zeigen außer dir und Margaret und Didrika. Und sie hat gesagt, dann kommen sie im Frühjahr vielleicht zurück. Und jetzt sind sie wirklich wieder da.«

Peter mied weiterhin Darias Blick, aber das kleine Mädchen sah ihr fest ins Gesicht und meinte: »Sie hat nicht gesagt, daß *du* mitkommen kannst.«

»Selbstverständlich kann sie mitkommen«, begann Geoffrey, aber Daria unterbrach ihn: »Die armen kleinen Schätzchen. Ich verstehe das gut.«

Doch Geoffrey ließ sich nicht umstimmen. »Margaret, Peter, ihr entschuldigt euch auf der Stelle.«

»Aber nicht doch.« Daria lächelte süß und erhob sich. »Ihr solltet gehen, Euch das Nest ansehen und mir später alles darüber erzählen. Vielleicht zeigen es mir die Kinder ein andermal.«

»Nein«, sagte Margaret.

Ihr Vater blickte verlegen drein, aber Daria lächelte unbeirrt weiter und tätschelte den Kindern den Kopf. Geoffrey, der zwischen ihnen stand, hielt seine Sprößlinge an den Armen fest, damit sie sich der Berührung nicht entziehen konnten.

»Ich werde sicher einen anderen Zeitvertreib finden, während Ihr weg seid«, versicherte ihm Daria.

Geoffrey führte die Kinder davon, und Weiland hatte den Eindruck, daß er nur darauf wartete, daß sie außer Hörweite waren, um sie dann zu bestrafen.

Bisher war Shile um eins der Blumenbeete geschlendert, damit er in Weilands Nähe bleiben konnte, ohne als Weilands Begleitung angesehen zu werden, aber nun schlug er – immer wieder innehaltend, um die Pflanzen zu bewundern – den gleichen Weg ein, auf dem der Baron verschwunden war – als könnte er die Familie seiner Cousine vor Unheil schützen, indem er sich zwischen sie und Daria stellte.

Daria jedoch wandte sich in die entgegengesetzte Richtung, zurück zum Haus, so daß sie an Weiland vorüberkam. Ohne ihr liebenswürdiges Lächeln abzulegen, knurrte sie: »Verwöhnte kleine Bälger.«

Weiland antwortete nichts, sondern folgte ihr nur stumm.

Kapitel 20

Der Abend wurde allmählich dunkel und kühl, viele Gäste waren bereits aufgebrochen, die Dienstboten packten und bereiteten die Rückkehr zu Darias Haus vor. Daria erklärte, sie wolle nicht länger warten, sondern ebenfalls aufbrechen, was wahrscheinlich viel damit zu tun hatte, daß Geoffrey sich zu seinen Männern und engsten Verwandten gesetzt hatte und ihr nicht mehr seine ungeteilte Aufmerksamkeit schenkte. Shile war noch da, hielt sich aber immer ein wenig abseits. Worauf er wohl wartete? Vermutlich hatte er sich eingeredet, er hätte eine Einladung für die Nacht. Wie viele Nächte würden noch vergehen, bis Daria zur Tat schritt?

Weiland begleitete sie über den Rasen – eine Abkürzung zur Straße –, als ihnen die kleine Margaret fast in die Arme gelaufen wäre. Ihre Amme suchte sie bereits – Weiland hatte gehört, wie sie nach Peter und Margaret rief, als Daria sich verabschiedete.

Aber statt ihr das zu sagen, fragte Daria: »Oh, Margaret, wohin denn so eilig? Bist du gekommen, um dich von mir zu verabschieden?«

»Nein«, antwortete Margaret. »Ich wußte nicht mal, daß du hier bist.«

Gänzlich unerwartet ließ Daria sich im Gras nieder – Daria, die ansonsten solchen Wert darauf legte, stets vornehm zu wirken. »Komm, setz dich auf meinen Schoß, Kleines.«

»Herrin«, setzte Weiland an, voller böser Vorahnungen.

»Still«, entgegnete Daria, als wäre auch er ein Kind.

»Komm, Margaret, gib mir einen Abschiedskuß auf die Wange. Du weißt doch, daß dein Vater sich das wünschen würde.«

Weiland sah, daß die Kinder es gewohnt waren zu gehorchen, genau wie die Mitglieder des Trupps. Zögernd, widerwillig näherte sich Margaret.

»Du kommst doch morgen wieder«, sagte sie. »Du bist ja ständig hier.«

Daria winkte sie noch näher und schloß sie in die Arme. »Ja«, erwiderte sie leise, »daran mußt du dich gewöhnen.«

»Du bist nicht meine Mutter«, sagte Margaret und versuchte, sich nun, da sie ihre Pflicht erfüllt hatte, aus Darias Armen zu winden. »Und du wirst auch nie meine Mutter sein.«

Weiland sah den aufflammenden Zorn, dann den verstohlenen Blick in die Runde, ob sie wirklich allein waren, und plötzlich schienen die Kleider des Mädchens in Darias Händen in sich zusammenzufallen. »Weiland«, sagte sie durch zusammengebissene Zähne.

»Herrin«, flehte Weiland.

»Komm her.«

Und Weiland sah, daß sie zwischen den ganzen Kleidern ein winziges braunes Kaninchen hielt, das sich reglos vor Furcht zusammenkauerte. Oder vielleicht auch noch zu jung, um schon einen Fluchttrieb entwickelt zu haben. Weiland nahm das Kaninchen aus ihren Händen entgegen.

»Geh zurück in die Küche«, befahl sie. »Hol einen Korb oder sonst etwas, in dem wir das hier sicher nach Hause bringen können. Ich möchte nicht, daß es wegläuft, und ich möchte auch nicht, daß jemand es sieht und sich fragt, was du da hast.«

»Herrin, so kurz nach dem Tod ihrer Mutter wird es Fragen geben, wenn etwas so Ähnliches ...«

»Es wird nichts Ähnliches geschehen«, fuhr Daria ihn an. Sie sagte nicht etwa: »Ich werde dem Mädchen nichts tun«, nein, das einzige war: »Es wird nichts Ähnliches geschehen.« Dann nestelte sie Weilands Hemd auf, sammelte die Sachen des Mädchens vom Boden auf und stopfte Kleider und Schuhe darunter. Er war vor Angst und Überraschung wie gelähmt, aber als er das Hemd schließlich wieder zurechtgezupft hatte, sah man nichts mehr, ja, die Sachen waren so winzig, daß er sie kaum spürte.

Zufrieden sagte Daria: »Ich gehe allein nach Hause. Du kannst den Dienstboten helfen. Wenn ihr am Fluß anlangt, bleibe ein Stück zurück.« Weiland konnte sich denken, was nun kam. »Ertränke das Ding«, fuhr sie fort. »Wenn es sich in seine wahre Gestalt zurückverwandelt hat, zieh die Leiche an, damit die Leute denken, das arme Kind hat zu nahe am Ufer gespielt, ist ins Wasser gefallen und ertrunken. Sieh zu, daß du ihr keine blauen Flecken machst – ich möchte keinen Verdacht erregen.«

»Herrin«, wandte Weiland verzweifelt ein, »es ist zu früh. Es ist zu gefährlich. Verwandelt sie wieder in ein Mädchen, bitte. Niemand wird diese Geschichte glauben. Ihr Vater ist schon ärgerlich auf sie, weil sie so zu Euch gesprochen hat, und er wird alles, was sie sagt, als ungeschickten Versuch ansehen, ihn gegen Euch aufzubringen. Und gleichzeitig wird sie wissen, wieviel Macht ihr wirklich besitzt, und viel zuviel Angst haben, um Euch noch einmal zu erzürnen.«

Entweder kannte Daria die Menschen besser und wußte, daß sie sich nicht so verhalten würden, wie Weiland es sich vorstellte, oder aber es war ihr gleichgültig. Sie fuhr ihm zart mit der Hand über die Wange. »Weiland«, sagte sie, mit einer Stimme, so sanft wie die Abendbrise, »weißt du noch, was ich dir gesagt habe – was du tun sollst, wenn ich dir befehle, die Kinder aufzufressen, während du ein Mensch bist? Wäre dir etwas dergleichen lieber?«

Weiland holte tief Luft und schüttelte den Kopf.

»Dann hole jetzt den Korb«, fuhr Daria fort. »Und tu, was ich dir gesagt habe.«

»Ja, Herrin«, flüsterte er. Das Kaninchen war so klein, daß er es mit einer Hand umfassen konnte, aber er hielt es in der Armbeuge, behutsam, um es nicht fallen zu lassen, und er spürte das ängstliche Pochen seines Herzens. *Kaninchenherzen klopfen immer schnell,* redete er sich ein. Als Tier würde das kleine Mädchen die Menschensprache nicht verstehen. Margaret konnte also nicht wissen, was ihr bevorstand. Sie würde sich nicht fürchten.

Weiland sah Daria nach, die den sanften Abhang hinunterging, mit schwingenden Armen, während der Saum ihre Kleides sanft übers Gras strich: ein Urbild von Jugend und Schönheit.

Ich kann nichts tun, dachte Weiland, als er sich auf den Weg zur Küche machte. Alles in allem war Ertrinken kein so schlimmer Tod. Und Kinder starben immer und überall, durch Unglücksfälle oder Krankheit. Wer konnte sagen, ob dieses hier ohne Daria auch nur ein weiteres Jahr überleben würde?

In der Küche kamen sich Geoffreys Dienstboten und Darias Leute ständig ins Gehege, aber trotzdem war das Saubermachen fast erledigt. Zweifellos steuerte Weiland das Seine zur allgemeinen Verwirrung bei, indem er in die verschiedenen Körbe und Pakete spähte, die Arme meist vor der Brust gekreuzt, den linken öfters an die Wand gestützt, damit man ihn nicht anrempelte – als wäre er verletzt. Wenn er Glück hatte, würden die meisten so etwas vermuten, falls sie ihn überhaupt richtig wahrnahmen.

Nach einer Weile fand er ein Körbchen mit Brotresten, warf einen der runden Laibe auf den Tisch zurück und schuf damit mehr als genug Platz für das Kaninchen. Glücklicherweise schien das Tier in einem Alter zu sein, in dem die Natur ihm sagte, daß es bei Gefahr stillhalten solle, in der Hoffnung, daß sie sich verzöge. Deshalb wehrte es sich auch nicht, als Weiland es in den Korb packte und mit einem Tuch zudeckte. Dann setzte er sich, das Körbchen auf dem Schoß, auf die Tischkante – als wollte er die Dienstboten beim Packen beaufsichtigen.

Zweimal kamen die Kinderfrau herein und auch ein paar andere Dienstboten, die immer aufgeregter fragten, ob jemand Margaret gesehen hatte.

Niemand war ihr begegnet.

Auch Weiland schüttelte den Kopf und lehnte sich dann mit geschlossenen Augen an die Wand, als wäre er müde, in Wahrheit aber, um die wachsende Verzweiflung der Leute nicht mehr mit ansehen zu müssen, wenn sie hörten, daß keiner vom Verbleib des Kindes wußte.

Auf dem Wagen gab es mehr Platz, nachdem soviel Essen verzehrt worden war, trotzdem mußten mehrere Dienstboten Lasten zu Fuß tragen, und Weiland kam sich besonders auffällig vor. Draußen hörte man verzweifelte Stimmen: »Margaret! Margaret!« Auch Männer suchten sie. Anscheinend war sie lange genug weg gewesen, und inzwischen war es so dunkel und kühl geworden, daß auch Geoffreys Waffenträger und die verbliebenen Gäste sich den Dienstboten bei der Suche anschlossen.

»Viel Glück«, wünschten ihnen Darias menschgeborene Bedienstete. Ein paar fügten noch hinzu, sie seien sicher, daß die Kleine bald gefunden würde, gewiß schlafend und sich des Aufruhrs nicht bewußt, den sie verursacht hatte. Geoffreys Leute waren der gleichen Ansicht. Darias Geschöpfe sagten nichts.

Auf dem Weg hinunter zur Straße kam ihnen Geoffrey entgegen. Seinem Gesicht war anzusehen, daß es keine guten Neuigkeiten gab. Er machte den Eindruck, als könne er sich nicht entscheiden, ob sein Zorn oder seine Sorge größer war, schien aber mehr zum Zorn zu neigen. Vielleicht weil er lieber glauben wollte, daß Margaret unartig war, nicht verletzt oder krank.

Andere, die Geoffrey folgten, konnten es sich erlauben, ihre Sorge offen zu zeigen. Manche trugen Fackeln. Die meisten allerdings waren nicht so weitblickend gewesen, weil sie gedacht hatten, die Suche werde bald erfolgreich beendet sein und die Dienstboten wären nur nicht ordentlich genug vorgegangen. Das Licht der Fackeln warf unheimliche Schatten über die Gesichter rundum, so daß Weiland schon an der Gruppe vorüber war, ehe er einen der Männer erkannte.

»Shile!« zischte er leise.

Auch Shile war überrascht. Zweifellos hatte er Weiland mit Daria weggehen sehen und angenommen, sie wären längst über alle Berge und der Haushalt der d'Akils vor ihnen sicher. Weiland sah, wie die Besorgnis der Überraschung wich und diese blitzschnell von Argwohn überlagert wurde. Dann jedoch machte sich die nackte Angst breit, denn plötzlich ergab sich eine ganz neue Sicht der Dinge.

Weiland machte eine Kopfbewegung zur Seite, um anzudeuten, daß er unter vier Augen mit Shile sprechen wollte.

Während sie sich ein einigermaßen ruhiges Plätzchen suchten, dachte sich Weiland verschiedene Lügengeschichten aus. Er mußte Shile überzeugen, daß Daria schon lange weg war und – was immer dem Kind zugestoßen sein mochte – nichts damit zu tun haben konnte.

Aber wenn er Shile von der Fährte abbringen wollte,

hätte er ihn nicht anzusprechen brauchen, das wußte er. In Wahrheit hatte er nämlich genau auf diese Gelegenheit gewartet.

So war er auch nicht überrascht, sich selbst flüstern zu hören: »Hier«, und sich selbst dabei zu beobachten, wie er in den Korb griff, das Kaninchen hervorholte und es Shile unter die Nase hielt. Diesmal schlug es ein paarmal erstaunlich schnell und kräftig mit den Hinterbeinen aus, so daß seine Krallen Weilands Handgelenk zerkratzten. Doch er hielt es fest, und einen Augenblick später war es wieder still. Mit zusammengebissenen Zähnen flüsterte er: »Nimm es.«

Shile kniff die Augen zusammen, weil er in der Dunkelheit, so weit vom Haus und den Fackeln entfernt, nicht erkennen konnte, was Weiland ihm da aufdrängen wollte.

Es konnte sein Tod sein, das wußte Weiland. »Halt fest«, beharrte er. Bei dem Gedanken, daß er sich Daria widersetzte und das Kind womöglich trotzdem sterben würde, hätte er das Kaninchen beinah wieder an sich gerissen. Aber er tat es nicht. »Halt es fest«, wiederholte er. Shile nahm das Kaninchen und starrte es mit wachsendem Entsetzen an.

»Paß auf es auf«, sagte Weiland. »Aber was du auch tust, achte darauf, daß du immer in Geoffreys Nähe bist, wo er euch sehen kann. Hast du mich verstanden?«

Er sah Shile an, daß er genau begriff. Seine Stimme begann zu zittern, aber jetzt war es zu spät, es gab kein Zurück, egal, ob seine Entscheidung nun gut oder schlecht gewesen war. »Wenn sie sich im Lauf der Nacht nicht zurückverwandelt, dann sag Geoffrey, er wird seine Tochter nur wiedersehen, wenn er das Kaninchen nimmt und mit ihm St. Celia's verläßt – ganz gleich, in welche Himmelsrichtung, zwei harte

Tagesritte genügen.« Dann fragte er noch einmal, verzweifelt: »Hast du verstanden?«

»Gott«, flüsterte Shile nur, was Weiland als ein Ja verstand.

Inzwischen war es für ihn höchste Zeit geworden, sich wieder zu den Dienstboten zu gesellen, damit diese später Daria versichern konnten, daß er samt seinem Korb bei ihnen gewesen war – falls sie je danach fragte – und sich erst beim Fluß von ihnen getrennt hatte.

»Warte!« rief Shile ihm nach. Er hielt das Kaninchen fest, drückte es aber behutsam an die Brust. »Was hast du vor?« fragte er.

Doch darauf gab es keine Antwort.

»Weiland!« rief Shile, als dieser sich ein zweites Mal abwandte.

Obwohl ihn der Lärm ärgerte, den Shile veranstaltete, drehte sich Weiland zu ihm um.

»Bleib hier«, beharrte Shile, aber diesmal hatte er wenigstens soviel Verstand, die Stimme zu senken. »Wir erzählen Geoffrey beide, was wir wissen. Natürlich wird er uns erst einmal nicht glauben, aber je länger Margaret vermißt wird, desto eher ist er bereit, auch abwegig scheinende Möglichkeiten in Betracht zu ziehen. Und du wärst in Sicherheit, gleichgültig, ob sie heute nacht wieder ihre wahre Gestalt zurückgewinnt oder ob wir St. Celia's verlassen müssen. Geoffrey wird dich vor Daria beschützen.«

»Das kann er nicht«, entgegnete Weiland.

Plötzlich schien Shile die Wahrheit zu begreifen. »Wenn er erkennt, was Daria getan hat, läßt er sie töten. Wenn sie tot ist, kann ihre Magie dir nichts mehr anhaben.« Auf einmal sah er wieder verängstigt aus. »Oder?«

»Nein«, antwortete Weiland. Und nun ging er endgültig.

Shile mußte ihm entweder nachlaufen – was mit dem Kaninchen gefährlich war – oder abermals laut werden. Er entschied sich für letzteres, indem er Weiland nachrief: »Du brauchst Schutz, falls sie etwas anderes als Magie gegen dich im Schilde führt.«

Doch Weiland ging weiter, ohne ihm zu erklären, daß sie das nicht nötig haben würde.

Kapitel 21

Nachdem Weiland sich am Flußufer von den Dienstboten getrennt hatte, verweilte er dort, so lange er sich traute. Vielleicht würde er diese Nacht überleben, aber er hielt es nicht für sehr wahrscheinlich. Zumindest war es vermutlich seine letzte Gelegenheit, die Welt mit menschlichen Augen zu sehen.

Daria hielt auf geheime Weise eine Art Verbindung zu den Kreaturen, die sie erschaffen hatte – sie würde wissen, daß Margaret noch nicht tot war, und irgendwann würde sie unruhig werden und sich fragen, warum es so lange dauerte. Wenn sie schließlich wütend genug war, um ihn mitten in den Straßen von St. Celia's in einen Wolf zu verwandeln – wer vermochte vorauszusehen, was er dann anrichtete, ohne es zu merken?

Blanche ließ ihn ins Haus, bleich und ungewöhnlich bedrückt. Nichts rührte sich, was angesichts der Tatsache, daß nach dem Festessen noch alles mögliche ausgepackt, aufgeräumt und für den morgigen Tag vorbereitet werden mußte, seltsam war und darauf hindeutet, daß Daria einen ihrer Wutanfälle hatte.

Wozu sich etwas vormachen? »Ihr Gemach?« fragte er, aber Blanche sagte nichts.

Sie nickte nur, ohne aufzusehen.

Darias Tür war geschlossen. Er klopfte und wartete auf eine Antwort. Schließlich klopfte er ein zweites Mal.

»Herein«, hörte er Darias Stimme von fern.

Sie war nicht im Zimmer, aber die gegenüberliegende Tür stand offen – die Tür zur Zauberkammer.

Weiland zögerte, denn da hinein wollte er ganz bestimmt nicht. Er würde sich nicht ohne Gegenwehr in sein Schicksal fügen. Kedj war nicht da, um ihn auf den Tisch zu zwingen und zu fesseln, damit Daria ihm Blut abzapfen konnte – bis er tot war, ganz wie es ihr beliebte. Es waren menschgeborene Bedienstete in der Nähe, vor denen Daria ihre dunklen Machenschaften geheimhalten wollte – deshalb würde sie vielleicht von ihm ablassen, wenn er entsprechend für Aufruhr sorgte.

Andererseits wußte Weiland, daß Daria neben Kedj wahrhaftig noch andere Mitteln hatte, um ihm ihren Willen aufzuzwingen. Er hätte doch mit Shile gehen sollen, er hätte Geoffrey gestehen sollen, was mit ihm geschehen würde, wenn Daria starb, er hätte die Männer um einen raschen Tod durch ihre Hand bitten sollen. Jetzt kostete es ihn fast seine ganze Kraft, stehenzubleiben, sich nicht umzudrehen, nicht wegzulaufen.

Daria kam aus dem Zauberraum; sie wischte sich mit einem Handtuch Blut von den Händen. Dann sagte sie ziemlich ruhig: »Du solltest daran denken, mit geschlossenem Mund zu atmen.«

Das klingt nicht gut, dachte Weiland und sah ihr jetzt genauer in die Augen. Was immer sie in jenem Zimmer getan hatte – und er vermutete, daß der Trupp jetzt nur noch aus fünf Mitgliedern bestand –, war noch nicht beendet. Er wußte, er hätte sich Gedanken machen sollen, welcher seiner unglücklichen Kameraden nun ihren Zorn auf sich gezogen hatte, aber im Moment fühlte er nur die Erleichterung darüber, daß nicht er selbst es war.

Sie schleuderte das blutverschmierte Handtuch auf den Boden und legte die Hand, die um die Nägel herum noch ganz rot war, unter Weilands Kinn. »Was hast du getan?« fragte sie so leise, daß er sie kaum hörte.

»Ich habe das Kaninchen verloren«, antwortete er. Ihr Griff wurde nicht fester – sie starrte ihn nur unverwandt an. Er hielt nach wie vor den Korb in der Hand, der inzwischen nur noch Brotreste und Margarets Kleider enthielt, aber weder Daria noch er selbst würdigten ihn eines Blickes. »Ich habe es in den Korb gesetzt und zum Fluß getragen. Aber als ich es herausholen wollte, hat es sich plötzlich herumgeworfen, obwohl es vorher die ganze Zeit über still dagesessen hatte.« Er drehte das Handgelenk um, damit sie die Kratzer sehen konnte.

Sie musterte sein Handgelenk. Sie musterten es beide. Die Kratzer bluteten ein wenig, aber es war eindeutig eine Lappalie.

»Ich war so erschrocken«, erklärte Weiland lahm.

Daria sah ihm wieder ins Gesicht.

»Ich habe versucht, es einzufangen, aber es war so dunkel am Fluß ... da habe ich die Spur verloren.« Er fand die Geschichte nicht ganz schlecht, aber nach einer längeren Pause sagte Daria: »Ich hätte *dich* ertränken sollen, als du in diesem Alter warst.«

Weiland sah sie tief Luft holen und sagte rasch: »Wenn Ihr sie jetzt zurückverwandelt, während sie noch am Fluß umherirrt, wird es sicherlich keine Augenzeugen geben.« Erstaunlicherweise fiel Daria ihm nicht ins Wort, also machte er weiter: »Sie wird sich nach Hause durchschlagen oder zu jemandem, der sie heimbringt, und niemand wird ihr Glauben schenken, weil ihre Geschichte viel zu unwahrscheinlich klingt. Die Gefahr«, – wenn es um Gefahr ging, wurde Daria immer hellhörig – »die Gefahr liegt darin, daß Ihr zu lange wartet – wenn jemand unterdessen das Tierchen einfängt und ihm das Fell über die Ohren zieht, oder wenn ein Hund auf seine Fährte gerät und es in Stücke reißt, auf der Straße, vor Augenzeugen, und der Tod es dann in die ursprüngliche Gestalt zurückversetzt.«

»Niemand würde wissen, daß ich dahinterstecke«, entgegnete Daria.

»Aber sie würden wissen, daß es Magie war. Wenn Ihr rechtzeitig handelt, bleibt es die Geschichte eines verängstigten Kindes, weiter nichts. Man würde denken, das Mädchen erfindet etwas, aus Angst vor Strafe.«

»Ja«, sagte Daria und seufzte tief, als genieße sie den Klang des Wortes »Strafe«. Dann fuhr sie fort: »Trotzdem hätte ich dich lieber ersäufen als großziehen sollen. Kedj hat immer gesagt, es sei ein Fehler.« Sie warf einen Blick zur Tür der Zauberkammer und meinte gedankenverloren: »Die Zeit ist einfach zu knapp.«

Weiland bekam kaum Luft, sein Herz raste – nicht ganz so schnell wie das des Kaninchens, aber der Rhythmus war falsch, irgend etwas stimmte nicht. Er spürte ein Stechen in der Brust, in der linken Schulter, im linken Arm. *Laß gut sein*, dachte er. *Wenigstens ist es nicht die Zauberkammer*. Angesichts dessen, daß sie erst sehr kurz zu Hause sein konnte und es nebenan ganz still war, mußte derjenige dort drinnen ungewöhnlich schnell gestorben sein. Etwas Besseres konnte man sowieso nicht erwarten.

Aber er hatte sein ganzes Leben lang gelernt zu kämpfen.

»Es tut mir leid, daß ich das Kaninchen verloren habe«, brachte er hervor, denn mit einer Entschuldigung lag man kaum je falsch – zwar war sie meist wirkungslos, aber selten unerwünscht. In der plötzlichen Erkenntnis, vielleicht keine Zeit mehr zu haben, vollendete er rasch seinen Satz: »Aber wie viele Leute können aus Eurem Haushalt verschwinden, wie viele Leichen könnt Ihr in einer Nacht loswerden, ehe ein Verdacht auf Euch fällt?«

Wie aus weiter Ferne hörte er Daria einräumen: »Ich weiß es nicht«, aber er fühlte nicht einmal, daß er zu fallen begann.

Kapitel 22

Das erste, was Weiland wahrnahm, war der Fußboden. Seine Gliedmaßen waren steif und schmerzten – also lebte er. Er war auch nicht irgendwo zusammengebrochen, sondern lag ausgestreckt auf etwas, was zu weich war, um der Fußboden zu sein – wie er nach langem Nachdenken feststellte, schien ihn jemand auf ein richtiges Schlaflager gebracht zu haben.

Vorsichtig öffnete er die Augen einen Spaltbreit und sah Tageslicht auf den Wänden von Darias Stadthaus. Erstaunlicherweise befand er sich auf seinem angestammten Platz nahe dem Herdfeuer. Nach allem, was vorgefallen war, hätte er vermutet, daß er den Posten des Anführers endgültig verloren hatte. In der Nähe waren gedämpfte Stimmen zu hören: Der Rest des Trupps beendete soeben das Frühstück und machte sich für den Tag fertig. Vermutlich waren sie so leise, weil sie fürchteten, Darias Zorn zu erregen, aber als dann ein Stuhlbein geräuschvoll über den Boden scharrte, flüsterte eine Stimme: »Psst! Er muß sich ausruhen.«

Er hatte seine ganze Geistesgegenwart benötigt, um zu begreifen, daß er lebte. Dieses neue Rätsel überstieg seine Kräfte, und er ließ sich in den Schlaf zurücksinken.

* * *

Bestimmt ist inzwischen ein Tag vergangen, dachte Weiland, während er die Schatten an den Wänden betrachtete. Er war ziemlich sicher, daß er die Dunkelheit hatte hereinbrechen sehen, und nun war es wieder hell. Wo waren der Baron und seine Männer? Weiland hätte erwartet, daß sie kommen würden, sobald das kleine Mädchen wieder seine ursprüngliche Gestalt annahm, doch er hörte keinen Tumult. Hatte Daria sie so mühelos besiegt?

Vielleicht hatte sie seinen Rat ja auch gar nicht angenommen. Vielleicht war das Kind noch immer ein Kaninchen, vielleicht hatte Shile Geoffrey überreden müssen, aus der Stadt zu verschwinden und sich aus dem Bannkreis von Darias Zaubermacht zu entfernen – zumindest zwei Tagesreisen, und natürlich zwei weitere zur Rückkehr.

Vielleicht waren Shiles Überredungskünste aber auch auf taube Ohren gestoßen, vielleicht hatte Geoffrey ihm nicht geglaubt, daß das Kaninchen so wichtig war; vielleicht hatten sich Geoffrey und seine Männer geweigert, das Kaninchen im Auge zu behalten, vielleicht hatte niemand außer Shile gesehen, wie es sich wieder in Margaret verwandelte.

Ein Mitglied des Trupps trat ein. Zwar waren Weilands Lider zu schwer, um die Augen zu öffnen, aber die Männer des Trupp bewegten sich völlig anders als die Dienstboten. Weiland machte sich schon auf einen Tritt gefaßt, aber irgendwie war es viel leichter, wieder einzuschlummern.

* * *

Als er das nächste Mal erwachte, schoß ihm ein äußerst unangenehmer Gedanke durch den Kopf: Vielleicht hatten Geoffreys Männer Shiles Geschichte so aufgenommen, wie es die Angehörigen des Trupps wahrscheinlich getan hätten – vielleicht hatten sie dafür nur spöttisches Gelächter übrig gehabt, das Kaninchen gepackt, es getötet und zum Abendessen verspeist.

Das war die schlimmste aller Möglichkeiten. Aber sie war nicht sehr wahrscheinlich, versuchte er sich einzureden. Im Tod würde Margaret wieder aussehen wie Margaret, und das wäre ein Beweis, daß Shiles Geschichte stimmte, auch wenn ihm vorher niemand Glauben geschenkt hatte. Falls sie nicht beschlossen hatten, die Sache vor Geoffrey geheimzuhalten. Trotzdem hätten sie Daria aufgesucht. Warum war es dann so still im Haus? In anderen Teilen des Gebäudes hörte er Dienstboten, die offenbar ihren täglichen Erledigungen nachgingen, und gelegentlich kam einer seiner Kameraden herein.

Nach einiger Zeit merkte er etwas Unglaubliches: Sie betraten den Raum in der unverkennbaren Absicht, das Feuer zu schüren oder Weilands Decken zurechtzuziehen – mit anderen Worten, sie kümmerten sich um ihn!

Mühsam öffnete er die Augen und sah, daß es diesmal Melor war. *Ich bin nicht in der Verfassung, mit ihm zu kämpfen,* dachte Weiland, aber Melor kniete sich neben ihn, schlang – durchaus nicht unsanft – seinen Arm um Weilands Schulter und hielt ihm eine Schale mit Brühe an die Lippen.

Welch ungewohnte Freundlichkeit. *Aber warum nur*? Für Melor gab es momentan keinen Grund, Weiland zu vergiften. Andererseits – was sollte er sonst vorhaben? »Was machst du?« fragte Weiland in einem heiseren Flüstern.

»Ich versuche, dir etwas zu trinken einzuflößen«, antwortete Melor.

»Warum?« Weiland versuchte, die Schale wegzuschieben. Vielleicht hatten sich die Dinge wirklich verändert. Dann bestand doch die Möglichkeit, daß man ihn vergiften wollte. »Daria?«

»Nein«, erwiderte Melor. »Sie hat uns nur gesagt, wir sollten dich aus ihrem Zimmer schaffen.« Dann bemerkte er, wie argwöhnisch Weiland die Schale beäugte, und grinste; offensichtlich war ihm gleich klar, welchen Verdacht Weiland hegte. »*Sie* hat uns keinerlei Anweisungen gegeben. *Wir* denken, daß sie sich noch nicht entschieden hat, ob sie deinen Tod will oder nicht. Also kümmern wir uns um dich, für den Fall, daß sie dich am Leben läßt.«

»Warum?« wiederholte Weiland.

Melor schnaubte. »Glaubst du vielleicht, einer von uns will Anführer werden und sich ständig von ihr auf die Finger schauen lassen?«

Daria hatte fast alle anderen Wolfgeborenen weggeschickt, um Johanna zu töten. Nur Weiland und Melor waren übrig; außer ihnen gab es zwei Frettchen, eine Ratte und einen Vielfraß. Angesichts dessen fand Weiland Melors Einschätzung der Lage recht vernünftig. Vermutlich war seine Brühe tatsächlich ungefährlich.

Er bekam die Schale einigermaßen sicher zu fassen, so daß Melor sie losließ. »Wo ist Daria denn?« fragte er.

»Mit Parn unterwegs. Sie ist mit ein paar Freundinnen ausgegangen, um eine Ladung Wolle in Augenschein zu nehmen, die frisch in die Stadt gekommen ist.« Als wäre nichts geschehen.

Als wäre nichts geschehen.

Melor erhob sich. »Falls du zu überleben gedenkst«, sagte er, »habe ich Besseres zu tun, als dich zu bemuttern.«

Unsicher, wieviel Bedeutung er den Fragen beimessen durfte, die ihm durch den Kopf gingen, stellte Weiland die, die ihm am unverfänglichsten schien: »Wer ist ums Leben gekommen?«

»Llewellur.«

Das war eine Überraschung. Weiland hatte fest damit gerechnet, daß es sich um ein Truppmitglied handelte. Aber zumindest war Llewellur klein und seine Leiche konnte man verhältnismäßig leicht verschwinden lassen. Doch das war wohl kaum alles gewesen. Oder doch? »Warum?«

»Vielleicht hatte sie genug von seiner Flöterei«, entgegnete Melor achselzuckend.

Eine bessere Antwort war vermutlich nicht aus ihm herauszuholen.

Als Melor gegangen war, rappelte Weiland sich mühsam auf. Mit schwankenden Schritten machte er sich auf die Suche nach Royce, in der Hoffnung, daß sich der alte Diener im gleichen Stockwerk des Hauses befand wie er – er hielt es für fast ausgeschlossen, heute eine Treppe zu bewältigen. Er würde seine Fragen vorsichtig stellen müssen, aber zumindest konnte er bei Royce einigermaßen sicher sein, daß er sie nicht Daria zu Ohren brachte.

Glücklicherweise hatte sich Royce gerade auf die Suche nach *ihm* gemacht, und Weiland brauchte nicht allzuweit zu gehen. »Melor hat mir erzählt, du bist aufgestanden«, sagte Royce und sah ehrlich erfreut aus. »Die anderen Dienstboten werden erleichtert sein, wenn ich ihnen erzähle, daß es dir wieder bessergeht.«

Weiland bezweifelte, daß die anderen Dienstboten seine Abwesenheit überhaupt bemerkt hatten.

Aber Royce fuhr ohne Pause fort: »Ich habe mir die Freiheit genommen, Melor zu bitten, daß er eine Botschaft überbringt. Eine junge Frau war da, die sich große Sorgen um dich macht – Evangeline ist ihr Name, sie arbeitet beim *Wilden Eber*. Ich dachte, sie freut sich bestimmt zu erfahren, daß es mit dir wieder aufwärtsgeht.«

Evangeline?

Weiland überlegte und kam zu dem Schluß, daß dies irgend etwas mit Shile zu tun haben mußte. Er hatte Shile gewarnt, daß Melor ihn an Daria verraten hatte. Sicher würde sich Shile nun die Gelegenheit für neue Verschwörungen und Intrigen nicht entgehen lassen.

»Was war in der Stadt los«, fragte Weiland absichtlich vage, »seit ich« – nun wurde er noch vager – »seit ich krank geworden bin?«

»Hast du noch mitgekriegt, daß die kleine Tochter von Baron Geoffrey vermißt wurde?«

Weiland nickte.

»Soweit man es sich bisher erklären kann, hat sie sich wohl verlaufen, vielleicht in diesem Labyrinth, das der Baron im Garten hat anlegen lassen, und dann hat sie den Ausgang nicht mehr gefunden, bis zum Morgen. Sie war vollkommen verwirrt und durcheinander. Jetzt liegt sie mit Fieberphantasien im Bett. Der arme Baron ist fast krank vor Sorge und weicht seit zwei Tagen nicht von ihrer Seite.«

»Ich verstehe«, sagte Weiland, obwohl er rein gar nichts begriff.

Royce bestand darauf, Weiland in die Küche zu bringen und ihm einen seiner Heiltränke zuzubereiten. Zumindest war das Gebräu diesmal eher süß als bitter, und es linderte tatsächlich das Dröhnen in seinem Kopf, wie sein Erfinder es in Aussicht gestellt hatte. Obgleich Royce immer über alles Bescheid zu wissen schien, fragte sich Weiland, woher er wußte, daß sein Kopf weh tat. Doch dann erzählte der alte Mann ihm, er habe beobachtet, wie Parn und Melor ihn aus Darias Gemächern geschleppt hatten. Als sie ihn unsanft die Treppe hinunterschleifen wollten, hatte Royce sie überredet, daß es besser war, Weiland zu tragen. Vermutlich war es auch Royce, der Melor auf die Idee gebracht hatte, daß der Posten des Anführers gefährlicher sein könnte, als ihm genehm war.

Gerade als Weiland ausgetrunken hatte, kam Bess und verkündete, Evangeline sei eingetroffen.

Evangeline befand sich so dicht hinter ihr, daß sie ihr fast in die Hacken trat. »Ich hab mir ja solche Sorgen gemacht!« rief sie und stürzte in die Küche, noch ehe Bess ihren Satz vollendet hatte, rannte zu Weiland und kniete sich neben seinen Hocker, wobei sie ihn um ein Haar umgeworfen hätte. Dann drückte sie ihr Gesicht an seine Brust und rührte sich eine Weile nicht mehr.

»Komm«, sagte Royce zu Bess, die – aus Gründen, die Weiland bestenfalls vermuten konnte – ziemlich erbost wirkte.

Was immer das alles zu bedeuten haben mochte, Weiland jedenfalls begann sich gerade mit der Berührung von Evangelines Armen, ihrem Geruch und ihrem weichen Haar anzufreunden, als sie sich wieder losmachte. »Kannst du gehen?« fragte sie energisch. »Nur ein kleines Stück?« Wahrscheinlich hegte sie den Verdacht, daß sie belauscht wurden, also nickte er.

Sie nahm ihn bei der Hand, was sich ebenfalls unerklärlich gut anfühlte, und führte ihn, wie er einigermaßen erstaunt feststellte, in die Kirche. Sie durchquerten den großen Raum, in dem sich alle zu Johannas Beerdigung versammelt hatten, und kamen zu einer verschlossenen Tür. »Sie haben mir gesagt, ich soll beten gehen«, erklärte sie mit ihrem hübschen Schmollen. Dann lächelte sie, stellte sich auf die Zehenspitzen und gab ihm einen Kuß auf die Wange. »Dann bete ich eben darum, daß ich das nächste Mal ganz allein bei dir bleiben darf.«

Weiland war nicht sicher, was sie damit meinte. Doch er sah ihr lange nach, wie sie durch den großen Kirchenraum ging, ehe ihm die Tür wieder einfiel und ihm schlagartig klar wurde, daß ›sie‹, von denen Evangeline gesprochen hatte, wahrscheinlich dort drinnen auf ihn warteten.

Vater Hadden Heallstede öffnete die Tür; direkt hinter ihm stand Shile und ihm gegenüber Lord Geoffrey D'Akil.

»Du siehst furchtbar aus«, bemerkte Shile.

Weiland zuckte die Achseln.

»Kommt herein.« Vater Hadden wollte ihm den Arm reichen, aber Weiland war Berührungen nicht gewöhnt. Anscheinend las Vater Hadden von seinem Gesichtsausdruck ab, daß er besser von seinem Vorhaben abließ, jedenfalls sagte er nur: »Setzt euch bitte.« Als hätte er Angst, daß Weiland unterwegs zusammenbrach, umkreiste der Priester ihn mit besorgtem Blick, bis Weiland endlich auf dem Fenstersims Platz genommen hatte.

Auch Geoffrey schien ähnliche Befürchtungen zu hegen, denn auch er wartete, bis Weiland sicher auf seinem Platz angekommen war, ehe er sagte: »Offenbar schulde ich Euch das Leben meiner Tochter.«

»Ja«, antwortete Weiland schlicht.

»Ich danke Euch.« Geoffrey lehnte sich auf seinem Stuhl zurück, wohl um abzuschätzen, woran er bei Weiland war, denn er musterte ihn mit demselben Blick, mit dem Kedj manchmal ein Pferd betrachtete, das ein Mitglied des Trupps von einem Überfall mitbrachte – vor allem, wenn er von dem Tier nicht unbedingt begeistert war. »Für meine Frau konntet Ihr nichts tun«, fuhr Geoffrey schließlich fort.

»Nein«, bestätigte Weiland.

Um das Schweigen zu überbrücken, schaltete sich Vater Hadden ein: »Vielleicht gab es damals keine Vorwarnung, keine Zeit, das Schlimmste abzuwenden.«

Endlich begriff Weiland, daß Geoffrey ihm eine Frage gestellt hatte und auf eine Antwort wartete. »Das war einer der Gründe«, sagte er, doch diese Antwort schien Geoffrey nicht besonders zu gefallen.

Nach neuerlichem Schweigen räusperte sich Shile und erklärte: »Ich habe Vater Hadden alles erzählt.«

Du weißt aber gar nicht alles, dachte Weiland, schwieg jedoch abwartend.

»Ich habe im Haus nach dir gefragt«, fuhr Shile fort.

»Der Verwalter, Royce, hat mir gesagt, daß du von einer plötzlichen Krankheit befallen wurdest.« Shile zögerte, als erwarte er, daß Weiland etwas sagen wolle. Als Weiland schwieg, fuhr er fort: »Er sagte, es sei nicht das erstemal und Vater Hadden habe dich besucht.« Wieder eine Pause, ein kurzer Blick zum Baron. »Geoffrey meinte auch, es sei eine gute Idee, einen Mann der Kirche hinzuzuziehen.« Wieder blickte er Weiland erwartungsvoll an.

»Was willst du wissen?« fragte Weiland. »Möchtest du, daß ich dir zustimme? Daß ich auch finde, Vater Hadden soll einbezogen werden? Wenn ich gegenteiliger Ansicht wäre, was für eine Rolle würde das spielen?«

»Ich könnte gehen«, meinte Vater Hadden.

Weiland zuckte die Achseln.

»Aber ich denke, ich sollte bleiben«, fügte der Priester hinzu. »Die Kirche ist seit langem eine Feindin der Hexerei. Mit Gottes Hilfe können wir diese böse Frau vielleicht unschädlich machen.«

Diese Antwort rührte an eine Frage, die Weiland schon seit mehreren Wochen beschäftigte. »Besitzt Gott Zauberkraft?« fragte er.

Geoffrey machte ein erschrockenes Gesicht, Shile senkte den Kopf und schlug sich mit der flachen Hand an die Stirn, also war es wohl keine kluge Frage gewesen. Aber Vater Hadden antwortete freundlich: »Gott vollbringt *Wunder*, das ist etwas ganz Ähnliches wie Magie.« Er lächelte, ruhig, geduldig und auch traurig, alles zur gleichen Zeit. »Aber ich möchte hinzufügen, daß Wunder heutzutage sehr selten geworden sind. Gottes Hilfe ist… nun, in den meisten Fällen weniger dramatisch. Man kann auf Wunder *hoffen*, aber es ist im allgemeinen besser, diese Hoffnung durch Taten zu unterstützen.«

Weiland begriff nicht ganz, was er damit sagen

wollte, nur daß die Antwort auf das, was er für einen letzten Ausweg gehalten hatte, *Nein* lautete.

»Diese Krankheit, von der Ihr befallen wurdet«, fragte Vater Hadden, »wurde sie von dieser Frau hervorgerufen, von Daria de Gris?«

Krankheit, Verletzung – es war alles das gleiche. »Ja«, antwortete Weiland.

»Weil Ihr Euch geweigert habt, Margaret etwas zuleide zu tun?« fiel Geoffrey ihm ins Wort.

»Ja.«

Vater Hadden warf Geoffrey einen Blick zu, der deutlich machte, daß *er* hier die Fragen stellte. »Margaret, die von Daria in ein Kaninchen verwandelt worden war, nämlich durch ...?«

»Durch Magie«, vollendete Weiland den Satz.

»Magie«, wiederholte Geoffrey in einem Ton, der alles bedeuten konnte.

»Betet sie zum Teufel?« fragte Vater Hadden.

»Ich glaube nicht«, antwortete Weiland, zögernd, da die Worte ihm nicht vertraut waren und Geoffrey ihn durchdringend ansah. Weilands Zögern machte seinen Blick nur noch durchdringender.

»Ich glaube, er versteht das nicht«, warf Shile ein.

»Habt Ihr gehört, daß sie Satan anrief oder eine der heidnischen Gottheiten?«

Weiland dachte daran, wie sie Lon getötet hatte, als Weihopfer für das neue Haus. Sie hatte sein Blut nicht aufgefangen, sondern es nutzlos auf den Boden fließen lassen. »Ich glaube nicht«, sagte er schließlich. »Vielleicht. Aber jedenfalls nicht laut.«

Vater Hadden überlegte. Dann sagte er: »Erzählt mir etwas über ihre Magie.«

Noch nie hatte Weiland versucht, Darias Zauber in Worte zu fassen. »Sie kann ... Dinge tun mit ...« – da ihm kein besseres Wort einfiel, fuhr er fort – »... mit Leuten, mit ihren Körpern. Sie kann Tiere in Menschen verwandeln und Menschen in Tiere, sie kann heilen … und Schaden zufügen.«

Abermals unterbrach Geoffrey: »Kann sie die stoffliche Welt verzaubern?« Als er Weilands verständnisloses Gesicht sah, erklärte er: »Kann sie beispielsweise … eine Burgmauer einstürzen lassen, einen Fluß dazu bringen, über die Ufer zu treten …« Er hielt in seiner Aufzählung inne, denn Weiland schüttelte den Kopf.

Kann sie nicht schon mehr als genug? dachte Weiland.

»Also verzaubert sie nur Menschen?« fragte Vater Hadden.

»Und Tiere«, berichtigte Weiland.

»Muß sie sich auf irgendeine Weise darauf vorbereiten – muß sie Kräuter oder Wurzeln sammeln, eine bestimmte Zeit abwarten, oder …« Vater Hadden zögerte, entweder weil ihm entfallen war, was er fragen wollte, oder weil er sich fürchtete, es zu fragen.

»Nein«, antwortete Weiland. »Manchmal benötigt sie Blut, aber nicht vor einer Verwandlung.«

»Was für Blut?«

»Von uns«, sagte Weiland. »Von den Hörigen ihres Trupps.«

Die drei Männer tauschten entsetzte Blicke.

»Trinkt sie es?« erkundigte sich Vater Hadden.

»Das weiß ich nicht«, gab Weiland zu. Aber er glaubte, daß Daria das Blut trank, das glaubten alle im Trupp. In der Bergfestung hatten alle Angst gehabt, in ihre Gemächer gerufen zu werden, denn man konnte nie wissen, wann sie ihr Blut wollte. In unregelmäßigen Zeitabständen ließ sie einen von ihnen zu sich bringen, und immer war Kedj anwesend, für den Fall, daß einer sich wehrte, was einige manchmal taten, obgleich es nie etwas nützte.

Kedj band den Betreffenden auf dem Tisch fest. Bisweilen benutzte Daria ein Messer und ließ die Wunde in ein Gefäß bluten, bis man das Bewußtsein verlor.

Dann wieder fügte sie ihrem Opfer Schmerz zu, ohne es zu berühren, so daß es benommen und geschwächt erwachte, sei es von der Verletzung, dem Bluten oder dem Heilungsprozeß. Keiner erinnerte sich hinterher an irgend etwas. Niemand – jedenfalls niemand, der überlebt hatte – war bei Bewußtsein und konnte beobachten, was Daria mit dem Blut anstellte. Nur Kedj durfte zusehen.

Gelegentlich starb einer bei dem Ritual, aber Weiland wußte nicht, ob dies zuvor geplant war oder einfach geschah. Diejenigen, die an einem bestimmten Tag nicht ausgewählt worden waren, hörten den Sterbenden oftmals schreien, selbst durch die dicken Steinwände. In solchen Fällen wurde der Rest des Trupps danach hereingerufen, um Wände und Fußboden, bisweilen sogar die Decke vom Blut zu säubern. Daria hatte neben der Zauberkammer ein Gemach eingerichtet, in der es ein ziemlich großes Becken mit Mosaiken gab – »nach klassisch römischer Art«, wie Daria sich ausdrückte –, eine Feuerstelle, über dem Wasser erhitzt werden konnte, und einen Brunnen, aus dem es floß. Allem Anschein nach störte es Daria auch nicht, wenn Kedj ihr beim Baden zusah, denn er blieb bei ihr, bis die anderen kamen, um die Leiche fortzuschaffen, und dann war sie bereits gewaschen und trug frische Kleider. Lon, der immer gern behauptet hatte, Weiland sei genauso zimperlich wie die Menschgeborenen, hatte steif und fest behauptet, eine der Leichen habe Bißspuren aufgewiesen.

Doch Weiland war nicht bereit, über diese Einzelheiten zu berichten.

Nachdem Geoffrey eine Weile gewartet hatte, ob weitere Erklärungen erfolgten, oder ob Vater Hadden noch eine Frage stellen wollte, sagte er schließlich: »Wie lange halten diese Verwandlungen an?«

»Solange sie will. Außer… außer wenn der Mensch

oder das Tier stirbt. Dann kehrt der Körper in seine ursprüngliche Gestalt zurück.«

»Hat sie schon viele Menschen in Tiere verwandelt?«

»Nein«, antwortete Weiland. »Ich wußte nicht einmal, daß sie es kann, bis wir nach St. Celia's gezogen sind.«

Wieder tauschten die drei vielsagende Blicke. Shile wollte etwas sagen, aber Vater Hadden kam ihm zuvor: »Woher kommt sie? Ist sie tatsächlich die Enkelin von Robert de Gris?«

»Ich glaube, sie ist seine Tochter«, antwortete Weiland und sah, daß dies für die anderen eine Überraschung war. An Vater Hadden gewandt, fuhr er fort: »Ich glaube, sie ist die gleiche Frau, die Ihr vor fünfundzwanzig Jahren St. Celia's habt verlassen sehen. Ich glaube, ihr Vater ließ sie fortschicken, nachdem sie ihre Mutter getötet hatte. Danach lebte sie lange Zeit in einer Festung in den Bergen. Obgleich sie so jung aussieht, hat sie dort wahrscheinlich den größten Teil dieser fünfundzwanzig Jahre zugebracht.« Atemlos von so vielen Worten hielt er inne.

»Dann ist *sie* der Räuberbaron, der die Reisenden auf der Handelsstraße seit Jahren in Angst und Schrecken versetzt?« sagte Geoffrey.

»Ja.«

»Und jetzt ist sie nach St. Celia's übergesiedelt«, fuhr Geoffrey fort. »Warum? Warum will sie meine Familie zerstören – meine Frau, meine Kinder und mich als nächsten, soweit wir wissen?«

Weiland schüttelte den Kopf. Die drei Männer hier konnten sich darauf nicht besser und nicht schlechter einen Reim machen als er.

Vater Hadden blickte ihm fest in die Augen und fragte: »Und Ihr, Weiland, erzählt uns von Euch.«

Offenbar wußten sie, daß er zu den Waffenträgern in Darias Gesinde gehörte.

Hilflos schüttelte er den Kopf. »Ich möchte ... ich möchte, daß jemand ihr Einhalt gebietet«, sagte er schließlich. »Aber ich bin nicht sicher, ob das möglich ist.«

Vater Hadden räusperte sich. »Wenn sie stirbt«, – Weiland schloß die Augen, denn er wußte, was nun kam, ihm war klar, daß sie alle vier wußten, was Vater Hadden fragen wollte, und daß sie die Antwort errieten – »wenn sie stirbt, was geschieht dann mit Euch?«

»Dann werde ich wieder ein Wolf«, gestand Weiland.

Kapitel 23

Er erwartete Ekel von ihnen oder zumindest Verachtung, aber Vater Hadden sagte nur: »Erklärt es uns.«

So erzählte Weiland, wie Daria Tieren das Äußere von Menschen verlieh, um die Handelskarawanen, die durchs Gebirge zogen, zu überfallen. Wie sie in den vergangenen fünfundzwanzig Jahren Wegezoll eingetrieben hatte, bis die Langeweile sie schließlich nach St. Celia's trieb. Wie sie mit verschiedenen Tierarten Versuche angestellt hatte, um verständige Wesen heranzuzüchten, wie sie ihn, Weiland, aus diesem Grund vornehmlich als Menschen erzogen hatte. Er erwähnte nicht, daß Daria *all* ihre Kreaturen als Fehlschläge einstufte, und daß sie bei ihm mit ihrer Erziehung nicht mehr erreicht hatte, als daß er ein Wolf war, der kein Wolf mehr sein wollte.

»Wir müssen doch irgend etwas tun können«, sagte Shile.

Weiland wartete auf einen Vorschlag, doch anscheinend war die Frage alles, was er in dieser Hinsicht zu bieten hatte.

Vater Hadden saß mit gesenktem Kopf da, und seine Lippen bewegten sich tonlos; er war auch keine größere Hilfe als Shile.

»Wenn sie diese Verwandlungen durchführt«, begann Geoffrey, aber Shile unterbrach ihn: »Vielleicht gibt es eine Möglichkeit, sie aufzuhalten, ohne sie zu töten?«

»Wir könnten sie ja bitten, aufzuhören und weit weg zu gehen«, meinte Geoffrey.

Sarkasmus, dachte Weiland, denn niemand, der so dumm war, hätte lange überlebt.

Vater Hadden und Shile blickten ihn verärgert an, und Geoffrey meinte: »Tut mir leid. Ich nehme die Lage nicht wirklich auf die leichte Schulter. Aber nach all dem, wie er die Lage geschildert hat, weiß ich wirklich nicht, wie wir ihm helfen können.«

Auch Weiland war ratlos, und an Geoffreys Gesichtsausdruck, am Ton seiner Stimme, daran, daß er Weiland nicht mehr in die Augen sehen wollte, erkannte er, welche Erwartungen der Baron an sie alle geknüpft hatte.

»Heißt es nicht, daß Eisen den Zauber bindet?« beharrte Shile.

»Volkslegenden erzählen von Elfen und Zwergen und anderen magischen Kreaturen, die in Gegenwart von Eisen ihren Zauber nicht vollziehen können, weil sie die Berührung nicht ertragen.« Kopfschüttelnd fuhr er fort: »Doch selbst wenn dies wahr wäre«, – er warf Weiland einen raschen Blick zu – »wie sollte es helfen, wenn nur Darias Magie ihn in der Gestalt erhält, in der wir ihn jetzt vor uns sehen?«

Mit finsterer Miene lehnte sich Shile in seinem Stuhl zurück, aber er hatte offenbar noch nicht aufgegeben. Weiland konnte sich nicht vorstellen, wie Shile das Problem lösen sollte, das er, Weiland, in all den Jahren nicht bewältigt hatte. Aber er sagte nichts. Man konnte schließlich nie wissen.

»Ich überlege, was die beste Möglichkeit wäre, an sie heranzukommen«, sagte der Baron. »Ihr sagt, sie kann Menschen verwandeln oder verkrüppeln, nur durch ihren Blick?«

Weiland nickte.

»Also wäre es sinnlos, ein Heer zusammenzustellen.« Weiland verstand dies als Feststellung, nicht als Frage, doch Geoffrey hakte ungehalten nach: »Nun?

Oder wäre es doch sinnvoll? Kann sie auch viele Menschen auf einmal verwandeln oder muß sie sich einen nach dem anderen vornehmen?«

Weiland dachte an Johanna, wie sie ein Reh geworden war, und an die sechs Männer, die sich in sechs Wölfe verwandelt hatten. »Falls sie sich einen nach dem anderen vornimmt, dann jedenfalls sehr schnell nacheinander«, antwortete er.

»Gibt es eine Grenze, wie viele Menschen oder Tiere sie gleichzeitig in Verwandlung halten kann?«

»Das weiß ich nicht«, gestand Weiland. Für einen, der sein ganzes Leben mit Daria verbracht hatte, wußte er herzlich wenig, das wurde ihm allmählich bewußt. Aber er konnte sich nicht erinnern, daß es jemals mehr als drei Dutzend Männer im Trupp gegeben hatte. Vielleicht war das für Daria genug. Er dachte an die Dienstboten, an die Arbeiter, die sie eigens für den Umzug nach St. Celia's gemacht hatte. Gewiß wäre die Unternehmung glatter vonstatten gegangen, wenn man mehr hilfreiche Hände zur Verfügung gehabt hätte. Andererseits wären sie sich dann vielleicht ins Gehege gekommen. »Möglicherweise«, ergänzte er. »Möglicherweise liegt die Grenze bei dreimal zwanzig.«

»Wenn wir also rasch und mit einer genügend großen Truppe anrücken würden, könnten wir sie vielleicht besiegen«, meinte Geoffrey.

»Lord Geoffrey«, wandte Vater Hadden ein, »ich kenne mich in militärischen Dingen zwar nicht sehr gut aus, aber das klingt nach Chaos – wenn die Männer an vorderster Front plötzlich in Tiere verwandelt werden.« Er wandte sich an Weiland. »Wählt sie die Tierart frei aus, oder hat es etwas mit der betreffenden Person zu tun, welche Gestalt diese annimmt?«

»Ich weiß es nicht. Von ihrem Trupp hat sie niemanden je in etwas anderes verwandelt als in Menschen.

Und bei den Menschgeborenen habe ich jeweils nur eine einzige Verwandlung miterlebt.«

»Und würden diese Tiere ihre Kameraden, also diejenigen, die ebenfalls in Tiere verwandelt sind, erkennen?« fragte Vater Hadden. »Würden sie diese als Freunde wahrnehmen?«

»Nein«, erwiderte Weiland schlicht.

»Das spielt keine Rolle«, entschied Geoffrey. »Wenn wir vorgewarnt sind, und wenn diejenigen, die weder verwandelt noch verletzt sind, rasch genug handeln, ist sie tot, ehe sich die Tiere gegen uns wenden können, und danach werden alle wieder Menschen.« Mit einem Blick auf Weiland fügte er, als wäre er bereits mit anderen Dingen beschäftigt, ein kurzes »Tut mir leid« hinzu. Dann fragte er: »Was wird sie eher benutzen: Verwandlung oder Verletzung?«

»Verwandlung«, antwortete Weiland. »Dafür braucht sie nur eine kurze Zeit. Das andere …« Er beschrieb lieber nicht, wie sie ganz langsam sein Herz zerquetschte; oder wie er damals das Gefühl gehabt hatte, sie wäre in ihm und bahne sich einen Weg nach draußen – oder seine anderen Erfahrungen in der Zauberkammer.

Doch Geoffrey schien ohnehin keine Zeit mit Einzelheiten verlieren zu wollen. »Ohne die menschlichen Dienstboten seid ihr wie viele …?«

»Tiergeborene«, ergänzte Weiland. »Es gibt vierzehn tiergeborene Dienstboten …« Als ihm Llewellur einfiel, verbesserte er sich: »Nein, dreizehn. Aber das sind zum großen Teil Mäuse oder Wühlmäuse …« Es war schwer, sich genau zu erinnern, denn die Dienstboten kamen und gingen so schnell. Sie waren nie wichtig gewesen. »… ein paar Streifenhörnchen. Der Koch ist ein Waschbär, glaube ich.«

Geoffrey machte eine wegwerfende Handbewegung. »Wie viele Bewaffnete?«

»Sechs.«

»Ursprünglich hat sie doch ein Dutzend mitgebracht«, wandte Geoffrey mit offensichtlichem Mißtrauen ein, »dann hat sie angekündigt, sie wolle die Hälfte wegschicken. Sind diese Männer wirklich nicht mehr da, oder könnten sie jederzeit wieder auftauchen?«

Weiland hatte angenommen, Geoffrey wüßte, was aus diesen Männern geworden war. »Das waren die sechs Wölfe, die Eure Frau getötet haben.«

Shile stieß ein lautes Stöhnen aus.

Geoffrey erhob sich, ging zum anderen Fenster und blieb dort eine Zeitlang stehen, ehe er sich wieder Weiland zuwandte. Ohne etwas zu sagen, drehte er sich wieder um und meinte schließlich, den Blick aus dem Fenster gerichtet: »Ich denke, der beste Plan wäre, möglichst schnell zuzuschlagen. Bevor noch mehr Menschen zu Schaden kommen. Schon seit vorletzter Nacht schicke ich Boten aus, um die Männer herbeizurufen, die mir Lehenstreue schulden. Wir werden mehr als siebzig Krieger zur Verfügung haben. Wenn Darias Magie begrenzt ist, wird das ausreichen, wenn nicht, sind wir alle verloren. Übermorgen werde ich Lady Daria in mein Haus bitten.«

»In Euer Haus?« fragte Vater Hadden. Er hatte die strategischen Erwägungen bisher wie versprochen dem Baron überlassen, doch nun klang blankes Entsetzen aus seiner Stimme.

»Ich denke, das wäre für die Einwohner am sichersten«, erklärte Geoffrey. »Ich werde meine Männer darauf vorbereiten, was sie erwartet und daß die Wirkung vorübergehend sein wird, damit sie nicht in Panik verfallen.«

Vater Hadden sah nicht überzeugt aus.

»Wenn wir uns etwas Zeit nehmen«, gab Shile zu bedenken, »könnten wir versuchen, einen Zauberer zu finden, der Darias Magie entgegenwirkt und es

Weiland ermöglicht, seine menschliche Gestalt zu behalten.«

Es war verführerisch, sich einer solchen Hoffnung hinzugeben. Aber Weiland sah den Ausdruck auf Geoffreys Gesicht.

»Kennt Ihr einen Zauberer?« fragte der Baron.

»Wir können doch einen suchen«, beharrte Shile.

»Das werden wir auch.« Geoffrey wandte sich von Shile zu Weiland. »Das werden wir«, versicherte er noch einmal. »Aber wir können nicht so lange warten. Wir werden euch in Sicherheit bringen und einen Zauberer suchen, aber in der Zwischenzeit müssen wir Daria das Handwerk legen.«

»Ja«, stimmte Weiland zu. Er glaubte an Geoffreys gute Absichten, aber nicht, daß er jemanden finden würde, der über die gleiche Macht wie Daria verfügte und zudem bereit war, diese für ihn einzusetzen.

»Ist sie mir gegenüber mißtrauisch?« erkundigte sich Geoffrey bei Weiland. »Weil sie in den letzten zwei Tagen nicht in mein Haus vorgelassen wurde? Wir haben verbreiten lassen, daß Margaret in ihren Fieberträumen phantasiert und ich sie nicht allein lassen möchte. Glaubt Daria das?«

»Ich weiß es nicht.«

Shile ließ Geoffrey nicht noch einmal zu Wort kommen. »Und wo soll Weiland die ganze Zeit über bleiben?« fragte er.

»Zuerst einmal wird er zu Daria zurückkehren«, antwortete Geoffrey. »Sonst schöpft sie doch noch Verdacht.«

»Aber da ist er offensichtlich nicht in Sicherheit«, wandte Shile ein.

»Sind alle von Darias Waffenträgern ursprünglich Wölfe?« fragte Geoffrey, wiederum an Weiland gewandt.

»Nein, hier in St. Celia's sind wir nur noch zwei.«

»Dann fädelt es so ein, daß Ihr Daria an jenem Tag begleitet«, erwiderte Geoffrey. »Wenn sie einen anderen aussucht, dann seht zu, daß Ihr ihnen folgt und im Haus seid, wenn wir angreifen. Ich werde meinen Männern den Befehl geben, den Wölfen nichts zu tun.« Er ließ Shile links liegen, der entrüstet die Arme in die Luft warf, um zu zeigen, wie wenig er von diesem Plan hielt. »Unterdessen werde ich eine Art Käfig bauen lassen ...«

»Das wird nicht ausreichen, Daria mattzusetzen«, unterbrach ihn Shile mit lauter Stimme.

»Nein, das wird es nicht«, stimmte Weiland ihm etwas leiser zu.

Alle Blicke richteten sich auf ihn.

»Ich möchte lieber als Mensch sterben«, sagte Weiland. »Bitte laßt mich nicht auf ewig ein Wolf bleiben.«

Wieder warf Shile die Arme in die Luft. Wahrscheinlich fühlte er sich von Narren umgeben.

Geoffrey sah erneut aus dem Fenster. Weiland bemerkte, daß langsam die Sonne unterging. Falls Daria nicht bereits zu Hause war, würde sie bald eintreffen.

»Wir wissen nicht mit Sicherheit, daß alles, was Lady Daria mit ihrer Magie erschaffen hat, bei ihrem Tod zugrunde geht. Es besteht eine Chance, daß Ihr bleibt, was ihr jetzt seid.«

Weiland konnte nicht beurteilen, ob er wirklich daran glaubte, oder ob er die anderen nur beschwichtigen wollte – bis es irgendwann zu spät war, etwas zu unternehmen.

»Der heilige Paulus sagt, die einzige unverzeihliche Sünde sei, die Hoffnung aufzugeben«, fuhr Vater Hadden fort. »Wenn man auf Gott hofft, ist alles möglich.«

Der Heilige Paulus konnte nie ein Wolf gewesen

sein, da war Weiland ganz sicher. »Ich muß zurück nach Hause«, sagte er.

»Ich werde für Euch beten«, versprach Vater Hadden.

»Es ist einfach ungerecht«, brummte Shile.

»Stimmt«, pflichtete Geoffrey ihm bei.

Aber das nutzte Weiland alles nichts.

Kapitel 24

Als er die große Versammlungshalle der Kirche durchquerte, fand Weiland Evangeline, die eingeschlafen war. Da sie ja auf ihn gewartet hatte, weckte er sie. »Wolltest du mit mir zurückgehen?« fragte er.

Sie lächelte zu ihm empor. »Ist alles geklärt? Hat Shile alles in Ordnung gebracht?«

Weiland begriff, daß niemand ihr erklärt hatte, worum es wirklich ging, deshalb antwortete er: »Ja.«

»Gut.« Sie nahm seinen Arm und hielt ihn den ganzen Heimweg fest.

Zwar überlegte Weiland, ob er sie zum Abschied küssen sollte, wie sie ihn geküßt hatte, aber er war nicht sicher, und am Ende blickte er ihr einfach nur nach.

Seufzend kehrte er ins Haus zurück. Aber kaum war er eingetreten, sauste aus dem Nichts eine Gestalt auf ihn zu und warf ihn zu Boden.

»Hast du denn in all den Jahren überhaupt nichts gelernt?« zischte eine Stimme an seinem Ohr.

Es war Kedj – mit dem einen Knie in Weilands Kreuz, dem anderen auf seinem rechten Arm, so daß jede Bewegung unmöglich war. Außerdem spürte er die Stacheln von Kedjs Armband im Nacken.

»Sei wachsam«, sagte Kedj und zerrte an Weilands Arm, um seinen Worten Nachdruck zu verleihen. »Das bedeutet, sei *immer* wachsam. Und *überall*. Aber da stolzierst du ins Haus wie ein fetter, selbstzufriedener Stadtbürger, der zu dumm ist, auch nur einen Gedanken darauf zu verschwenden, daß es Diebe in der

Nacht gibt. Was hat Daria angestellt, daß das Stadtleben euch alle so verweichlicht hat? Wir müssen euch wieder in Form bringen.«

Weiland hörte auf, sich zu wehren, denn es war sowieso sinnlos. Vielleicht konnte er, wenn er ganz still lag, Kedj nach einer Weile überrumpeln und abwerfen. Obwohl ihm das noch niemals gelungen war.

»Und da kommt Daria«, sagte Kedj.

Weiland hatte weder das Schließen des Tors noch ihre Schritte auf dem Pflaster gehört, und auch sonst nichts. Aber Kedj war eben in allen Bereichen besser und schneller und stärker.

»Schenk ihr dein schönstes Lächeln«, meinte er jetzt. »Es war ja immer nur dein hübsches Gesicht, was dich gerettet hat.«

Die Tür ging auf und verfehlte mit knapper Not Weilands Kopf.

»Hallo, Daria«, sagte Kedj.

Blanche erschrak, als sie ihn entdeckte, aber Daria antwortete freundlich: »Hallo, Kedj.« Dann legte sie ihr Umschlagtuch ab und reichte es Blanche zum Wegbringen. Ohne Weiland eines Blickes zu würdigen, sagte sie zu Kedj: »Ich bin froh, daß du meine Nachricht verstanden hast.«

»Als alle in der Festung plötzlich wieder Tiergestalt annahmen, wußte ich, daß Ihr mich entweder braucht, oder daß Ihr tot seid. Ich dachte, es wäre in jedem Falle besser, wenn ich komme. Habt Ihr bemerkt, daß in der Werkstatt auf der gegenüberliegenden Straßenseite bewaffnete Männer zusammengezogen werden?«

Geoffrey. Bestimmt hatte er sie dort aufziehen lassen, noch vor dem heutigen Gespräch. Natürlich war Kedj so etwas in seiner Wachsamkeit nicht entgangen.

Aber Daria war es neu. Furcht blitzte in ihren Augen auf. »Nein«, antwortete sie.

»Bewaffnete Männer?« quietschte Blanche mit ihrer hohen Stimme. »Warum?«

»Verschwinde«, befahl Daria, aber Blanche zog sich nur zum Fuß der Treppe zurück, wo sie stehenblieb und rastlos die Hände rang.

»Ihr habt Euch wirklich mit Narren umgeben«, meinte Kedj. »Ich habe Euch gesagt, das sei unvorsichtig. Die fünf Tölpel in der Halle kamen im Lauf des Nachmittags einer nach dem anderen hereingeschlendert, und keiner hatte die leiseste Ahnung, daß wir beobachtet werden. Bisher hatte ich noch keine Gelegenheit, Weiland danach zu fragen.« Sein Knie preßte sich noch fester in Weilands Rücken. »Wie ich höre, sind die anderen sechs nicht mehr da.«

»Ja«, erwiderte Daria. Nun endlich nahm sie Weiland zur Kenntnis. »Hast du von den Männern gegenüber gewußt?«

»Nein«, antwortete Weiland.

»Lügner«, sagte Kedj. »Ich habe auch die Tavernenhure gesehen, mit der du unterwegs warst. Ich denke, du hast allzuviel Zuneigung für das Menschenleben entwickelt.«

Verzweifelt versuchte Weiland, Bruchstücke von dem, was er heute erfahren hatte, möglichst rasch zu einer glaubwürdigen Finte zusammenzusetzen. »Sicher geht es um den Wollhändler nebenan – man verdächtigt ihn der Zauberei, man glaubt, er sei für die seltsamen Geschehnisse der letzten Zeit verantwortlich. Das hat mir das Mädchen erzählt. Falls sich wirklich Bewaffnete im Haus gegenüber befinden, beobachten sie bestimmt ihn.«

»Kann das sein?« erkundigte sich Daria bei Kedj. »Besteht die Möglichkeit, daß sie das Haus nebenan im Auge haben, nicht unseres?«

»Schwer zu sagen«, räumte Kedj ein. »Aber ich halte es für unwahrscheinlich.«

»In dem kleinen Laden haben doch höchstens sechs oder sieben Männer Platz«, sagte Weiland, obwohl er damit Gefahr lief, daß Kedj mehr gesehen hatte und nun wußte, daß Weiland die Gefahr absichtlich unterschätzte, um Daria einzulullen.

Doch Kedj antwortete nicht.

»Ich glaube«, begann Daria mit einem matten Seufzer, »ich glaube, trotz der ganzen Arbeit, die ich schon aufgewendet habe, werde ich von hier weggehen und noch einmal ganz von vorn anfangen müssen.«

Aber nicht jetzt, dachte Weiland in wachsender Panik. Baron Geoffreys Männer mußten wenigstens versuchen, ihren Plan in die Tat umzusetzen.

»Noch einmal ganz von vorn?« wiederholte Kedj so eifrig, daß Weiland, dessen Nerven ohnehin zum Zerreißen gespannt waren, eine Gänsehaut bekam.

»Ja«, bestätigte Daria. Dann fügte sie hinzu: »Das Zimmer ist oben.«

»Ich kann das Blut riechen«, erwiderte Kedj und bewegte den Arm, um Weiland in den Schwitzkasten zu nehmen. Dann erst stieg er von Weilands Rücken, winkelte dabei den Arm aber so heftig an, daß Weiland kaum Luft bekam.

Dennoch versuchte er sich loszumachen, und in dem kurzen Moment, als Kedj sich erhob, brachte Weiland ihn aus dem Gleichgewicht, so daß die beiden Männer über den kleinen Tisch neben der Tür stolperten.

Das Tischchen zerbrach unter ihnen; Weiland geriet zwischen Kedj und das zersplitternde Holz, und als Kedj mit seinem ganzen Gewicht auf ihm landete, blieb Weiland endgültig die Luft weg. In solchen Momenten handelte Kedj immer besonders geistesgegenwärtig: Blitzschnell riß er Weiland herum und versetzte ihm einen Kinnhaken, so daß Weiland einen Augenblick nur Sterne sah. Und schon hatte Kedj ihn wieder im Schwitzkasten.

Doch in der kurzen Zeit, bevor Kedjs Faust ihn traf, bemerkte Weiland etwas, was er unzählige Male zuvor gesehen hatte, jetzt aber plötzlich eine ganz neue Bedeutung annahm. *Eisen bindet Magie*, hatte Shile gesagt, und nun fügte sich eins nach dem anderen zu einem sinnvollen Ganzen zusammen: Daß Kedj eiserne Armbänder trug, die ihn nie jemand hatte abnehmen sehen. Daß Kedj schon immer bei Daria gewesen war. Daß er weit älter war als alle anderen Mitglieder des Trupps – und dennoch stärker, schneller und behender. Daß Daria ihn nie in ein Tier verwandelte. Denn sie hätte es ja tun können, das wußte er inzwischen.

Und das Schlimmste: Daß Kedj – mit Ausnahme von Lon und dem neuen Llewellur, die hier im Haus getötet wurden, als Opfergabe und aus Wut – bei den Blutorgien in der Zauberkammer immer bei Daria geblieben war.

Daria und Kedj.

Kedj und Daria.

Alle hatten sich getäuscht – es war andersherum.

Kedj brauchte das Blut, Daria war nur seine Gehilfin.

Nun stand Kedj auf, zog Weiland halb mit sich empor und begann, ihn rückwärts über die Trümmer des Tischchens zur Treppe zu schleppen.

Weiland hörte Blanche weinen; sie stöhnte und wimmerte vor Angst.

»Ruhe!« befahl Daria, aber das Geräusch rascher Schritte kam immer näher – das mußten die menschgeborenen Dienstboten sein, denn der Trupp und die von Daria Geschaffenen hielten sich grundsätzlich aus Schwierigkeiten heraus.

»Was ist los?« riefen sie durcheinander, und: »Was soll das, hört auf!« Sie kannten Kedj nicht und wußten auch nicht, wessen er fähig war.

Auch Bess war da, die es ja eigentlich hätte besser wissen sollen, auch wenn sie erst wenige Tage vor dem

Umzug nach St. Celia's erschaffen worden war. »Was tut Ihr da?« schrie sie gellend. »Laßt ihn in Ruhe!«

»Raus hier, allesamt!« brüllte Daria.

»Hau ab«, knurrte Kedj Blanche an, die immer noch an der Treppe stand, ganz gewiß nicht aus Trotz, sondern aus purer Angst. Aber Kedj holte aus, und Blanche stürzte zu Boden. Jetzt weinte sie nicht mehr, sondern schrie aus vollem Hals. Und in diesem Augenblick begann auch Bess zu kreischen.

Doch Kedj hatte bereits begonnen, die Treppe zu erklimmen, Weiland noch immer fest im Griff.

Weiland wehrte sich nach Kräften, versuchte ihn zum Stolpern zu bringen, hielt sich mit Händen und Füßen an den Treppenstufen und an der Wand fest, tat alles, um nicht weitergezerrt zu werden, zu diesem Raum, in dem – dessen war er sich jetzt sicher – Kedj ihn auffressen würde.

Er erkannte Royce' Stimme in dem Tumult, die seinen Namen rief. »Holt die Stadtwache, schnell!«, fügte er hinzu, als das nichts fruchtete.

»Nein!« schrie Daria, aber die Dienstboten brüllten und kreischten durcheinander: »Hilfe!« »Mord!« »Wache!«

Dann erstarb der Lärm, ganz plötzlich.

Und begann von neuem, doch jetzt hörte man das Wiehern eines Pferdes, das Blöken von Schafen, das Quieken, Brüllen, Tröten eines Raums voller aufgeregter Tiere.

Kedj schleifte Weiland drei Stufen weiter, so daß sie jetzt schon die Hälfte der Treppe hinter sich hatten.

Da erscholl ein ungeheures Donnern an der Eingangstür. Beim zweiten Schlag zerbarst die Tür, und es erschien zuerst ein Rammbock in Form eines Widderkopfs, und dahinter strömten bewaffnete Soldaten herein.

Endlich, endlich hörte Kedj mit dem Gezerre auf,

hielt Weiland jedoch weiter so fest, daß dieser kaum Luft bekam.

Das mußten Geoffreys Männer sein – aber der Plan sollte doch erst in zwei Tagen durchgeführt werden, in Geoffreys Haus! Selbst wenn ein Dutzend Männer gegenüber postiert worden waren, um Daria zu beobachten, reichte das nie und nimmer, um sie zu besiegen. Und nun würde sie bald wissen, daß sie durchschaut war, und am Ende doch noch fliehen können.

Die Männer in den vorderen Reihen stürzten auf alle viere, als Darias Zauberbann seine Wirkung tat. Doch von hinten wurde augenblicklich aufgeschlossen.

»Daria!« rief Kedj. Er war der einzige, der ihren Namen benutzte, statt sie »Herrin« zu nennen oder »Ihr«, wie es die meisten des Trupps taten.

Daria stolperte durch herabgerutschte Kleidungsstücke und verängstigte Tiere, die sich teilweise in natürlicher Feindschaft anknurrten. Die Tiere im Eingang behinderten das Vordringen der Männer dahinter, die natürlich keinen von denen, die gerade noch ihre Kameraden gewesen waren, verletzen wollten.

Aber es waren mehr als zwölf. Mehr als zwanzig. Sie konnten sich unmöglich allesamt im Laden gegenüber aufgehalten haben.

Daria eilte an Kedj und Weiland vorbei die Treppe empor, wahrscheinlich, um die Flucht aus einem der oberen Fenster zu versuchen.

Blitzschnell hatte Kedj sie mit einer Hand am Handgelenk gepackt, ohne den Griff des anderen Arms um Weiland zu lockern.

Jetzt war die richtige Gelegenheit, sich loszumachen, das wußte Weiland, aber so sehr er zog und zerrte – Kedj schien es nicht einmal zu bemerken.

»Daria«, sagte Kedj, »es sind zu viele. Sie werden das Haus umstellen.« Er schüttelte sie, wenn auch nicht halb so heftig, wie er vorhin Weiland geschüttelt hatte. »*Daria*. Du wirst uns beide ins Verderben stürzen. Du mußt mir vertrauen.« Damit ließ er ihre Hand los und streckte ihr den Arm mit dem Armband entgegen. »Mach es los.«

Sie warf einen Blick über die Schulter, um die nächste Reihe heranrückender Männer in Tiere zu verwandeln.

»Daria«, beharrte Kedj. »Du hast mich gefunden, verwundet, im Sterben. Nun mußt du darauf vertrauen, daß meine Dankbarkeit größer ist als mein Haß auf die Fessel. Was hast du noch zu verlieren? *Vertrau mir*.«

Unfähig, sich in Kedjs Umklammerung zu rühren, sah Weiland die Furcht in Darias Augen, ganz nah. Aber Kedj hatte recht: Sie hatte keine andere Wahl. Zögernd streckte sie die Hand aus, und ihre Fingerspitzen streiften ganz leicht das Eisen, das Kedjs linkes Handgelenk umschloß. Kedjs rechter Arm lag noch immer um Weilands Hals, aber er sah auch das Band von diesem zu Boden fallen.

Dann taumelte er zurück, gegen die Wand geschleudert von Kedj oder seiner Verwandlung – es ging zu schnell, um das auseinanderzuhalten.

Kedjs mächtige Schwingen überspannten die gesamte Länge der Treppe. Seine Klauen waren so lang wie Dolche, in seinem riesigen Maul glänzten riesige scharfe Zähne. Seine dunklen Augen waren so klug wie eh und je, und Weiland war sicher – trotz seiner eigenen Erfahrungen als Wolf –, daß in dem Gehirn dahinter jede einzelne Menschenerinnerung gespeichert war.

»Ein Drache!« schrien Stimmen auf der Straße, und man hörte Geräusche panischer Flucht.

Langsam wandte Kedj seinen mächtigen Kopf, spähte durch die zerbrochene Tür auf die Straße und dann über die verbliebenen Tiere – die ihre Rolle als Jäger und Opfer längst vergessen hatten und nur noch an Flucht dachten. Lange verweilte sein Blick auf Weiland und kehrte schließlich zu Daria zurück. Langsam und sanft, als verbeuge er sich, neigte er sich über sie.

Und biß ihr den Kopf ab.

Ihr Körper wankte, das Blut spritzte. Kedj schien es nicht zu bemerken. Er schluckte einmal kräftig, breitete die Flügel aus und warf sich gegen die Außenmauer, die unter seinem Ansturm zerbarst. Dann schwang er sich in den Nachthimmel empor.

Weiland hörte, wie die Schreie draußen noch schriller wurden; die Menschen versuchten verzweifelt, sich in Sicherheit zu bringen.

Das Blut fließt noch durch ihre Adern, dachte er. Eine ganze Menge davon hatte er abbekommen. Tatsächlich zog sich Darias Herz noch ein paarmal zusammen – anscheinend hatte ihr Körper noch nicht begriffen, daß er tot war –, doch es wurde immer schwächer. Gleich würde es soweit sein, gleich würde Weiland in die Gestalt eines Wolfs zurückversetzt.

Seltsamerweise rappelten sich jedoch unten bei der Tür bereits die Menschen auf; verwirrt, noch ganz ungeschickt klaubten sie Kleidungsstücke vom Boden und bedeckten sich, so gut es ging.

In diesem Moment stürzte Shile ins Haus, blickte wild um sich, fluchte und rannte schließlich die Treppe hinauf, zwei Stufen auf einmal nehmend. »Bist du schlimm verletzt?« wollte er wissen.

»Was?« fragte Weiland benommen.

Shile packte ihn. »Wo bist du verletzt?« fragte er in wachsender Panik.

Weiland konnte nur den Kopf schütteln.

Wieder fluchte Shile laut und versuchte, Weiland umzudrehen – und endlich begriff Weiland, was er wollte.

»Das ist Darias Blut.«

Nicht einmal der Anblick von Darias Leiche schien Shile so richtig zu überzeugen.

»Ich habe mich nicht verwandelt«, stellte Weiland plötzlich fest und fand das wesentlich wichtiger und verblüffender, als daß er nicht verletzt war. Er streckte Shile die Hände entgegen, um ihm seine Finger zu zeigen, dabei konnte Shile ihn ja sehen. »War es Vater Hadden?« fragte er. »Haben seine Gebete gewirkt? Hat Gott doch ein Wunder vollbracht?«

Shile ließ sich schwer neben ihn auf die Treppe sinken; auf einmal wirkte er völlig erschöpft. »Vielleicht«, sagte er, und auch seine Stimme klang müde. »Vielleicht hat Daria dich aber auch die ganze Zeit angelogen.«

Kapitel 25

Weiland versuchte, die Tiere, die noch immer Tiere waren, in Sicherheit zu bringen – den Trupp und die Dienstboten, die Daria geschaffen hatte. Die meisten Hunde rannten aus der zerstörten Tür oder sprangen durch das Loch in der Mauer, während Weiland den Vielfraß jagte, der einmal Parn gewesen war, und am Ende entwischte ihm auch dieser. Zwar bekam er eins der Frettchen zu fassen, aber es biß ihn in die Hand, bis auf den Knochen, und er ließ es fallen, worauf es in einen anderen Teil des Hauses floh und von dort wahrscheinlich nach draußen entkam. Die Mäuse waren im Nu spurlos verschwunden.

Weiland ließ sich zu Boden sinken und starrte auf das menschliche Blut, das aus der Bißwunde quoll. Die Haut war grau, bedeckt von einem dünnen Film Steinstaub, aber es war eindeutig menschliche Haut.

Noch immer beobachtete Shile ihn mit besorgter Miene. Er hatte eine Gans unter dem einen Arm und war außerdem damit beschäftigt, unter einem Kleid, das einmal Bess gehört hatte, einen Hasen festzuhalten, der versuchte, sich frei zu zappeln.

Niemand hatte Royce etwas von den Ereignissen erklärt, aber weil er gesehen hatte, wie verzweifelt Weiland versuchte, die Tiere einzufangen, beteiligte er sich an der Jagd, sobald er sich sein Hemd übergezogen hatte. Doch jetzt wandte er sich von der fauchenden Katze ab, die er in die Ecke getrieben hatte. »Ihr braucht einen Verband«, sagte er, und als Weiland sich nicht rührte, riß er einen Streifen von einem Hemd ab, das niemand in Anspruch genommen hatte, und band es um Weilands Finger.

»Laßt sie laufen«, seufzte Weiland, die Hoffnungslosigkeit seines Unterfangens klar vor Augen. Sie würden nie einen Zauberer finden, der ihnen ihre Menschlichkeit zurückgab. »Das sind wilde Tiere, sie können für sich selbst sorgen.« Wozu sollte er sentimental werden – ihm war als einzigem das Menschsein lieber gewesen, und jetzt wußte er auch, warum. Die anderen verloren nichts, was sie sich gewünscht hätten – nicht einmal Bess, die, wie ihm plötzlich klar wurde, immer sehr gut zu ihm gewesen war.

Shile zögerte, ehe er die Tiere aus seinem Gewahrsam entließ, fast als hätte er Angst, daß Weiland seine Meinung abermals änderte.

All die Jahre hätte er jederzeit weglaufen können. Daria hatte die anderen mit Schutz und Nahrung, mit Belohnung und Strafe bei der Stange gehalten, was den meisten genügte, aber ihn hatte sie mit einem Spinnennetz aus lauter Lügen umgarnt.

* * *

Am Ende richtete Kedj längst nicht soviel Schaden an, wie man befürchtet hatte, ehe er in den südlichen Himmel verschwand und sich – so hofften die Menschen – in wärmere Gegenden davonmachte. Mit seinem Feueratem verbrannte er neben gut zwei Dritteln von Geoffreys Männern zwei untergeordnete Lords, die seinem Ruf zu den Waffen gefolgt waren, sowie achtzehn Vasallen, Abgesandte anderer Lords, die ihrerseits nichts Eiligeres zu tun hatten, als beim König Beschwerde einzulegen. Von den Bürgern der Stadt kam lediglich der blinde Bettler ums Leben. Allerdings gab es einige Verwundete, als der Drache den Kirchturm zum Einsturz brachte.

Die von Kedj hinterlassenen sterblichen Überreste Darias trugen die Einwohner von St. Celia's nach draußen vor die Stadtmauer und begruben sie dort. Im Tod verwandelte sich ihr Körper in seinen natürlichen Zustand, den einer Frau von gut vierzig Jahren.

In einem hastig einberufenen Bürgerrat gab Geoffrey Weiland die Schuld an allem, weil er sie nicht vor dem Drachen in Darias Haus gewarnt hatte.

»Er hat doch nicht gewußt, daß da ein Drache hauste«, fuhr Shile ihn an. »Wäre er sonst vielleicht einfach reinmarschiert?«

Weiland behielt lieber für sich, daß das für ihn keine Rolle gespielt hätte. Man lernte mehr durch Zuhören als durch Reden.

Manches beruhte auf reiner Mutmaßung. Vater Hadden meinte, Daria habe von Kedj Macht bezogen, und er habe sich ihr als Zauberwesen, das mit Eisen gebunden war, nicht entziehen können. Nur durch Kedj habe sie ihre Fähigkeit erworben, andere zu verwandeln.

Natürlich war das alles möglich, aber jeder wußte, daß man die ganze Wahrheit nie herausfinden würde.

Auch über Weiland waren allerlei Gerüchte im Umlauf: Wer er sein mochte, wie Daria ihn gefunden oder seinen Eltern weggenommen hatte. Doch seither war so viel Zeit vergangen, daß man nur Vermutungen anstellen konnte.

Was die Tatsachen betraf, so erfuhr Weiland, daß Geoffrey ihn angelogen hatte: Er hatte nie vorgehabt, Daria am übernächsten Tag in sein Haus zu locken. Nach dem Gespräch mit Weiland in der Kirche hatte er beschlossen, noch in derselben Nacht in Darias Haus zuzuschlagen.

»Ich kam zu dem Schluß, als Kreatur der Zauberin könne er nicht zuverlässig sein«, sagte Geoffrey vor dem Bürgerrat aus. »Schließlich hat sie meine Frau getötet, und er hat nichts unternommen, um das Verbrechen zu verhindern.«

Weiland konnte seinen Gedankengang verstehen. Shile dagegen beklagte sich bitter, und Weiland vermutete, daß es für ihn als Anverwandten auch schlimmer sein mußte, belogen worden zu sein. Außerdem hatte Shile herausgefunden, daß Geoffrey sein Versprechen nicht gehalten und seine Männer nicht angewiesen hatte, mit den Wölfen behutsam umzugehen, obgleich ihn sowohl Shile als auch Vater Hadden daran erinnert hatten. Melor, so erfuhr Weiland, war von einem Soldaten noch unten vor Darias Tür getötet worden. Nun war ihm auch klar, warum Shile so aufgeregt gewesen war, als er ins Haus kam – er hatte gerade einen toten Wolf entdeckt.

Aber am Ende sagte Baron Geoffrey, er habe nur das Beste für seine Heimatstadt im Sinn gehabt. Die Bürgerschaft, die genug Leichen und Verletzte auf den Straßen, im Fluß und unter den Trümmern des Kirchturms gesehen hatte, billigte seine Beweggründe. Geoffrey fügte hinzu, nach all dem Unglück, das über ihn hereingebrochen war, sei er nicht länger in der Lage, bedürftige Verwandte zu unterstützen – weder seine eigenen noch die seiner armen toten Frau.

»Zum Glück habe ich auch andere Quellen«, sagte Shile etwas steif zu Vater Hadden, nachdem dieser diesbezüglich seine Besorgnis ausgedrückt hatte.

»Da bin ich mir sicher«, lachte Vater Hadden. »Aber was ist mit Euch, Weiland?«

»Ich … ich weiß es nicht«, gestand Weiland. Er war nicht ganz bei der Sache, denn er beobachtete Evangeline, aus sicherer Entfernung. Vorhin war sie wortlos an ihm vorbeigegangen, hatte Geoffrey etwas zugerufen und stand jetzt auf Zehenspitzen vor ihm, um ihn auf die Wange zu küssen. »Was ich von der Welt kenne …«, begann er und wollte eigentlich fortfahren:

»… ist das Leben als Wolf und Wegelagerer«, denn das hatte man ihm immer erzählt.

Aber statt dessen vollendete Shile den Satz: »… paßt in einen Fingerhut.«

Was natürlich auch stimmte.

Shile schüttelte den Kopf, seufzte und druckste ein wenig herum. »Nun, offensichtlich kann ich dich nicht bei Vater Hadden lassen – er würde sich nur um deine Seele kümmern, und du würdest nie etwas lernen. Willst du nicht lieber mit mir kommen?« schlug er vor. »Ich könnte dir beibringen, wie man sich in der Welt zurechtfindet.«

»Du meinst«, fragte Vater Hadden freundlich, »wie man lügt und stiehlt und betrügt?«

»Nun ja«, antwortete Shile, »wahrscheinlich schon.«

Und so ging Weiland mit ihm.